『十三五』國家重點圖書出版規劃項目

荷谷朝天記

（朝鮮）許篈 撰
錢慧真 點校

古絲路漢文行記整理叢刊

董志翹 李勇先 萬明 江慶柏 總主編

第一輯

南京師範大學出版社

圖書在版編目(CIP)數據

荷谷朝天記 / (朝)許篈撰；錢慧真點校. —南京：南京師範大學出版社，2023.6

(古絲路漢文行記整理叢刊 / 董志翹等總主編)

ISBN 978-7-5651-5169-9

Ⅰ. ①荷… Ⅱ. ①許… ②錢… Ⅲ. ①遊記-作品集-朝鮮-中世紀 Ⅳ. ①I312.06.3

中國版本圖書館 CIP 數據核字(2022)第 001390 號

書　　名	荷谷朝天記
叢 書 名	古絲路漢文行記整理叢刊
撰　　者	(朝鮮)許　篈
點　　校	錢慧真
封面題簽	王　爲
策　　劃	崔　蘭
責任編輯	李叢竹
出版發行	南京師範大學出版社
地　　址	江蘇省南京市玄武區後宰門西村 9 號(郵編:210016)
電　　話	(025)83598919(總編辦)　83598412(營銷部) 83373872(郵購部)
網　　址	http://press.njnu.edu.cn
電子信箱	nspzbb@njnu.edu.cn
印　　刷	南京愛德印刷有限公司
開　　本	890 毫米×1240 毫米　1/32
印　　張	8
插　　頁	8
字　　數	241 千
版　　次	2023 年 6 月第 1 版　2023 年 6 月第 1 次印刷
書　　號	ISBN 978-7-5651-5169-9
定　　價	88.00 圓

出 版 人　張　鵬

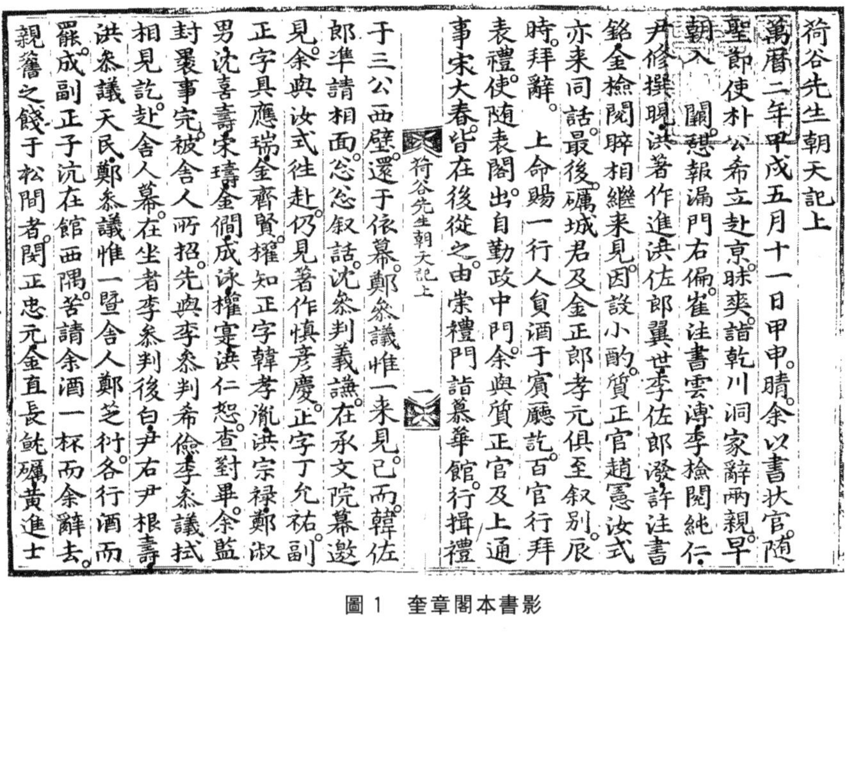

荷谷先生朝天記上

萬曆二年甲戌五月十一日甲申。晴。余以書狀官。隨聖節使朴公希立赴京。昧爽。詣乾川洞家辭兩親。早朝。入 闕。肅拜漏門右偏。崔注書雲溥。李檢閱純仁。尹修撰晛。洪著作進。洪佐郎翼世。李佐郎潑。許注書銘。金檢閱睟相繼來見。因設小酌。質正官趙憲汝式亦來同話。最後。礪城君及金正郎孝元俱至叙別。辰時拜辭。 上命賜一行人負酒于賓廳。訖。百官行拜表禮。使隨表閣出。自勤政中門。余與質正官及上通事宋大春皆在後從之。由崇禮門詣慕華館。行揖禮于三公西壁。還于依幕。鄭參議惟一來見。已而韓佐郎準請相面。忩忩叙話。沈參判義謙在承文院幕邀見。余與汝式往赴。仍見著作慎彥慶。正字丁允祐。副正字具應瑞。金齊賢。權知正字韓孝胤。洪宗祿。鄭淑男。沈喜壽。宋璹。金僩。成詠。權寔。洪仁恕。查對畢。余監封裹事完。被舍人所招。先與李參判希儉。李參議拭相見。訖。赴舍人幕。在坐者李參判後白。尹右尹根壽。洪參議天民。鄭參議惟一。暨舍人鄭芝衍。各行酒而罷。成副正子沉在館西隅。苦請余酒一杯而余辭去。親舊之餞于松間者。閔正忠元。金直長甝。礪黃進士

荷谷先生朝天記上　一

圖 1　奎章閣本書影

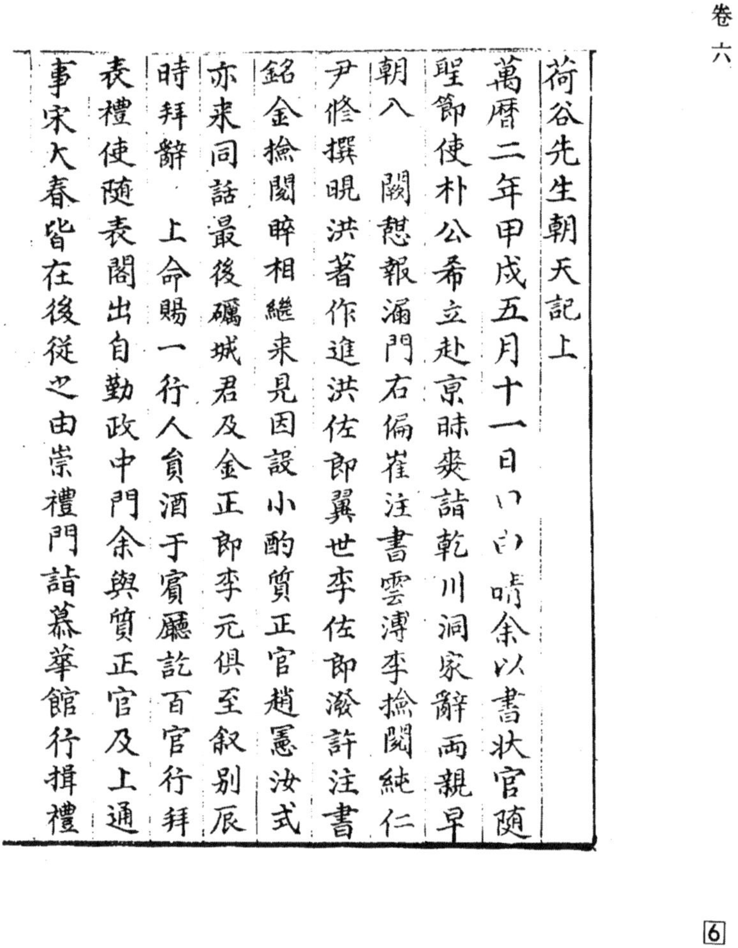
卷六

荷谷先生朝天記上

萬曆二年甲戌五月十一日[illegible][illegible]晴余以書狀官隨

聖節使朴公希立赴京昧爽詣乾川洞家辭兩親早

朝入　闕懃報漏門右偏崔注書雲溥李撿閱純仁

尹修撰晛洪著作進洪佐郎翼世李佐郎潑許注書

銘金撿閱睟相繼来見因設小酌質正官趙憲汝式

亦来同話最後礪城君及金正郎李元俱至叙别辰

時拜辭　上命賜一行人負酒于賓廳訖百官行拜

表禮使隨表閤出自勤政中門余與質正官及上通

事宋大春皆在後從之由崇禮門詣慕華館行揖禮

6 - 二〇

圖 2　抄本書影，筆迹 1

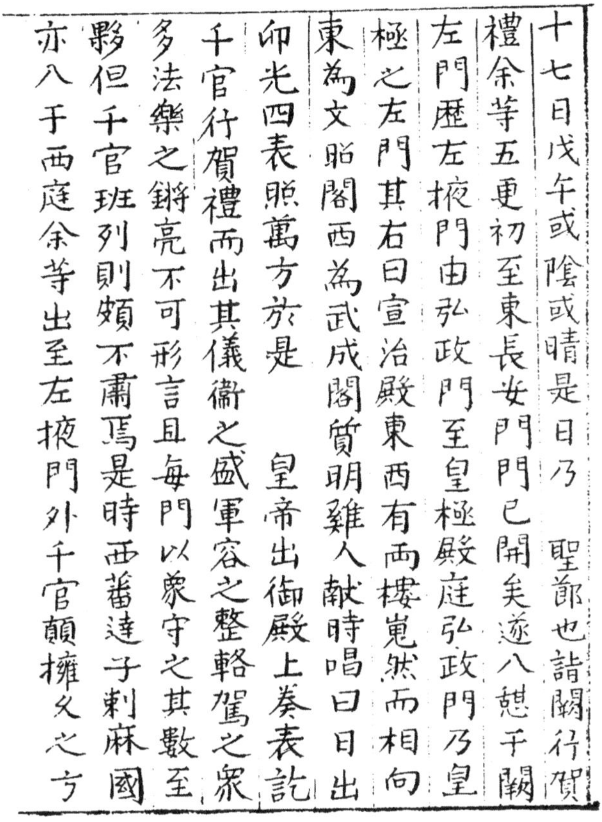
十七日戊午或陰或晴是日乃 聖節也詣闕行賀
禮余等五更初至東長安門門已開矣遂入憩于闕
左門歷左掖門由弘政門至皇極殿庭弘政門乃皇
極之左門其右曰宣治殿東西有兩樓嵬然而相向
東爲文昭閣西爲武成閣質明雞人獻時唱曰日出
卯光四表照萬方於是 皇帝出御殿上奏表訖
千官行賀禮而出其儀衛之盛軍容之整輅駕之衆
多法樂之鏘亮不可形言且每門以衆守之其數至
夥但千官班列則頗不肅焉是時西番達子剌麻國
亦入于西庭余等出至左掖門外千官顛擁久之方

圖3　抄本書影，筆迹2

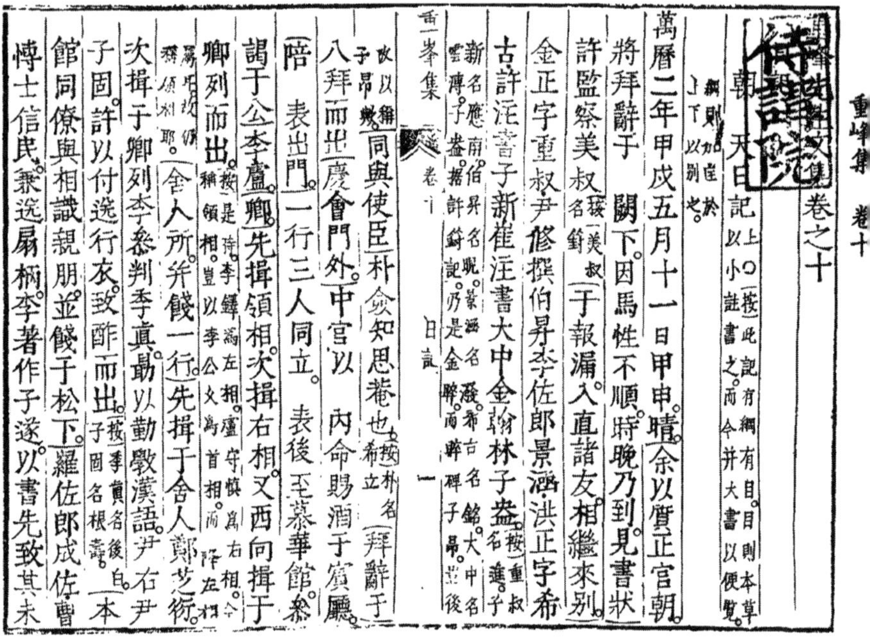

重峰集　卷十

重峰先生文集卷之十

朝天日記 上○按此記有綱有目目則本草以小註書之而今并大書以便覽綱則加圈於上下以別之

萬曆二年甲戌五月十一日甲申晴。余以質正官朝將拜辭于　闕下。因馬性不順，時晚乃到。見書狀許監察美叔〔按美叔名篈〕于報漏入直。諸友相繼來別。金正字重叔、尹修撰伯昇、李佐郎景涵、洪正字希古、許注書子新、崔注書大中、金翰林子盎。〔按重叔名進，子新名應南，伯昇名晛，景涵名潑，希古名錦，大中名岦，溥子盎，據許篈記，乃是金睟，而睟碑子昂，岦後改以縉子昂歟。〕同與使臣朴僉知思菴也。〔按朴名希立〕拜辭于八拜而出。慶會門外。中宮以　內命賜酒于賓廳。陪　表出門。一行三人同立。　表後至慕華館。參謁于公李盧卿。先揖領相，次揖右相，又西向揖于卿列而出。〔按是時李鐸爲左相，盧守慎爲右相，今稱領相，豈以李公久爲首相而降左相，屬時改仍稱領相耶。〕舍人所并餞一行。先揖于舍人鄭芝衍，次揖于卿列李參判季眞，勗以勤斅漢語。尹右尹子固許以付送行衣。致酢而出。〔按季眞名後白，子固名根壽。〕本館同僚與相識親朋並餞于松下。羅佐郎成佐、曹博士信民，兼送扇柄。李著作子遂以書先致其未

重峰集　卷十　日記　一

圖 4　同行異錄之趙憲《朝天日記》書影

前　言

朝鮮王朝(1392—1910)存續五百多年期間,出於政治外交上的需要,與明清政府一直保持頻繁的使節往來,每年定期或不定期地派使者來中國朝拜學習。明萬曆二年(1574),年僅二十四歲的許篈主動請纓,以書狀官的身份隨聖節使團來華,慶賀萬曆皇帝的生日。許篈出身名門,通經學,擅詩文,才華横溢,明朝出使朝鮮的使節黄洪憲曾高度評價他"使此子生於中華,玉署金馬當讓一頭"。這位大才子在中國期間,遊覽名勝古迹,探聞前朝政事,體察民風民情,"於聞見者,備錄而悉記之,間亦發之諷詠之間,積成編帙",寫下了日記體行記《荷谷朝天記》。本書詳述了萬曆年間明朝的政治、經濟、文化及社會風貌等内容,是明代燕行文獻中内容最翔實、體例最完備的日記之一。

一

許篈(1551—1588)字美叔,號荷谷,生於明宗六年辛亥(1551)六月二十五日,是朝鮮著名的文學家、詩人以及朝廷大臣,朝鮮時期的"許氏五文章家"之一。他出生於陽川許氏望族,父兄姊妹皆有著於學林。父許曄(1517—1580),號草堂,爲當時碩學大儒。明宗元年(1546)文科狀元及第後,在朝鮮當時最高學府成均館擔任直講,歷任諸多重要官職。兄許筬,號岳麓,曾任永興府使,在思想上緊隨其父,對外以"理學"自名,與花潭徐敬德等人交往頗深,在平反壬辰倭亂中發揮了重要作用。弟許筠(1569—1618),號惺叟,當時著名的文學家、詩歌批評家,中朝文化交流史上的重要人物,有《惺叟詩話》《鶴山樵談》《洪吉童傳》等著作傳世。妹許楚姬(1563—1589),號蘭雪軒,是朝鮮文學史上爲數極少的女性詩人，其作品集《蘭雪軒詩集》由朱之蕃帶回中國，附有明使臣梁有年的序文。沈德潛認爲她的一些作品“風格意度俱好”。

生於名門望族，受到良好熏陶，許篈表現出異於常人的資質：七歲“知屬文”，十歲“通經史”，二十二歲登科“選爲藝文館檢閱”。明萬曆二年（朝鮮宣祖七年，1574），年僅二十四歲的許篈拜禮曹佐郎，隨即“自請爲書狀官赴朝，與中州士大夫論難朱陸之辨”，歸國後升任弘文館修撰。二十五歲拜吏曹佐郎，後“以事被彈”而“遞受承文院校檢”。二十七歲，“薦除議政府檢詳，升舍人。再轉司憲府掌令，再去爲舍人。移弘文館應教，兼藝文館應教”。二十九歲，拜爲掌令，不久卻又“還應教”。三十二歲，授司僕寺正，後又接連授予應教、司諫、執義等官，“皆不果仕”。三十三歲，因上書論事不合聖意，被降爲昌原府使，結果剛到任，又被“命流甲山”。政治上的不得志，使許篈心灰意冷，自此“放浪山水間以自適”，最終因“劇飲成疸，且過食酸冷，因得寒痰”，於萬曆十六年（朝鮮宣祖二十一年，1588）九月十七日卒於金化縣生昌驛，年僅三十八歲。

許篈師從朝鮮儒學大家柳希春，柳希春精通經史，著作頗豐，尤擅長理學，著《朱子語類箋解》。許篈得其真傳，“經學深得蘊奥，識見超邁”。著述頗豐，有《荷谷朝天記》[①]《北邊記事》《荷谷粹語》《儀禮刪注》《夷山雜述》《讀易管見》等書傳世。

許篈的個性鮮明，年譜説他“好善疾惡，出其天性，慨慨論事，雖在上前無所屈，有時犯顔强諫，天威或震，傍人汗出而公不爲動”。在《荷谷朝天記》中也可窺見一二。萬曆二年（1574）七月十四日，當一行人走到遼寧沙河所時，遇到了惡劣的天氣情況，兩日下雨，河水漲溢。但是朴正使堅持渡河，而考慮到“當如此霖雨之日，挺身獨出則進退狼狽，必將有絕糧之患”，許篈“亟遣洪純彦、宋大春等，懇告不可

---

① 書名亦有作“荷谷朝天日記”“荷谷先生朝天記”“荷谷集朝天記”等，今統一用此名。另，後文《荷谷先生過江錄》《荷谷先生年譜》《荷谷先生集目錄》亦省爲《過江錄》《荷谷年譜》《荷谷集目錄》。

之意。往復十餘度”,最後終致“使强從之”。其過於剛硬、不畏權勢的性格了然於紙上。在使行途中,他關注民生疾苦,對沿途百姓的生活表現出極大的同情,如,面對“近日因旱,大無兩牟,沿途農民無所食,爭持框筥,掘取苦菜以充腹者,老少相屬”的情況,許篈“食不下咽者久之”;對於沿途百姓的沉重賦税,他又發出感嘆,“余嘗患我國之貢額煩重,民不堪命,今聞中朝亦如此,則愁怨之聲,舉普天下皆然矣。夫華夷雖有内外,而其違憂懷惠之性,則環四海如一”。另外,他不僅自己學識淵博,而且非常尊重有學問的年輕人,在使行途中,遇到勤奮愛學的年輕人,常常嘉以餽贈。如,在牛家莊劉二家,“有十歲童王九魁挾《大學》來讀,頗穎悟。余憐之,贈扇一把,使亦贈筆一管”。

綜上所述,許篈是一個學識豐富而又關心百姓疾苦的士大夫,但是,過於剛正的性格最後導致了其政治上的失意,他懷才不遇,僅僅三十八歲就鬱鬱而終了,也着實令人惋惜。

二

許篈來華出使目的、隨行使團人員構成及使行路線詳述如下。

（一）出使目的

明萬曆二年(朝鮮宣祖七年,1574),時任朝鮮朝禮曹佐郎的許篈主動請纓,以書狀官[①]的身份隨聖節使團來華。此次使行被命名爲聖節使,即爲慶賀萬曆皇帝生日而派遣的使團。但他們還有一個重要的目的,是請明朝對《明實錄》和《大明會典》中關於朝鮮王朝太祖李成桂宗系的錯誤記載進行更正。

《大明會典》卷一〇五《朝貢一・朝鮮國》中記載“李仁人及子李成桂今名旦者,自洪武六年至洪武二十八年,首尾凡弒王氏四王”。明代史籍《皇明祖訓》《朝鮮國紀》《禮部志稿》等均用此説,朝鮮王室認爲這種説法失真,有關當時王朝的宗系清白,於是多次派使臣奏請

① 書狀官是燕行使者出使一行人員的官員之一,主要負責將途中所見所聞記錄下來歸國后呈報給皇帝。

改正。大明皇帝雖表面答應,但實際却並未立即命人去做,“朕念爾係守禮之邦,且事關君臣大義,特允所請。即命禮部抄付史館,備書于《肅祖實錄》内,俟後修新《會典》,并爲詳載,以慰爾籲雪先世懇情”。因此,许篈一行人到達北京後就開始爲此事活動。然而,面對使團的迫切希望,禮部尚書更是應付了事,“這個事情,時未曉得,當查看替你行”,查看之後同樣反應冷淡,“此事已爲題過,《實錄》完後自可以行,今不敢再題”。上通事洪純彦再三懇求:

> “此則陪臣亦知之矣,但聞今方纂修《會典》,陪臣之意,望老爺通查各年事例,再行題請移文翰林院,則陪臣等其將回話於國王,而國王感激之意,何可量耶?”
>
> 尚書曰:“《會典》今雖纂集,而内院尚未設局,若開局則你國之事自可增入矣,今不須題請。此意回報陪臣知道。”
>
> 侍郎仍顧語純彦曰:“此事已悉之矣,但《實錄》時未完了,待其完則自當增錄,決無遺漏,今不須題也。此意歸報陪臣。”

至此,使團的使命尚未完成即又結束,“只等回去靜候佳音即可”。

除了“辨誤正源”這一政治目的,許篈主動請纓也有其私人目的。對當時絶大多數朝鮮士人來説,出使明朝是一個增長見聞、了解先進文化的絶好機會,而順利完成任務後,仕途也更爲光明。許篈當時只有二十四歲,正值意氣風發之時,這應該是他對自己人生規劃的第一步。另外,日本學者夫馬進認爲,許篈想驗證明朝學術界陽明理學的真實狀態,以及王陽明將從祀孔廟的消息是否屬實[①],這些也是此次出使的重要目的。在中國期間,一旦有機會和中國士人筆談,許篈經常問相關的問題,甚至會刨根問底、針鋒相對,也事無巨細地記錄這方面的信息。因此,《荷谷朝天記》中有大量與陽明理學有關的内容。

---

① 參見(日)夫馬進著、伍躍譯《朝鮮燕行使與朝鮮通信使:使節視野中的中國·日本》,上海古籍出版社 2010 年版,第 13—14 頁。

（二）使團人員構成

根據許篈的《荷谷朝天記》和與之同行出使明朝的質正官趙憲的《朝天日記》的記載，此次出使人員共有 36 名。其記錄的主要名單如下：

正　使　朴希立

書狀官　許篈

質正官　趙憲

上通事　宋大春、安廷蘭、洪純彦、柳廷良

通　事　李廷敏、申璨、尹秀寬、白元凱、金鸞孫、金永雲、朴希男、吴淳、洪秀彦、崔世協

理　馬　林有聃

軍　官　鄭雪、吴慶祐、朴退而、金麗生、許昳、李寬

押馬官　金沔、鄭亨復

養　馬　鄭渾

醫　員　張彦龍、具澄

火炮匠　閔勳

官　奴　金貴同、孫鶴、他山、石乙屎等

（三）使行路線

明代朝鮮使節"朝天"的路線較爲複雜，多有變更。明初主要是海上交通路線，通過長江口横渡黄海，太倉港占有重要地位。到了洪武二十年（1387），北元納哈出勢力終於在明軍的强大攻勢下率部投降，於是整個遼東納入明廷統治，此爲陸上貢道的開通提供了條件，後逐漸轉爲陸路。許篈一行從明萬曆二年（朝鮮宣祖七年，1574）五月十一日從義州出發，到十月十三日回來，大約六個月時間，來回全部爲陸路。具體路線如下：

去程路線：

慕華館—坡州—栗谷—開城府—平山府—寶山驛—安城

驛—鳳山郡—黄州—平壤—順安縣—肅川—安州—博川郡—定州—義州城—鴨緑江—(明)九連城—湯站—松站—通遠堡—連山關—甜水站—遼東城—鞍山驛—海州衛—牛家莊—沙嶺—盤山驛—廣寧城—閭陽驛—十三山驛—小凌河—連山驛—曹莊驛—東關驛—沙河驛—高嶺驛—山海關—深河驛—撫寧縣—永平府—小灤河—大灤河—七家嶺—豐潤縣—玉田縣—薊州—漁陽驛—三河縣—通州—潞河驛—北京

返程路線:

玉河館—半邊店—薊州—三河縣—玉田縣—豐潤縣—七家嶺—大灤河—小灤河—永平府—雙望堡—深河驛—高嶺驛—前屯衛—沙河驛—東關驛—沙河所—曹莊驛—寧遠衛—連山驛—塔山所—杏山驛—凌河驛—大凌河所—十三山驛—閭陽驛—腰站—高平驛—沙嶺驛—三叉河—海州衛—鞍山驛—首山嶺—青石嶺—古烟臺—瓮北河—義州

由於來時的路上遇上降雨,路多泥濘,前期多有停頓,後期抓緊趕路,返程時遇到明朝邊境被犯,多有延誤,故往返所停頓駐歇的地點不一致,但其路線基本一致。

三

《荷谷朝天記》是許篈來華所見所聞的旅行記,主要内容和傳世版本如下所述。

（一）主要内容

許篈在出使過程中,將所見所聞以日記的形式記載下來,歸國後加以整理即成《荷谷朝天記》三卷。此書是燕行錄文獻的代表著作之一,用細膩的筆觸記錄了明朝萬曆初年政治腐敗,東北邊陲危機,明代社會思想爭論以及明代北方風土人情、自然風貌以及社會情况等,内容異常豐富。

《荷谷朝天記》共分爲序、日記主體(上中下三册)、後叙、柳成龍識四部分,8 萬餘字。

第一部分,序。爲遠志山人所作,有 700 餘字,簡述了許篈的生平、爲人、學問,高度讚揚了他自請出使明朝的行爲,並認爲這本日記對大明情况的記載"美哉,博而詳也! 夫自肅慎以北、燕雲以東,數千里間山川風景,盡在吾目中"。

第二部分,日記主體。記録了許篈從義州往返明京師途中的所見、所聞、所感。上卷主要是對漢城至遼海州衛之間風土人情的記載;中卷記載了從東昌堡至京師祝賀皇帝生日及交涉宗系辯誣的情况,其間許篈與明士大夫討論陽明學,與莫違忠探問明朝賦税,參觀了國子監,還記録了詳細的入闕禮儀等;下卷則是對離開北京返回至義州一路的記載,其中對"犯邊""遊覽夷齊廟"等事的記載最爲詳細。

《過江録》是對使團一行從義州返回漢城的記載。時間是從十月十日到十一月十三日,簡單記述地名、天氣及事情梗概,將近 800 字。

第三部分,後叙。這一部分中,許篈簡單概括了出使經過,總結了經驗教訓,表達了對明朝的崇敬和感恩之情。

第四部分,柳成龍識,短短百字,對許篈此次不畏艱險遠赴大明的行爲給予了高度讚譽。

底本和抄本均將《荷谷年譜》和《荷谷集目録》也作爲《荷谷朝天記》的一部分。從内容上來看,《荷谷年譜》和《荷谷集目録》只是許篈個人資料的彙編,並不能作爲《荷谷朝天記》的一部分。但是,《荷谷年譜》對於了解許篈的生平極爲重要,故作爲附録收録。

(二) 版本流傳

《荷谷朝天記》最早的版本是朝鮮肅宗三十三年(1707)刊刻奎章閣木版本,收録在《荷谷集》中,今藏首爾大學,圖書編號:奎 3921。

朝鮮肅宗三十三年刊刻的奎章閣本,四周雙邊半葉匡郭22cm×16cm,10 行 20 字,上下花紋魚尾,印刷質量優良(如插頁圖 1)。今《燕行録選集》(韓國成均館大學校大東文化研究院 1962 年版),《韓國漢文燕行文獻選編》第 3 册(中國復旦大學文史研究院與韓國成均館大學東亞學術院大東文化研究院合編,復旦大學出版社 2011 年版),《燕行錄全集》第 6 卷、第 7 卷[(韓)林基中主編,韓國東國大學校 2001 年版],均以此奎章閣本爲底本覆印。

另外,《燕行錄全集》第 6 卷中還收錄了一種抄本。據筆迹來看應該出自兩個人之手,從正文第 1 頁到 167 頁、第 248 頁至最後爲一人手迹,第 168 頁到 247 頁又爲另一人手迹(如插頁圖 2、圖 3)。因爲版式與奎章閣本相似,都是每頁 10 行 20 字,内容與奎章閣本相差不多,推測此本應該是據奎章閣本抄錄的。但二者在用字上有明顯的差異,可能是在抄寫過程中,抄者也根據自己的判斷對全文進行了校改,並指出了脱衍錯訛等。所以,此抄本應該爲奎章閣本的一種非常珍貴的補充。此次整理工作主要以韓國林基中教授主編的《燕行錄全集》第 6 卷、第 7 卷中收錄的奎章閣本爲底本,以《燕行錄全集》第 6 卷中的抄本爲參本。

四

《荷谷朝天記》具有重要的文獻價值,主要體現在歷史、民俗、地理、軍事、語言等方面。

(一) 保存了大量的歷史細節

關於此次使行,《明神宗實錄》有記載:"(萬曆二年八月)丁卯,朝鮮陪臣刑曹僉(參判朴希立等齎捧表文方物,賀萬壽聖節,賜晏(宴)賜叚(緞)絹如例。"從《明神宗實錄》中對此次事件的簡短記載,我們只能知道 1574 年朴希立來賀萬壽聖節,而使行的真實目的、途中經歷、進賀儀式及與明朝官署之間的交流情況則不得而知。相反,許篈的《荷谷朝天記》内容則涉及使團人員構成、使行路線、途中與明朝官吏的交流、與明朝百姓的交談、對明朝壯麗河山的描寫、明朝的北部邊疆危機等衆多方面。此外,除了上述内容外,《荷谷朝天記》還對朝鮮"送還被虜人口"事件進行了詳細記載。

> (五月二十三日)余聞唐人十八名在新館,招二人來,令洪純彦等對話,皆遼東人,……所搶去,逃來本國,本國將欲交割於中

朝,余饋之酒。

(六月二十四日)朝,宋大春、李廷敏呈解送咨文於巡按御史。御史曰:"朝鮮國王,赤心敬上,解送走回人口,好妙、好妙。"仍令掛紅於二人。掛紅者,中原之俗,凡遇喜慶,必掛段肩上、插花帽頂以榮之。今舉此例者,以其解送之多也。

(八月二十九日)有禮部庫子丘宗義持票帖來,唤序班高雲程,令往内閣受獎勵、朝鮮國王敕書。蓋上年冬季遼東巡撫御史張學顔以我國累送被虜人口,具本請賞。至是,禮部以今月二十二日方覆本:"奉聖旨,姓諱。屢次送還人口,具見忠順,賞銀一百兩、錦四段、紵絲十二表裏,寫敕獎勵,其餘都依擬。"

由上可知,許篈不僅對於送還被虜唐人的數量、來源等進行了詢問,還對解送過程以及所受褒獎進行了詳細的記載。而此事在同年的《明神宗實錄》中記載僅爲:"(萬曆二年八月)癸亥……賞朝鮮國王李昖銀一百兩、彩段(緞)四、表裏十二、敕一道。"

許篈《荷谷朝天記》中關於上述事件的記載與《明神宗實錄》所記相吻合,可以證明其真實性;且其記載較爲詳細,也是我國史料的重要補充。

(二)保存了大量的民俗資料

朝鮮使者是懷着朝聖的心情到達中國的,所以,一進入中國境内,對自己的所見所聞異於本國的物事人情都感到新鮮好奇,並一一記錄。故本書中詞匯内容極其豐富,涉及生活的方方面面。如,與飲食有關的詞語有"濁醪""大口魚""燒酒""蜜果""西瓜""白米""鹽醬""香油"等;與衣着妝飾有關的詞語有"衣巾""簑""鞋子""襪""笠子""芒鞋""紬襦""布裙"等;與日常生活用具有關的詞語有"壺""凳""椅子""貼扇""油扇""絨巾""袖刀""米袋""皮箱""具桶繩""交床""炕""棺材""遮雨油紙""衾褥""酒杯""齒刷子""�籠"等。

在《荷谷朝天記》中,除了對遼東地區民風民俗的記載外,許篈還對在給萬曆皇帝賀壽時碰到的其他使團進行了描述。"至光禄寺喫酒飯,西藩等三國亦在焉。……剌麻國在南鄙,剃髮被服,與中國僧徒同。此輩俱重譯來朝,可見大一統之美也。"許篈通過寥寥數語來

描寫其衣著習慣,形象躍然紙上。

(三) 保存了地理軍事文獻

《荷谷朝天記》内容還涉及了明朝邊疆危機、軍事部署等地理軍事方面的信息,如:

> 遼東至山海關,皆隸山東。遼東城山圍三面,其北則無垠。牛家莊以後至盤山,都是平曠之野,一有霖雨,水滀不流,大爲行路之患。自廣寧始有醫無(巫)閭山襟帶之,至十三山而盡。自此連有高山在北,或遠或近,大海在南,或隱或見。大抵自遼至關,與賊庭相接,一馳可至,故邊備最緊,烟臺相望,探哨不絶。秋高木落,則胡騎出没,深可畏。水之大者有三叉,而大小凌河、六州河次之。遼東有巡按御史、副總兵官、布政司、都司、行太僕寺、濟南府通判,海州衛有參將、備禦指揮,沙嶺有備禦指揮,高平有遊擊將軍,廣寧有巡撫都御史、都總兵官、分守按察司僉事、户部郎中、備禦指揮,寧遠衛有參將、兵備、按察司副使,塔山有備禦指揮,中後所有遊擊將軍,前屯衛有備禦指揮。凡設此等衙門,皆所以分守關外要險者也。

這段文字是作者對遼東城、廣寧一帶地勢、山川、河流及軍事部署的記載,這些信息對研究此地山川河流的變遷,以及明代此時在東北地區的軍事防禦措施等有重要價值。

(四) 保留了諸多語言材料

《荷谷朝天記》中保存了諸多珍貴的語言材料,也是明清漢語研究的珍貴語料。

筆者對此書的詞彙進行了窮盡性考察,其中包括 200 多個明代的方俗口語詞,如“禮單”“草料”“廚房”“做買賣”“老爹”“侄子”“謊言”“小的”“明明日”“回禮”“桌面”“報單”“牙子”“票貼”“馬料豆”“光棍”“中火”“風(瘋)子”“謝謝”“謝意”“不敢(當)”“卯簿”“投文牌”“開市”“抽看”“火房”“老少”“循套”“單子”“支應”“齒刷子”“上面”“大頭兒(頭兒)”“頭目”“鈞帖”“火速”“對説”“給散”“了當”“不移時”“好生”“人之常情”“半年”“動手”“趕車的”“掌櫃的”“只丹(雞蛋)”“强半(大半)”“真個”“中火”“馬褂子”“唐根(胡蘿蔔)”“變戲法”“老人(有資格的)”等等。有的詞,如“支應”“强半”“老人”“變戲法”“好生”“真個”等,繼續在北方方言中使用。有一些詞雖然活躍在普通話中,但是很少在當時的中土文獻中出現,致使一些辭書編纂者甚至認爲它們就是産生在現當代,如,“侄子”《漢語大詞典》首例書證是周立波的《暴風驟雨》;“瘋子”《漢語大詞典》首例書證用例爲郭沫若《女神》;“謝意”《漢語大詞典》首例書證爲魯迅的《書信集·致臺靜農》。

除了《荷谷朝天記》,其他的燕行錄文獻也記錄了豐富的明清方俗諺語。有的是作者從主觀上有意地對當時的語言進行記錄整理,如,趙憲《朝天日記》後面有一篇《質正錄》,記錄了幾十條當時的口語詞及名物詞並作了解釋;李海應《薊山紀程》卷五“言語”、洪大容《湛軒燕記·京城記略》中也分章節專門記錄當時的官話口語等。許篈書中雖無專章列出,但在行文中也十分注意漢語方俗諺語的記錄和解釋,如:“(六月)二十四日丁卯,晴。朝,宋大春、李廷敏呈解送咨文於巡按御史。御史曰:‘朝鮮國王,赤心敬上,解送走回人口,好妙、好妙。’仍令掛紅於二人。掛紅者,中原之俗,凡遇喜慶,必掛段肩上、插花帽頂以榮之。”“(八月)十七日……宋大春呈段帳、藥帳、書帳於員外。員外點以朱筆,授牙子。帳者,列書買貿貨物數目之帖也。”

五

《荷谷朝天記》因内容豐富,描寫生動,一直以來都是燕行錄文獻的典型代表。前輩學者對此書也多有推介,日本學者夫馬進建議有興趣了解燕行錄的讀者從許篈《荷谷朝天記》開始閲讀,周振鶴先生也曾表示以後有機會將許篈所作《荷谷朝天記》整理、注釋並出版。[①]

---

① 周振鶴教授在2007年香港城市大學“韓國漢籍與中韓文化交流:千載毗鄰——歷史上的中韓關係”座談會上表示,希望有機會將萬曆二年(1574)出使明朝的兩位官員趙憲、許篈所作的朝天錄整理、注釋並出版。見林麗《“燕行錄”研究綜述》,《炎黄文化研究》(第七輯),大象出版社2008年版,第246頁。

各種燕行録文獻的全集、選集等也都有收録，但遺憾的是，至今未見點校整理本問世。

（一）國内研究現狀

1999 年，陳尚勝等在其專著《朝鮮王朝（1392—1910）對華觀的演變：〈朝天録〉和〈燕行録〉初探》（山東大學出版社 1999 年版）中專列一個部分對許篈《荷谷朝天記》進行了闡述。2004 年，劉順利在其《半島唐風——朝韓作家與中國文化》（寧夏人民出版社 2004 年版）第二編《“朝天”與“筆談”——燕行途中的記録》中指出許篈此書刊刻的時間，並對其中的筆談内容作了研究。2010 年，邱瑞中《燕行録研究》（廣西師範大學出版社 2010 年版）一書出版，作者强調燕行録在研究明清史中的作用，並首次提出建立“燕行録學”的概念，作者在首章“嘉靖萬曆史事摭零”中講述明代崇奉道教、蒙古邊患等三處引用了許篈《荷谷朝天記》的内容。同年，徐東日《朝鮮朝使臣眼中的中國形象——以〈燕行録〉〈朝天録〉爲中心》（中華書局 2010 年版）出版，作者在第二章“朝鮮朝使臣筆下的明代中國形象概説”中在描述明代北京的繁華、文人的虚心好學、明朝官吏的腐敗和税斂的繁重等處引用了許篈《荷谷朝天記》中的内容。2011 年，楊雨蕾在其《燕行與中朝文化關係》（上海辭書出版社 2011 年版）中從文化交流角度切入，以衆多燕行録作品爲基本史料，探尋明清時期中朝文化交流的意義與變動軌迹，作者在第三章“燕行使臣和漢籍東傳”引用了許篈《荷谷朝天記》中關於玉河館、序班勒索使臣以及通州舉人贈書的記載。

還有諸多的論文，如 2009 年王克平《朝鮮赴明使臣的中國觀——以朝鮮赴明使臣所作紀行録爲考察中心》、楊昕《“朝天録”中的明代中國形象研究》、2010 年韓梅《韓國古代文人眼中的中國——以〈朝天記〉〈朝京日録〉〈入瀋記〉爲中心》、2013 年姚沛濤《朝鮮朝使臣眼中明朝萬曆初年的沉重賦役——以許篈〈荷谷先生朝天記〉爲中心》、2014 年謝士華《趙憲〈朝天日記〉與許篈〈朝天記〉詞彙比較研究——兼論〈燕行録〉語言研究之意義》、2016 刁書仁《朝鮮使臣所見晚明社會之亂象——以赴明的朝鮮使臣所撰〈朝天録〉爲中心》、2018

年劉思文《論朝鮮朝燕行使臣於陽明學的論爭》等,又從不同的角度對本書進行了研究。

另外,2014 年延邊大學姚沛濤的碩士論文《許篈〈荷谷先生朝天記〉探賾》,對該書的成書、内容、思想等多方面進行了專門研究;2020 年山東師範大學張曉波的博士論文《朝鮮王朝科舉制度研究》,有諸多語料引自該書。

(二) 國外研究現狀

1960 年金聖七發表《燕行小考》(韓國《歷史學報》1960 年第 12 輯)一文,作者對使行的人員構成、種類和路線進行了介紹,同時利用許篈《荷谷朝天記》等幾部重要的使行作品,探討了使臣在兩國經濟文化交流中的作用,以及使行作品的重要史料價值。1976 年,尹南漢的《〈朝天記〉解題》(韓國《民族文化》1976 年第 2 輯)是專門針對許篈《荷谷朝天記》的解題論文,作者主要從許篈的家世仕途、所處的時代背景、使團的組成及使行動機、《朝天記》内容、《朝天記》價值等方面對此書進行了分析。20 世紀 90 年代,韓國相繼有多篇有關許篈研究的碩士學位論文發表,如 1992 年孫會文的《荷谷許篈的漢詩研究》、1995 年金芝妍的《荷谷許篈的漢詩研究》、1999 年吴賢珠的《荷谷許篈詩研究》,以上三篇論文皆從不同角度研究了許篈的漢詩,通過許篈生活的時代背景來研究其漢詩藴含的情感。2003 年,留學韓國的中國學者韓梅在其博士論文《許篈〈朝天記〉研究》中,從結構、叙述方式、題材範圍及作者的思想意識四個方面進行了考察,認爲許篈以鮮明的個性、正統的理學思想和卓越的文學才能,在《朝天記》中再現了體驗及重新認識中國文化的過程,使該書成爲中國紀行文學的代表。2006 年金東鎮發表《許篈的對明使行與陽明學辨斥》主要探研了許篈辨斥陽明學的活動及其性理學思想。

日本方面,筆者至今僅見夫馬進出版了《朝鮮燕行使與朝鮮通信使:使節視野中的中國・日本》,書中極力推薦此書,並研究了許篈的"大中華"的思想。

中國學者的研究主要是從歷史的角度,韓國和日本學者則多從許篈其人出發，探研本書的文化、思想及文學價值。由此可見，此書的歷史、文化、文學等各方面的價值已經被學術界關注並展開了研究。但是，至今爲止，並没有看到此書的校注本。

《荷谷朝天記》産生於明代，語言文字不是特别艱深難讀，但是，這部書畢竟是外國人用漢語書寫的，其用詞造句又表現出與一般漢籍不同的特點。儘管朝鮮在 1446 年創立諺文之前一直使用漢字，但朝鮮語畢竟和漢語不是同一種語言，朝鮮使者在使用漢語的時候，往往受到朝鮮語的影響，時常夾雜用漢字書寫的朝鮮語詞，如“洞”“奇”“介”“主”等。但是這些語詞均以漢字的形式書寫，有時難以從形式上加以區分，若不嚴格區分的話，就可能無法準確地理解文意，或者可能誤將其當作明清的口語來處理，影響了研究的可靠性。另外，對朝鮮使者來説，漢語是他們後天習得的第二語言，與他們平時使用的語言不同，由於掌握得不够熟練，或受母語影響，往往在使用漢語過程中又有諸多偏誤。這些語言形式從字面上看是漢語，但是其用法不同於漢語，也異於朝鮮語，如“話”“迎”等構詞形式的泛化等。這種複雜的語言現象往往會影響研究者對文本的使用。

所以，從其研究價值和語言現狀來説，有必要對其進行全面的點校整理，以期更好地發揮它的價值。

六

來華的朝鮮使團是一支龐大的隊伍，除了擔任重要職責的正使、副使、書狀官外，還包括通事官、軍官及僕役等。明代一般有 30 人左右，而到了清代有的竟達到 500 多人。這樣在同一使團中，就有不同的人從不同的角度書寫相同的出使見聞，從而形成“同行異錄”。“同行異錄”是燕行錄文獻中比較特殊的一類，這類文獻的文句，總的説來是相異的地方多，相同的地方少。相同的字句，可以用來説明兩書之間的相互聯繫；相異的字句，可以提供比勘校釋的線索，也可以成爲相得益彰的史料。許篈《荷谷朝天記》有一部很重要的同行異錄——趙憲《朝天日記》，此次也一併收錄。

趙憲(1544—1592),朝鮮中期著名的學者,字汝式、號峰、桃園、後栗。與出自名門的許篈不同,他“門第卑微”,並無家學,生活貧寒,據説曾經自己動手耕田、采薪、放牛。他從小極愛讀書,十二歲即通詩書,1567 年科舉考試文科及第,其後擔任過定州教授等文教方面的官職。朝鮮宣祖七年(1574),趙憲以質正官的身份和聖節使朴希立、書狀官許篈一起出使明朝。出使過程中,趙憲寫成《朝天日記》,許篈寫成《荷谷朝天記》,都記載了此次出使的見聞,兩者在觀察對象和觀察問題的角度上都很相似,因此,可以將這兩部著作作爲可資互補的語料來使用。趙憲《朝天日記》約有 6 萬字。

1626 年趙憲的文集《重峰集》初刊時,《朝天日記》並未收錄,僅以手寫稿的形式在後世流傳,直到 1748 年,遵朝鮮英祖之命,它才被收錄進活字印刷的《重峰集》(卷十至十二,圖書編號:奎 4088),現只見《重峰集》本,手寫稿不見。1748 年《重峰集》刊本現藏於奎章閣內,上黑魚尾,21.6cm×15cm。此日記采用了“綱目體”記述,從出版的記錄説明來看,原稿主要部分即綱,用較大的字體寫出;其下詳細説明即目,則采用小注雙行的形式。活字印刷時一併用大字,只是綱用括弧標注。整理者亦增加了小注,隨文以小字體出現。《燕行錄全集》第 5 卷(第 109—506 頁)、《韓國漢文燕行文獻選編》第 2 册收錄的均爲此本。

兩部書有諸多異文形式,互相比勘,可以爲讀者提供較爲豐富的信息,如:

> (七月)初九日辛巳,陰。〖早發閭陽。歷新鋪、榆林、塔山、山後等鋪,憩于十三山鋪。〗守驛官楊鳳儀餽以雞菜,頗有禮意,報以扇子、笠帽。(趙憲《朝天日記》)
>
> (七月)初九日辛巳,朝雨,晝夕晴。歷新鋪、榆林、塔山、山後等鋪。午餉于十三山驛。驛之東有山,十三峰秀起。守驛官楊鳳儀遣人致禮物,宋大春以非舊例欲却之。余曰:“彼以禮際相接,豈可逆拒而不受乎?”遂命送回禮。(許篈《荷谷朝天記》)

趙書"餽以雞菜",許書作"致禮物";趙書"報以扇子、笠帽",而許書作"遂命送回禮",趙憲用具體的物名,而許篈則用概括性的"回禮"一詞。"禮物""回禮"爲元明時期出現的新義、新詞。另外,許書的描寫往往有比趙書更爲準確或生動之處,如:

(七月)十六日戊子,陰。〖自東關渡六州河。〗水深至胸,以夜不收馬,脱靴乃渡。(趙憲《朝天日記》)

(七月十六日)至六州河,河水深可五六尺。余則借中後所提督官陳朝慶馬,脱縛襪以過。(許篈《荷谷朝天記》)

此處描寫水深,趙憲用了非常形象而又簡單的手法,"水深至胸",而許篈則用"河水深可五六尺"這種精準的數字,還用上了度量衡單位"尺"。

諸如此類的異文,不勝枚舉,通過比較可以考見二者遣詞用字的不同。另外,還可以互相補充一些重要的内容,如:

(五月)二十日癸巳,朝陰晚晴。〖留于黄州。判官缺。來見。〗(趙憲《朝天日記》)

(五月)二十日癸巳,晴。留黄州。午後,州判朴世燁設餞宴于太虚樓,樓初名廣遠,魏黄門時亮改今名云。使命軍官射侯。(許篈《荷谷朝天記》)

判官是誰,趙憲没有説明,但是在許篈的書裏記載了此爲朴世燁。

(六月)二十四日丁卯,晴。〖大春呈解送咨文于巡按。〗御史郭思極也。〖點訖,〗點其走回唐人。〖賞大春以掛紅,極贊國王赤心敬上之誠云。……〗(趙憲《朝天日記》)

趙憲和許篈書中提到宋大春得到"掛紅"的賞賜(許書例見前文),但是何爲"掛紅",趙憲並未寫明。許篈則在這一天的日記中詳細描寫了"掛紅"的具體習俗,讀者兩相對照,一目了然。

由此,本書將趙憲《朝天日記》附錄於書後。

目 錄

凡　例

一、本次點校以《燕行録全集》第6卷、第7卷收録的奎章閣本爲底本，參照《燕行録全集》第六卷中抄本對校。因趙憲的《朝天日記》爲同行異録，内容可以相互對照，所以，也將這部書作爲也參校本之一，並作爲附録，列録本書之後。

二、本書分上中下三卷，今仍之。又，底本和抄本中將《過江録》單獨列爲與《荷谷朝天記》並列的一部分，這部分内容與原書前後接續，現將其作爲《荷谷朝天記》下卷的一部分，不再單獨列出。年譜是關於許篈個人的資料，本書將其作爲附録列於書末。

三、底本因訛誤而作校改的，如己已巳、叚段相混等常見錯誤，徑改不出校記；對於不常見的錯字或書寫習慣，出校記。

四、底本中文字與今天漢語通用字存在衆多歧異，凡爲通假、古今關係者，一般不改，視情況出校記。文中數量衆多的異體俗體，我們的標準是：常見異體及筆畫微殊者，不出校記，收録於書後異體字表；朝鮮文字形差異較大者，首處出校記。

五、韓國國字如畓（non，稻田），不作改動，出校記。爲了便於理解原文，書中用漢字表示朝鮮語詞出校記；書中也對一些重要的人名、書名等做了簡單注釋。

六、底本無目録，今據内容擬定目録。原無分段，本書做了分段處理。分段的基本原則是意義相對獨立完整，也考慮到了篇幅的長短，方便閱讀。

七、本書中個别稱呼、説法，乃囿於時代局限，爲保留古籍原貌，以供研究之用，暫不作改動。

序[1]

余既跋美叔《燕山紀行詩》，又聞有《朝天録》，從美叔亟徵焉，讀之累日而不厭，作而歎曰：美哉，博而詳也！夫自肅慎以北、燕雲以東，數千里間山川風景，盡在吾目中。非美叔之敏識，何以得此！

【校勘】

［1］序：此標題原無，乃整理者所加。

予嘗謂幸逢天下無事之時，玉帛梯航，無遠不通。士君子生於下國，得奉聘覲之命，修使事于天子之庭，從容專對，退而與賢士大夫揖讓周旋，于以考制度禮樂之盛，覩文物衣冠之懿，以快吾心胸，甚樂事也。然而，余見世之人多齷齪，少奇郎，安於固陋而憚於跋涉，聞有使命，則縮然而憂，出國門憪憪有可憐之色，并日而馳，促期而返，汲汲焉惟遄歸之爲急，則他固不足論也。

美叔年甫弱冠，已能盡讀天下書，以文學詞章有聲於朝著，又欲足履中國之界，以盡天下之奇觀。聞朝廷選使介，對衆有愿行語，銓官舉而遣之，則其志向已非淺矣。於其行也，又能沿途搜訪，按轡詢咨，凡有得於聞見者，備録而悉記之，間亦發之諷詠之間，積成編帙，使讀之者亹亹而忘倦。觀其撫華表而懲鶴言之荒誕，過首山而詆唐宗之黷武，景仰醫閭，徘徊孤竹之墟，像想神禹之績，挹二子之清風，悠然有千古不盡之遐思。登臨山海，高睡乾坤，蕩滌平生芥滯之胸襟。暨入皇都，宫室城池之壯麗，舟車百物之湊集，人士四方之交會，其所見益大而所得益富矣。至於遇葉本，遘之符，歷正學書院，弭節于首善之館，能孤倡正大之論，以抗群咻，而不震不沮，所謂“自反而縮”“雖千萬人吾往”者非耶？尤可尚也已。

昔周之時列國聘使之士甚衆，而至今獨美吴季之觀樂。若美叔者，其聞季子之風而興起者歟。余是記嘉嘆之不足，既卒業，仍叙其卷首而歸之，若其論議之或不能無未盡處，而有待於講劘者，美叔於後日當自得之，兹不暇贅云。

丁丑暮春，遠志山人書于石壁精舍。

上　卷[1]

萬曆二年甲戌五月[2]

十一日甲申,晴。余以書狀官隨聖節使朴公希立赴京。昧爽詣乾川洞①家辭兩親,早朝入闕,憩報漏門右偏。崔注書雲溥、李檢閱純仁、尹修撰晛、洪著作進、洪佐郎翼世、李佐郎潑、許注書銘、金檢閱睟②相繼來見,因設小酌。質正官趙憲汝式亦來同話。最後,礪城君及金正郎孝元俱至叙别。

【校勘】

[1] 上卷:底本正文作"荷谷先生朝天記上",爲避免重複,今改。下同。

[2] 萬曆二年甲戌五月:此原爲正文文字,現將各月名移作標題。下同;未書年歲者皆補全。

辰時拜辭,上命賜一行人員酒于賓廳訖。百官行拜表禮,使隨表閣出自勤政中門。余與質正官及上通事宋大春皆在後從之。由崇禮門詣慕華館,行揖禮于三公西壁,還于

---

① 洞:朝鮮語諺文作동(dong),行政区域,今朝鮮地名有仙桃洞、城乾洞、隍城洞等,均與此同。

② 崔注書雲溥……金檢閱睟:據趙憲《朝天日記》記載,崔雲溥字大中,尹晛字伯昇,洪翼世希古,李潑字景涵,許銘字子新,金睟字子昂。

依幕。鄭參議惟一來見，已而韓佐郎準請相面，匆匆[1]叙話。沈參判義謙在承文院幕邀見，余與汝式往赴，仍見著作慎彦慶，正字丁允祐，副正字具應瑞、金齊賢，權知正字韓孝胤、洪宗祿、鄭淑男、沈喜壽、宋璹、金僩、成泳、權寔、洪仁恕。查對畢，余監封裹事完，被舍人所招。先與李參判希儉、李參議拭相見訖，赴舍人幕。在坐者李參判後白、尹右尹根壽、洪參議天民、鄭參議惟一暨舍人鄭芝衍，各行酒而罷。成副正子沆在館西隅，苦請余酒一杯而余辭去。親舊之餞于松間者：閔正忠元、金直長就[2]礪、黄進士赫、金學諭景生、韓佐郎伯厚、崔判官滉、洪佐郎可臣、李佐郎潑、姊兄朴舜元、李主簿濈、金正郎孝元、洪正字迪。是時余已昏醉，聘君在沙峴底召余，余歷拜焉。聘君與季父奉事公成、虞候鏻具別坐。英俊、韓判官漪、李書房①寶命俱佩酒欲餞余。余頭重目眩，不能了了，欹卧移晷，竟未得舉一觴，可恨！晚始能起，踰峴到洪濟院邊邊，書房克誠、克敬兄弟，再從兄參奉禛、宗兄笪、李參奉友仁及朴彦崇、成潤博、閔扈等先至以待，因日暮暫與相見。歷延曙驛到碧蹄，日已没矣。同年李生員藕自城山來見。

【校勘】

[1] 匆匆：底本作"悤悤"，"悤"古同"匆"。今改。

[2] 就：底本作𡱰，同"就"。

十二日乙酉，晴。朝與郡守李忠元、察訪禹天機相見後向坡州。近來二十餘日不雨，旱氣太甚，埃塵漲天，來牟盡

① 書房：古代朝鮮語中對没有官職男子的尊稱。朝鮮文人李圭景在《五洲衍文長箋散稿》中記載："東俗冒稱者，儒之老者稱生員，少者稱書房，兒童稱都令，少孩稱阿只。"

悴而色黄穗短,水田則皆作龜背形,青秧如針然,爲風所摇,慘不忍視。諺云“軍籍之後,必有凶年”,意者多致怨氣而然歟。昨日聞禮曹將舉祈雨節目云,此特文具之末耳。曷若君人者惕厲警動,有如桑林之六責,則仁愛之天,必有可回之理,而今則不然。噫!畏天命而悲人窮者,安得見於叔季之世乎!宜其治道日降而終無挽回之時也。

午間,抵坡州館少憩,舊館人申有良來謁。余裁書二道:一則傳家君書扇于白同知仁傑,一則遺李大諫珥叔獻。二公皆有報書,叔獻又有别章五言近體一篇以貽余。

午後,使與主牧柳從善共坐滴翠亭,招余及汝式。亭在東廂左偏而差北,亭扁乃吴天使希孟所書,字畫稚澀,而在處輒爲揮洒。丁卯歲許檢討國見之而笑曰:“吴公真可謂喜書者也。”酒數行,尹獻納卓然自牛峰縣覲親而上京,邀與共坐。獻納乃余之從姊兄也,相見而喜,各行酒焉。余問一路事於獻納,蓋獻納曾於前年赴帝都而新返也。已而獻納辭去,余亦歸所館,得兩親書。夕招安廷蘭,令賦詩。

十三日丙戌,晴。早朝發坡州到栗谷,訪李叔獻,谷在州西十六七里許。叔獻以病尚未起,命姪子邀余入書室以候。久而出來,觀其顔色,與前月稍異,頗爲憔悴。與之對坐,先及時事,爲之嗟吒;次論理氣一本、人心道心、四端七情、心統性情、無極太極、明德是本心、良知非天理,及《困知記》不可輕等説,極似穩洽。少焉,叔獻出《聖學輯要》草本一册以示余,蓋欲以進于九重也。其書始引《中庸》首章,《大學》經文弁其端,而標之曰“統説”,以明爲學體用之俱備;次則以“脩己”爲綱,而其目則曰“總論”“脩己”,曰“立志”、曰“收斂”、曰“窮理”。大要列經傳聖賢最緊之言於上,而附諸説於下，末斷以己意。條理井然，不爲支蔓之辭，而大意已躍如焉，真可謂難得之書也，但功緒纔就，而尚未畢功。叔獻謂余曰："若成書則可釐爲三卷矣，其窮理以下，則欲以誠意，正心齊家治國平天下，次第匯分而爲説云云[1]。"其中論立志處一款語意極精，切中學者之病。余請録其全文，文曰：

【校勘】

［1］云云：許篈及趙憲書引用他人之語或對話時，句末總以"云""云云"標識。其他燕行録文獻也有這種情况，本書按照原文格式，照録於引號之中。

臣按：志者，氣之帥也。志一則氣無不動。學者終身讀書，不能有成，只是志不立耳。志之不立，其病有三：一曰不信，二曰不智，三曰不勇。所謂不信者，聖賢開示後學，明白諄切，苟因其言，循序漸進，則爲聖爲賢，理所必至。爲其事而無其功者，未之有也。彼不信者，以聖賢之言爲誘人而設，只玩其文，不以身踐。是故所讀者聖賢之書，而所蹈者世俗之行也。所謂不智者，人生氣禀，有萬不齊，而勉知勉行，則成功一也。踊躍築埋，孟子所嬉，而卒爲亞聖。暮歸喜獵，程子所習，而卒爲大賢，何必生知，然後乃可成德乎？彼不智者，自分資質之不美，安於退托，不進一步。殊不知進則爲聖爲賢，退則爲愚爲不肖，皆所自爲也。是故所讀者聖賢之書，而所守者氣禀之拘也。所謂不勇者，人或稍知聖賢之不我欺，氣質之可變化，而只是恬常滯故，不能奮勵振發。昨日所爲，今日難革；今日所好，明日憚改。如是因循，進寸退尺，此不勇之所致。是故所讀者聖賢之書，而所安者舊日之習也。人有此三病，故君子不世出，六籍爲空言。嗚呼！可勝痛哉！苟能深信聖賢之言，矯冶不美之質，實下百千之功，終無退轉之時，則大路在前，直指聖域，何患不至乎？人以眇然一身，參天地而並立。其任之重，至以位育爲能事。故匹夫而得其君，尚以一夫之不被澤爲己憂，况人主都君師之位，負教養之責，爲四方之標準。一念之差，至於害政；一言之失，至於僨事。志乎道，遵乎道，由是而使一世爲唐爲虞由我也；志於慾，趨於慾，由是而使一世爲叔爲季亦由我也。志之所向，人主尤不可不慎也。薛文清[①]曰："吾心誠有志於學，天其遂吾願乎。"又曰："學不進，率由於因循。"伏惟殿下留意焉。

叔獻此文，可爲人君之藥石，而學子之軌範，所當玩味而反復者也。時日已高，余迫於展墓，與叔獻别。陟其後岡，登所謂花石亭者，其舍新創而未構間架焉。亭之前，俯帶臨津一水，遠挹西界群山。雖似敞豁，而但勢過高亢，不堪久居。大抵叔獻之來此，本欲廣闢田園，完聚宗族，以爲同居之計。而事不如意，家業伶仃，饘粥不繼，誠可憐憫。今之時有如此之人，而使之食貧於窮谷之中，世道其可知也已。

渡臨津行六七里，拜五代祖護軍公墓，夫人崔氏同祔。墓南有小碣，前記職銜，後書歷官遷次子孫名號。余行祭畢，有孽族鐩者居于墓傍，來見。還于東坡驛少憩，向朝玄里，謁侍中文敬公墓，亦行祭。文敬公爲麗朝名相，功烈俱

① 薛文清：原名薛瑄（1389—1464），字德溫，號敬軒，謚號文清。山西河津縣人（今河津市），明朝官員、理學家，河東學派的創始人。曾在朱熹的白鹿洞講學，被尊稱爲"薛夫子"。有《薛文清公全集》四十六卷傳世。

載國史。墓前無碑與石馬，蓋以年代久遠之故也。在後之孫，不能賁飾丘原，於顙有泚焉。

晚入開城府，留守俞泓邀余於大廳。與使、質正、穆清殿參奉朴名立同設酌。府有小童，令歌以侑觴。

十四日丁亥，晴。留開城，以汝式病臂，將欲針治故也。朝，都事李㦤來叙話。㦤，余之妻族也。相見後出故承濟門外，拜判書公墓。墓在府南二十餘里多大洞①。公即侍中之玄孫，平生履行，散見於麗史雜書。位不滿德，年未五十，時人惜之云，號曰"野堂"。頃在恭僖王中年，有府人剗塋域，偷葬于墓後。時許判書洽、參判沆在朝，不勝痛疾。呈官杖殺其人，而不得墓之所在。厥後恭憲王丁巳年，家君出爲白川郡守。因細訪于府之舊老鄭銓者，指言其處，閲視之次，有石角微露于土際，發而拭之，則題曰"典理判書許某之墓"，極以爲喜幸。告于留守金澍、經歷韓汝哲，起墳竪碑物。金、韓二人亦公之外裔也。家君有伴倘權春，居于府下，命主四時祀事，至今不廢。公之墓東有朴政堂遠墓，即公之外祖考妣也。余展謁後，先以茶果告于政堂公墓，遂行祭於判書公。祭徹，權春持肴酒來軟余脚。亭午，還府困卧，移晷成小睡。睡起，府人鄭朋麟父子、徐秀、鄭銓、徐應鳳、鄭允瑾來見。應鳳乃花潭先生孽子，允瑾亦余妻族也。

日晚，與汝式及朴知進、安庭蘭將訪舊迹於城中。經歷尹承吉來話，暫與相叙。臨發，府人池希齡持小燭一雙，以爲行贐，余却之不得。希齡者，年五十餘，雖在市井，而每讀《庸》《學》，恒以明其本心爲先務。其學類於禪，而其志則不

① 多大洞：古朝鮮地名。《新增東國輿地勝覽》中記載在平安道碧潼郡。

易得也。彼世之號爲士大夫者，唯知利名之爲重，熱中奔走，老死而無寸得者，滔滔皆是。若比之斯人，則其可謂黄鵠之於壤蟲也，歟吁！

遂詣松山書院，再拜于祠前。書院本爲圃隱、花潭兩先生而設，今已斷手①。丹繪畢備，而但餼稟規模尚未講定，故空無青衿。院之後，建祠宇三間，繚以短墻，其前别築周垣，講堂居中，東西分兩庠，而闢重門焉。因訪花園遺址於院西，只有寒蕪喬木而已。所謂"八角殿花草"等，皆已夷漫滌蕩，無復可求。問其殿基，則人言村氓居之，今有茅屋數間。俯仰懷想，多少感慨。夫人主處億兆之上，擁四海之富，方其得意之時，窮心志之所欲，崇飾臺榭，罔晝夜怠傲。自以爲萬世不拔之業，豈知禍生所忽，宗社淪覆，曾未數百年，而舊日之瓊宫瑶臺，鞠爲狐兔之鄉。後之人雖欲尋其萬一，而有不可得者，不亦悲夫。

陟男山，藉坐于巖石，眺望甚闊。此山在高麗中葉，爲權臣崔忠獻所據。構草亭其上，邀其君熙宗以落之。令李奎報作記，記文極其稱揚。文人無行，一至此極乎。凡人少有才，而義理不能勝其私欲，則每每如是甚矣，材華之不足恃也。今人有能言語者，則流俗便相推許。夫觀人者當求其實行，豈可以外貌爲哉。方奎報不遇之日，發爲詩文，皆有玩世不恭之意。若將棲遯終老者，而一失身於賊臣之門，則呼牛呼馬，惟其所使，其自左司諫貶爲桂陽副使也。上書乞哀[1]於忠獻曰："僕之死生，係明公一言。"嗚呼陋哉！鄙夫可與事君也哉？

① 斷手：完畢，完成。

【校勘】

［1］乞哀：抄本作“哀乞”。

鄭允瑾攜醪一壺以來，環飲四五杯而罷。又向景德宮，即恭定王潛邸也。周覽既訖，將返。少坐于宫之西隅所謂蚕頭者，已曛黑矣。歸所館，池希齡乘夜來話。自言其向學之意甚備，歷歷可聽。

朴蓍賢國老，隨其尊府自黄州上洛，通書於余。余以夜深，不得相候。是日國忌，而使令設肉饌。余則不食，蓋以顯陵忌也。顯陵遞遷，故國家用肉云。

十五日戊子，晴。朝發開城，歷迎賓館、普通院，向朴淵，路甚險巇。將至洞口①，遥望白練一帶隱見於青林之表。促駕而進，至于瀑布下，却立而觀之，則蓋天磨、聖居兩山對峙而闢開，奇峰亂出，若劍戟然。有川自大興洞合諸溪而到兩山間，渟滀成淵。中插石島，狀如千斛大甕，沈沈無底，慄不可俯視者，朴淵也。其流溢而爲瀑布，瀉于懸崖。崖石爲水所激，白如截玉。水勢長可四五百尺，落爲深潭者，所謂姑母潭也。崖之左右，松杉楓梓挺出而鬱然。境界幽奥，而實爲明麗洞豁。寒波所照，草木含輝，真天下絶勝也。

余與汝式陪使設酌，朴參奉名立、牛峰縣令尹伊、麒麟察訪柳永成亦在坐焉。但人馬喧聒，杯盤狼藉，殊無雅致。余昔在庚午十月，將歸于平壤，與開城人安慶昌佩酒單騎而馳到，則時十七日也。坐久，林月初生，其光所及，遍散於澗谷，宿鳥皆驚。余樂甚，賦詩二章，敲火傾壺，夜艾而去。若方之於今日，則閑忙之態，曾不可同年而語也。酒罷，余招

① 洞口：朝漢語合璧詞。此洞口應該是大興洞附近。

汝式，欲探大興洞泉石之勝，着芒鞋而上。朴知進退，而等諸人多從之者。是時以天旱，沈虎頭于淵，此何異甕中之蜥蜴乎？殆類兒戲，其可笑也已。因相隨或憩或卧。至于觀音窟，問居僧則皆云："大興尚遠，不可探歷云。"汝式亦止之，遂往觀太宗臺而返于淵上。使亦先至，命酌數杯，各話山水舊遊。少焉，夕饌具。余與汝式議以牛峰爲邑，殘弊方極，而且廚傳太豐，多棄其餘，則暴殄天物，深爲可懼。令從今以往，務從簡素云。

日没，下雲居寺。笳角交戛，人聲振于林壑。余精神太沮喪，大非遊山之佳興也。寺距淵五里餘，寺僧困苦於將迎，皆蹙頞有深痛之色。寺有古畫一幅，烟煤污染，丹碧漫漶。余命燭照之，則微可辨，乃宣德辛亥仲春釋守伊爲上音斗。巖和尚者作真贊。其文曰："貌瘦枯古，胸襟豁然。迹同江月，光輝大千。"此亦古物也，可供客中一解頤之資。夕邀汝式同宿于西上室，夜聞杜鵑啼于後麓。

十六日己丑，晴。平明發雲居，指興義驛。山高谷邃，雜樹[1]掩翳。一水回復而涉者十餘曲，信乎子美所謂"山行一溪水，曲折方屢渡"[2]者也。昔余自朴淵由此途而下也，見路隅有村莊數十，烟火相連，頗似富庶，今則無一存者。但有遺基經燒者二三處，目之慘然。生人之日就離析，至於如此，可見政荒而民散也。哀哉！至吾助川①縣人設帳房以候。川邊絶壁，屏圍百許步，其形奇詭可玩，許檢討名之曰"回瀾石"，與魏黄門時亮②作詩，令書吏俞深題額竪碑而去。

① 吾助川：在牛峰縣西三十里興義驛南，源出聖居山，流入猪灘。

② 魏黄門時亮：魏時亮（？—1585），字工甫，又字敬吾，南昌人。明朝文學家。嘉靖進士，歷官中書舍人、兵科給事中、南京大理丞、刑部尚書。曾出使朝鮮，著作有《大儒學粹》存世。

碑在野田中。

【校勘】

［1］樹:底本作"尌",即"樹"。

［2］山行一溪水,曲折方屢渡:此處引用杜甫《西枝村尋置草堂地夜宿贊公土室二首》,通行本作"溪行一流水,曲折方屢渡"。

有沈光實,社稷洞人也,置田舍于平山地,因掃先塋而來,持酒欲餞汝式,遂與余同話。問余禮文疑處,余略以所聞奉答。酒畢辭去,入于朴淵,午抵平山府。坡平尹瑛元珍居于府西十五里傳道村,時年六十二,家君曾與之有分最厚者,其爲人也尚志慕古,至老彌篤。所居之側,臨水有崖壁如障,石理精鍊。自書三代以後上自聖賢善人,下至一才一藝之可取者,刻其姓名字號,朝夕瞻拜,以寓景仰之意。雖被笑罵而有不恤焉,名其臺曰"臨碧思古",巖曰"大成道統,聖賢敬義",亭曰"求仁慕聖"云,其志非流俗人之所可易及也。余曾於白川髫齔時相面,故一見歡喜,共酌露酒。府有通引柳雲湖者,閔恕初前爲府使,以其有才,愛而教之。故臨別再三囑咐令護恤焉。余招見,命次安庭蘭詩韻二篇,頃刻而就,文采清楚可觀,非久於下賤者也,余贈筆一柄。夕李斗章來見。斗章,余同閈人也。是夜月食。

十七日庚寅,晴。朝,府使李公之行來見。發平山,過寶山驛,至葱秀山,一行下馬少憩,設席于玉溜泉邊。山即董侍講越所名,建碑具載其由,與龔修撰用卿翠屏山碑對立。庇以小閣,皆金僉知魯之筆。泉乃許檢討標出而爲之號者,亦俞深之書,揭板于閣東。此山崖石奇瓌,林樾蒼翠可愛。長川過于其下,足爲納涼之地。所謂玉溜泉者,有泉從巖竇而落，散布十餘道，若珠璣點滴，大旱不竭。壬申年韓編修世能飲之，而評其味曰：“與谷簾、惠山可相甲乙。”遂命汲於一壺而載去，以爲烹茶之具云。余等亦令酌取巡飲，以嘗其味，味最清澈。

午抵安城驛，是日之熱，比近來尤極。黄埃坌起，不辨目前。夕到龍泉驛以宿。薄晚，有雷數聲，而竟無一點雨，人皆失望。此驛隸瑞興府，府人持新煮酒以供，余招安庭蘭及李寬共酌。寬即使所率來者，以善飲聞。余命庭蘭呼韻，口占數三篇。

十八日辛卯，晴。見府使李慶祐，朝飡于劍水驛，與汝式偕坐西軒。汝式説洪州人徐致武之行。致武本私賤也，天性介潔，凛如秋霜，一毫不以取諸人。爲人至孝，在先王朝，州牧具其行，列上于朝，命賜布帛以奬之。致武自以爲豈可無實行而虚受大惠乎，固拒不受。州牧迫與之，致武不得已，歸而懸之于樑上，至今封識宛然。且致武無子，厥主極狠戾，親至其家，攫取財産，綑載而去。致武無所於歸，將與其妻乞食于四方。李土亭之菡聞而使人招之，營其資産，使勿流散，蓋致武爲土亭所喜，與之相許。曾與浮海，往賞漢拿[1]山者也。噫！斯人也，其可謂間世難得者矣。無學力而有如是，其資質之美可見矣。聞其事，令人意思洒然。

【校勘】

［1］拿：底本作“挐”，即“拿”。

午，入鳳山郡，渴甚，又得煮酒、冷飲數三杯。因之困卧，使在棲鳳亭見招，未能往赴。松禾朴縣監子知謙來見，縣監名應立,與家君同年。

十九日壬辰,朝陰而驟雨,午夕晴。郡守李艮男來見,設小酌畢,踰洞仙嶺,暫住怪石院。纔發,陰雲滃滃,起自西海,人言將有雨徵。未及半途,暴雨大作。近日來,人人皆以天旱,全未致意於備雨之物。蒼黃披簑之際,皆不免沾濡。但使則雨具皆藏於轎底,而從人頑忽,不知檢出,衣巾都濕焉。至簇錦溪邊,雨少歇。登樓船,使改穿新服而入府,決罰從人等。凡事不能戒飭於閑暇之時,而乃欲求全於倉卒之頃,其顛倒困頓者,理之所必至也。爲天下國家,亦豈異于是乎?舉小可以諭大也。

夕,見姊兄朴應初氏及姊書。李郡守追送煮酒一壺。

二十日癸巳,晴。留黃州。午後,州判朴世燁設餞宴于太虛樓。樓初名廣遠,魏黃門時亮改今名云。使命軍官射侯。

二十一日甲午,晴。朝歇貯福院。午前,至中和郡生陽館,與郡守趙邦穎相見。訓導金璘,家君庚子同年也,余請與俱會。前陽城金鳳瑞,余同年也,以事來于黃州農舍。因訪余亦來,暫設小酌。宗兄笆家奴持家書來。祥原僧竺齡謁余,此僧年八十一,大父遊山日所攜之人,故家世待之極厚。

有申永麟者,濫稱使族,偷入行中,至此郡事露。使聞之,決杖命囚。余因令轉致于平壤,將加窮詰焉。夕,平壤人進士趙鐸來見。

二十二日乙未,晴。朝發中和,到栽松亭。亭在平壤府南十餘里，有穹然一小丘，環之以蒼松四五十株。作亭其中，以爲使華更衣之所。亭前竪李庶尹元孫遺愛碑。李公曾有惠政於民，服滿後十八年，李公卒，民追慕之，立碑以寓不忘之意，遇忌日則府人咸設祭於其下。楊府使士彦題其陰曰：

遺愛歌，聲遠播，一夫謡，萬人和。
抱布握粟貿貞玉，一片龜趺浿水左。
浿水滔滔幾多時，父老長言壬寅規。
壬寅今去十八秋，死者可作碑可休。

詞意宛轉，後來者當有愧。余同年李剛、金文豹、金德豪、楊德禧、金台佐皆迎見余。文豹開城人，時爲咸從校官，故亦同來。余等小歇，日未亭午，向平壤。長林夾左右而晻翳參天，行其間者凜若冰雪，頓忘揮汗之苦。時有清波一帶隱見於林外者，即大同江也。林盡路窮，達于江邊，望見大江自東而來，奔流觸城下，折而西去，粉堞逶迤，樓臺錯落，宛若仙居。華人擬平壤於蘇杭者，其殆庶乎。觀察使李公文馨具綵舟載妓樂而來迓，都事李希得、察訪金希弼俱在坐。舟之牓曰"乘碧亭"，覆以軟茅，飭以金碧，如在華堂之上。但是日天時甚熱，蠅蚋亂撲，殆不可堪。江湖之興，只在於幽閑寂寞之濱，若汗氣蒸透，喧聲鬧擾，則何取於江湖乎？昔余在此府，有興則隨意所適，輕舟一壺，放浪於洲渚，昏朝風雨雪月之趣，莫不飽諳。以今日而比昔時，則奚啻冰玉之於糞土哉。

設酌訖，入城登練光亭。亭壓城頭，其底有巖，能捍狂潦。府人德之遂名曰"德巖"。亭舊爲李相繼孟所創，始則茅茨而已，其後洪慎、洪淵父子相繼爲庶尹，重加賁飭，屹然爲一傑。觀亭之勝，最在夜中，試言之，則亭三面蒼蒼然皆水，波光與天爲一。遠觀則如匹練交横於曠莫之野，俯而察之，則空明虚淨，就視而不見，莫知端倪。在其上者，窅然如凌虚獨立，不知亭爲亭而水爲水，有不可以言語形容者也。

都事，余壬申同年也，苦勸余酒，余固辭不得。酒味極烈而有灰。夕寓風月樓東房。府人輩爭來謁余，慰余道途之困。余之心若歸故鄉焉。樊川所謂“千歲鶴歸猶有恨，一年人住豈無情”之語，良可徵也。

夜聞寧邊柳判官永立立之自京赴新任，投宿于城内云，請與相見，立之爲都事所挽，不來。

二十三日丙申，晴。留平壤。朝，黄州敬天驛三長持驛馬把定記以來，與申永麟交質則未有濫騎之迹，而使强請解放，余不得已從之。韓蕃及慈山人成彦貞來謁，府教授姜先慶、永崇殿參奉閔洎俱訪余。立之來，暫話而去，約以後日會于安州。禺中，余改封方物於大同館大廳，因下清華小館，稱量一行卜馱[①]。通事三人在京時有遲緩事，曾命附過，余姑赦之。余聞唐人十八名在新館，招二人來，令洪純彦等對話，皆遼東人，爲㺚子所搶去，逃來本國，本國將欲交割於中朝，余饋之酒。

監司先在浮碧樓邀余，余往赴。出長慶門，沿江皆峭壁嵬峨，若張屏風，吴希孟名之曰“清流壁”。循壁行三五里，方至樓下。樓在永明寺南，即東明王九梯宫遺基，有青雲、白雲兩橋，層級截然如新，相傳皆東明時舊物也。諺有“麒麟窟朝天石”之説，極荒怪，而古今詞人至形諸歌詠，皆浮浪

① 卜馱：放在馬背上駝運的東西。卜，朝鮮固有漢字，讀音爲[jim]，燕行録中也可以單獨使用，義同“卜駝”。中土文獻多用“馬駝”。

不足觀也。此樓不爲重屋，故或名之曰"浮碧"。亭樓後負牧丹峰，前帶大江，江至樓前，歧而爲二。綾羅之島據其心，遠見綺窗一面半露於層崖者，練光亭也。松杉薈蔚成行，極目無際者，栽松亭長林也。東有酒巖，穹窿奇怪，狀如伏虎。西有乙密臺，高拱於林表，其勢欲飛，左右前後，莫非奇絶，殆天作之地也。樓之勝狀，在東方爲第一，余之所賞多矣，未有若此者也。東偏有堂曰"涵碧"，亦幽絶可愛。

監司張宴席掛粉候於綾羅島，令軍官耦射，饌具進設，抛毬響鈸，舞童舞鼓之伎喧闐膠擾，比昨日尤甚。我國之樂，歌曲淫褻，聲音哀楚，使人心悲傷，而其舞蹈進退之節，輕浮急促，不可正視。世之人方且以爲歡喜，而觀之窮晝夜不厭，亦獨何心哉？以若所爲，求以和神人秩上下，不亦異乎？昔我莊憲王得秬黍與磬石，定禮作樂，而奉承者無其人。草創未完，逮于康靖王朝，命成俔、柳子光等踵而成之，以爲永式，今所傳樂學軌範是也。禮樂之興，必待聖人。故以宋朝胡瑗、范鎮之賢，而尚未得其要領，况乎以一子光之奸邪凶慝，而尚足與語天地之和哉？宜乎承誤踵訛，而爲我東方千百年之恥也。

是日，余以氣困辭不飲，日未入而先去。諸同年設酌于含毬門樓上以餞余，樓可以望井田舊畫，即箕子所都處也。余思三代經界之均，念末世賦役之重，爲之悵然。噫！其孰能正之哉！

二十四日丁酉，晴。命先行通事等率唐人發去，先候于義州，與判官金鍊光相見。夕，金察訪邀余及都事於閱雲亭。亭在察訪衙，楊府使士彦所構，柳斯文祖詢書扁。湫隘低庳，絶無佳思。察訪與余有族分，故出醇醪慰余。但以康獻王忌晨，只設蔬果。

二十五日戊戌，晴。朝，監司在練光亭，邀余約遊詠歸樓。余以神觀憊乏，請少休而尾往，監司許之。余退歸于愛蓮堂，堂在風月樓前池中小島。堂之址舊爲污穢所歸，閔監司齊仁見而異之，令庶尹李元孫燔剔芟剃，廣其地築方塘，可數百畝，因構小亭，不侈不陋。堂前跨木爲橋，當橋前立小門，揭額曰“凌波”。若值荷花盛開之日，則堂在清香綠影之中，亦平壤一勝處也。余命枕而卧，于時荷葉滿池初長，西風一至，暗香紛起，心神洒然無累。回視詠歸局促之遊，似差勝焉。余即口占一絶曰：“南浦遊人去，西關客路長。收將萬里興，高卧愛蓮堂。”不免有自矜之意，可笑。

有攜濁醪以至者，招安庭蘭觴咏。日晡，余出含毬門，將向詠歸。聞監司已乘舟泝流而上，余促喚小艇而馳到。皆脱冠帶而坐，余亦如之，設小酌。都事先去，曛黑入城。監司與使醉，於轎上傳杯而舞。

二十六日己亥，或陰或晴或洒雨。朝，諸同年及府儒生李應虚來見。余與汝式具冠帶向永崇殿，將拜康獻王御容，參奉俱不在，遂出自七星門，謁箕子墓。洞口有下馬碑，余等再拜巡視。則墓形不甚高大，圍以矮墻，竪短碣，鐫“箕子墓”三大字，深入石理。傍有石馬石人各一對，皆殘缺顛仆。墓前建小閣如丁字狀，以庇華使展拜之地。今年，權承旨德輿以閣制隘陋不稱啓於上，請令改創。故方董役云：“恭惟我箕子遭時，明夷斂大惠於偏方，以成八條禮義之教。雖爲聖人之不幸，而實我東方之大幸也。獨惜乎三國以來，復變爲睢盱之俗。當時之所以教戒振德者，必有言語文字之可傳，而今則泯泯焉無可以尋求者。此有志之士每所以長太息於斯也。但箕子之經世大訓，實在《洪範》一書，爲君爲臣，苟能深體而力行之，則不啻親承謦欬於千載之上矣，未知今之人其果念及於此否乎？”

余等還遵舊路，歷觀風殿，登乙密臺。臺因曲城而築，境界最高爽，浮碧樓落於眼底，與牧丹峰對峙。峰頭鉦鼓聲振天，問之則令僧徒祈雨云，尤爲無理之甚者。少坐，將有雨徵，促下永崇殿、參奉閔洎、鄭好仁来候。開正殿門四拜畢，升殿瞻仰。天顔不違咫尺，怳然若侍于黼座之傍焉。參奉邀余等于齋室，余等暫話而歸所館。午，吏曹書吏田億誠奉祈雨祭香入府。余往祗迎于大同館，四拜于庭，使以疾不參。億誠傳家君書，府人前鄉所盧雲，舊相識者，盛設酒饌以餞余。

夕間，李都事、金察訪偕來于風月樓，俞評事必仁亦自京來，共設酌。余先醉而逃，聞諸人雞鳴乃罷云，不亦支離之甚乎。

二十七日庚子，朝陰，晝夕驟雨間晴。將發平壤，監司邀與相别。余連日爲酒所傷，脾胃損敗，腹肚漲滿，未能舉頭，展轉卧起，以故不能赴招焉。俄成小睡，急雨如麻，已聞使冒雨馳去。監司、都事歷訪余，余則欲調治而涉路。府有忠義衛李文明者，王都人也，惑府妓，捨妻子，因居于此。余昔日偶與相知，委來送余。午後，余氣愈不平，而勢難久滯。扶到斧山院，見道傍穀苗得雨，少有蘇醒之望，但未周洽，爲可恨耳。夕入順安縣安定館。是日，余成赤痢，達夜不交睫。余不能仰體父母憂疾之心，而徇欲忘生，一至於此，其罪大矣。韓荃、韓景忠來見。

二十八日辛丑，晴，午間微洒雨。一行先向肅川府，余以疾留。召醫員張彦龍診脉，服金蓮芍藥湯一貼、蘇感元十餘丸、香薷散等藥。向晚，痢證減而氣亦稍和。入夜獨坐，心緒極無聊。

二十九日壬寅，晴。是日，余證平復。朝與縣令李韶相見，歷魚坡院，到肅川肅寧館，寓于弄月軒，軒乃魏給事時亮所號，而李汝守之扁也。午後，使在納涼亭請相見。亭舊名“君子堂”，韓編修世能改之而篆額，蓋取杜詩“荷淨納涼時”之義也。池荷出水者可一二尺，比平壤爲尤盛，府使李元成來設小酌。

三十日癸卯，晴。曉，韓蕃、成彦貞辭去，蓋從余自平壤至于此也。朝憩雲巖院。近日因旱，大無兩牟，沿途農民無所食，爭持筐筥，掘取苦菜以充腹者，老少相屬，余食不下咽者久之。

午，入安州安興館，節度使蘇瀗出巡，將向老江鎮，候余等於百祥樓。余等小歇，遂會於樓上，牧使權純亦與焉。樓因城而構，俯清川江，江至城下，分作三叉。樓之四面通闊，群山縈帶，迴野綿邈，烟樹葱蘢，洲渚屈曲，一目千里，其爲勝殊壯麗，此即隋兵陷没之地也。江邊有石佛七軀，世傳之説，極怪誕不經，無足取信也。樓可以望妙香山，山形隱隱於天末，若雲氣横空然。余朗咏朱子“應有採芝人，相期烟雨外”之句，自不覺神魂之飛越。節使開餞宴，向夕，指老江而去。使因留樓中以宿，余歸館，請牧使與話。

萬曆二年甲戌六月

初一日甲辰，朝雨，晝夕晴。使以疾留安州。午，李都事以搜檢先向義州，暫與相見。夕，寧邊柳判官具酒饌馳來，又設酌於百祥樓，踐舊約也。

初二日乙巳，晴。朝發安州，權牧使、柳判官相送於樓船。到博川郡廣通院，座間張一八疊山水短屏。余諦觀之，有詩十餘篇，乃辛君望、李汝守、李叔獻諸公之製也。君望曰：

川平山欲斷，桃杏數家村。
罷釣人歸晚，溪橋月一痕。

嵐盡青山出，江城半掩扉。
相思望不極，日暮片帆歸。[①]

汝守曰：

霜落滄江冷，楓殘古郭秋。
夕陽人語鬧，林外有歸舟。

---

① 嵐盡……帆歸：此詩爲辛君望的五言絶句《書博川小屏》，後收錄在《白麓遺稿》中。

古寺門初掩，踈鍾下翠微。
橋頭人未渡，山雪暮霏霏。

叔獻曰：

關路歸心促，郊原雪意寒。
分明故人迹，却在畫屏間。[①]

余三復沈吟，如見其人。其餘有李純亨、徐崦、尹斗壽、閔忠元及不知名字者二人所作，而文多不載。大同金察訪追送余别章帖二卷。

午後，同博川郡守安義孫泛博川江，江上有絶壁屏圍者數十步，余等撑舟沿廻而上。玩之移晷，安公持新酒以勸，余等固辭。臨江有控江亭，過而不入。夕抵嘉山郡嘉平館，郡人徐鶴壽、李禮彦來見。薄暮，雷電而驟雨，是夜夢柳而見。

初三日丙午，晴。朝踰曉星嶺，至納清亭。亭在定州地，唐修撰、皋史、黄門道來本國，命名而爲之記。亭前有大川，景致頗幽絶瀟洒。見判官申汝灌。午入定州新安館，州舊無城，梁應台爲牧使，新築之，周可七八里。

初四日丁未，晴。留定州。江界判官朴寅亮以鹽盆差使員到州，因來見。軒之左偏有曲樓，制度極卑湫，不堪臨眺。而余爲暑歊所迫，强扶而登，稍勝於軒中焉。夕，余出

① 關路……屏間：此詩爲李珥《題博川廣通院》，後收録在《栗谷先生全書拾遺》卷一中。

槀紙二十一卷，令印《朱子書節要》[1]及《漂海錄》[2]。

初五日戊申，晴。朝與牧使金公富仁相見，金公禮安人也。午後，牧使設餞宴于東軒，安博川、朴江界、府教授河一清皆來會。余以氣乏，勢將嘔吐，乘隙先歸，使累遣人招之，而不能往赴，昏睡竟夕。夕起則見新月如鈎，光透綠林中，絶可愛。余召安廷蘭暫設數杯於曲樓，令廷蘭唱唐歌。

初六日己酉，朝晴，夕大雷電以雨，晚晴而猶陰。牧使以便服，同使在東軒小樓，邀余等設酌。屏去雜樂，只存琴歌。汝式先醉而去，余則歸而醉倒。

初七日庚戌，晴。朝見五月除目。將發，牧使設宴于迎薰樓上，數酌而起。午憩郭山郡雲興館，道邊有孝女金四月之碑。夕入宣川郡林畔館。

夜，洪純彦來言，鐵山守爲其從姊夫，明曉請先往見。余許之而命坐，談中朝舊事。因及夏言[3]、嚴嵩[4]等被禍之由。夏言，世宗皇帝寵臣也，不次升用，位居首相，最承恩遇。嚴嵩繼爲世宗所幸，擢禮部尚書，權勢既相軋，嵩謀欲去言。時西蕃扣陝西、四川塞來降，或以爲不可受，言以彼

---

① 《朱子書節要》：此書是朝鮮學者李滉編輯《朱子大全》選本和注釋本，成書於 1556 年。

② 《漂海錄》：朝鮮人崔溥用漢文撰寫的中國見聞錄，記述明弘治初年中國國情，堪稱"摹寫中原之巨筆"。

③ 夏言(1482—1548)：字公謹，貴溪(今江西貴溪)人，正德十二年(1517)進士，官至内閣首輔。嘉靖二十七年(1548)被嚴嵩誣陷至死。穆宗即位，予以平反。著《桂州集》《南宫奏稿》。

④ 嚴嵩(1480—1567)：字惟中，號勉菴、介溪等，袁州府分宜介橋村(今江西新餘市分宜縣)人，弘治十八年(1505)乙丑科進士。明朝著名權臣，擅專國政達二十餘年之久。

既慕義歸款，理難逆拒，遂受而處之。嵩陰囑四川巡按御史，誣言潛納外夷重賂，受其僞降。世宗大怒，命下言錦衣衛獄，痛加栲掠於午門外。言氣至委頓，乃命兩人綁其手足，以杖貫其中，荷之而行，言不勝其苦，誣服，即斬之。嵩代爲閣老，與同僚李本爲姻家，交相締結，招權納賄，無有紀極，縱其養子工部侍郎世蕃及其孫鴻鵠等，恣行不義，姦贓狼藉，而人畏其威，莫敢觸言。有兵部主事楊繼聖[①]，發憤上疏劾奏，世宗削職黜之。未久，起爲員外郎，謝恩後三日，又請斥嵩，世宗命杖流于外。俄而召爲郎中，繼聖復極陳嵩奸，世宗令下錦衣獄以鞫。嵩使人絶食飲，不爲之通。時穆宗皇帝在裕王府，聞而憐之，命往餽焉。嵩偵知之，以繼聖爲交通王府，構成其罪，亦處斬。繼聖既死，朝臣脅息，相視以目。歲在壬戌，御史鄒應龍[②]輿櫬詣闕，露章極諫，世宗即從之，命嵩勒致仕還鄉，歲賜米一百石，其子世蕃及諸孫皆爲民，發回原籍。翌年癸亥，巡按江西道御史林潤上奏世蕃等私結姦細，謀爲不軌，形迹已露，世宗命遞而訊之，即服。腰斬世蕃及諸子，籍没嵩家産，金銀至三千餘杠，每杠有一百斤，散而貸諸人者稱是，玉帶有八十條，其他可知。嵩無所歸，依於僧寺以糊口，竟餓死，人皆快之。初，夏言之籍家也，只有書册衣裳而已，聞者悲焉。世宗號爲英主，而用舍顛倒一至於此。君子小人之難辨也有如是夫！方嵩之挾勢

---

① 楊繼聖：即楊繼盛(1516—1555)，明代著名諫臣。字仲芳，號椒山，直隸容城(今河北容城縣北河照村)人。嘉靖二十六年(1547)，楊繼盛登進士第，初任南京吏部主事，後官兵部員外郎。嘉靖三十二年(1553)，上疏力劾嚴嵩"五奸十大罪"，遭誣陷下獄。在獄中備經拷打，終於嘉靖三十四年(1555)遇害，年四十。明穆宗即位後，以楊繼盛爲直諫諸臣之首，追贈太常少卿，謚號"忠愍"，有《楊忠愍集》。

② 鄒應龍(1520—1580)：字雲卿，號蘭谷，蘭州皋蘭人，嘉靖三十五年(1556)進士。嘉靖四十年(1561)，成功彈劾嚴嵩、嚴世蕃父子。明穆宗隆慶初，以副都御史總理江西、江南鹽屯，遷工部右侍郎，巡撫雲南。

也，曾與李本往賀穆宗誕日於王府。嵩終日默不言，本舉止驕傲，俱缺恭敬之禮，穆宗極銜之，語人曰："今日之會，嚴不言，李不禮。"蓋漢音"嚴"與"言"、"李"與"禮"聲相近故也。嵩恐異日得罪於穆宗，遂贊穆宗之弟景王，以爲當立。由是，儲嗣不定，嵩之無上類此，其得免尸於市朝者，亦失典也。李本者先嵩被黜。一年，喪嫡母，持服在家，有科道官論列。世宗諭曰："今後若有舉論嵩黨與者，當與鄒應龍一時腰斬云云。"廷臣不敢復言。

余問吏部尚書李默杖殺之由，純彦對以不知。純彦又說癸酉年隨奏請使在京師，欲聞《實録》新修、《會典》改纂等事，通書於許贊善家人[1]俞深以問之。深曾從贊善來頒詔，今爲實録廳書手，純彦與之相識焉，深轉達其書于國。國答書備言其由，意極懇至。最後，又以一書致于提督主事，令付純彦，兼有七言律三篇，寄朴判書忠元及李汝守，可見華人之厚也。余曰："龔修撰用卿今至何官？"純彦云："用卿使還，升爲諭德兼侍讀。用卿性本輕浮，因被論，出爲南京國子監祭酒。用卿棄官而去，中朝人呼爲'龔風子'。"風子云者，病風喪心之謂也。余又問許繼儒被罪首末、陳言貪黷之狀。純彦曰："繼儒，遼東人，任鴻臚寺序班。中朝於本國使臣之回還也，例命序班伴送，序班輩皆不識禮義，無恥之甚者。通事等必鳩斂雜貨，以塞其欲，然後方得無事。蓋本國人貨買多禁物，如黄紫色段、史記等册，皆中朝不許出境者。故序班持此恐嚇，稱之曰'過關人情'。繼儒要我人出白布五十匹，我人無以應之，繼儒方怒之際，又以事歐館夫。館夫奔告於主事錢拱辰，細陳其故，且引通事吴淳以爲證。拱辰招淳問之，果如館夫言。拱辰即上章曰：'繼儒乃衣冠之盜賊、館伴之狼虎，請以重論。'奉聖旨，發邊遠充軍，即謫戍山海關，且以銀一兩准白布一匹，徵三倍而没官。繼儒家本貧，盡賣田宅以償，其母因縊死。且陳言者，遼東都司掌印大人也，狀貌獰惡，貪墨自恣。頃於謝恩使尹鉉之還，求《皇華集》[①]五件，鏡面紙六十張，大笠子五部。鏡面紙即我國咨文表紙也。朝議恐開後例，以爲無窮之弊，不許，只以《皇華集》一件，轉致於奏請使之行。言招通事，極口駡詈，固要後日如所求，故國家又以《集》一件付送今行。然不足以饜其心，又必有咆哮不恭之患云。"純彦之説，有條理可記，余聽之忘倦。後見翰閣文宗徐閣老階撰《楊員外誌文》，穆宗贈太常少卿，謚忠愍，蔭一子監生。

【校勘】

[1] 家人：底本、抄本俱作"國家人"，而下文八月十四日云"通書於許贊善家人俞深"，據删"國"字。

初八日辛亥，朝晴，晝夕雨。朝與郡守權以平相見。權公，家君丙午科武同年也。午前，到鐵山郡車輦館。館前有盤松，虬屈垂蔭，承以畫柱，圍以短墻。華使多留咏，余欲乘月吟賞，以雨不果。夕，青坡驛子持靈驗處祈雨。有旨來，本道傳家君書。京中時皆依舊，其人又呈朝報一通。是日余晝睡，夢侍眉巖老先生，談話極款，覺來怳若有失。

初九日壬子，雨。午後具簑笠，晚至龍川郡良策館。近仍旱灾，民之望雲久矣。而今也雨勢連宵，終日不止，郵卒輩雖不免沾濕，而舉皆有欣欣之色焉。

---

① 《皇華集》：由明朝出使朝鮮，使臣與朝鮮文人之間唱和作品合刊而成。明代共刊刻了 24 種，是見證中國和朝鮮文化交流歷史的重要文獻。

初十日癸丑，晴。朝發良策，三十餘里，到義州古津江。江水漲溢湍急，命舟人搘[1]舟沿泝而渡。余等張小幕於坡上，以候人馬。良久畢濟，遂憩于所串①館。因向義州，道中望見江外諸山縈帶於夕陽中，使人有懷鄉去國之感。抵于義州城，城臨鴨綠江，最爲西方重鎮，而閭井蕭條，殊不稱焉，此崔錦南所謂"正當唐野人往來之衝"。而城制狹小，里閈零落，良可恨者也。入寓龍灣館西軒，都事先在清心堂來見。夕，譯學訓導崔德潤送櫻桃一器。德潤，曾從家君赴京者也。

【校勘】

[1] 搘：抄本作"扯"，俗字。

十一日甲寅，晴。留義州。朝，杖軍官鄭雪及理馬林有聃，以有罪也。崔德潤來謁。過午，與使改封方物於聚勝亭。亭在客館之東，地位爽塏，頗有佳趣。事畢歸所寓，與牧使郭公越相見。牧使既去，余率安廷蘭、崔德潤[1]，往賞統軍亭。亭正壓三方境界，與松鶻、馬耳之山相對，鴨綠江走其下，重江複渚，可見者難以縷數。東則胡山，若列劍戟。西有兄弟山等，隱映於遠天。直亭之前，曠野連延，小島支分，芳草蘆荻，一望無際，其景象之奇壯，有非他方樓榭之所可企及也。余初欲恣意臨眺，獨待新月，而適判官柳守訥先在此。守訥亦余族也，故請相見。汝式及同姓親許霆尾至。因招朴退而與州教授洪承範暫開小酌，余不飲。日沈而散去，殊爲悵怏。大凡好事之多違有如是，豈獨今日也哉。

---

① 串：經過。

【校勘】

［1］崔德潤：自"潤"至下文十二日"後勿如是云"内容，底本四頁順序錯亂，今正之。

十二日乙卯，朝晴，午後陰。余訪都事於清心堂，壁上有退溪先生龍灣十二絶，手澤如新，感念疇昔，不覺流涕之自集。堂之南有庫，輸納一行卜馱，將加搜檢，以核禁物，故此堂御史例居之云。召宋大春，問薪島事首末，大春持前後咨牌牒文以示余。

午間，唐人李聰來訴，先到留館，唐人孔信、張良臣、劉成等肆其暴怒，闌歐京來同類及少通事，願治其罪。余告于使，令宋大春、崔德潤整軍容鎖項而來。鞫于大門外，嚴爲盤詰，與聰面質。所謂孔信者極悍戾，其二人則脅從也。大概承招鞫畢，余曰："今則姑不示刑，後勿如是云。"皆扣頭而退。是日，使與都事、質正、牧使設宴統軍亭上，余以迫忌日不赴。

十三日丙辰，或雨或晴。是日余母[1]忌也。午後，往清心堂，與都事會話。聞點馬奉常寺直長慎彦慶由善自所串館入州率來，書員文繼朴謁余致家書。尹右尹根壽、閔正忠元、韓佐郎伯厚、宋正字璹并有簡以相問訊，閔正兼寄别章五言律三篇。由善，余舊在承文院時同僚也。乘夜往訪于延春堂，問京洛事，蓋以上月二十六日發程云。

【校勘】

［1］母：底本作"毋"，依文意改。

十四日丁巳，晴。朝與使及點馬質正會于聚勝亭。查對文書，求禮部呈文不得，問于上通事宋大春，大春昏不致察。所對參差，命窮搜則挾在咨文板中，余等深咎之。遂下于大門，點閱進獻馬，質正不與焉。有馬三匹瘦瘠，責押馬官金沔、鄭亨復，筲理馬林有聃、養馬鄭渾等，兼杖宋大春。朝飧後偕都事坐清心堂，搜檢卜馱。軍官吴慶祐馱重，添至二十斤。醫員張彦龍封署不明而有濕氣，具澄擅自發封。使奴兩人并無表。火炮匠閔勳濫賫角弓五張，偷寄私物於火炮籠中。余等極怒，囚勳于獄。慶祐、彦龍、澄則令附過，黜使奴之卜而不受。使聞之，即笞兩人，余等令改點而受之。

事完，日已薄晚，時使與由善、汝式及牧使先向九龍淵，數遣人以邀。余等出自東門，馳至其處。江山之勝，比統軍亭加一倍焉。少頃，乘彩船棹至淵下，奇巖亂出，香草叢生，江水奔駛，舟不能當其勢，沿流而下，泊于義順館前。夜向深矣，州人之來迎者，火城連延如晝。余歸未寐之際，由善來訪，聞寧邊妓來都事處者善彈琴，請而聽之。良久乃罷，就寢聞雞鳴。

十五日戊午，晴。平明，望闕四拜後祈雨，香自京來，遂行禮如平壤時。還所寓，笞具澄而放慶祐、彦龍、使奴等。以慶祐之所添似少，彦龍則籠溺于古津江而拯出，使奴已受刑故也。都事亦笞閔勳，没其所持大口魚四十餘尾、油扇一百五十柄及角弓等物，又没軍官金麗生全角弓二張、樺皮十餘片。牧使設餞宴于大門，州之酒湯善騎射者有五六人，余等命試而觀之。步驟俯仰，殊有法度，與男子難辨。是日，余辭不飲而退。入夜，月色皎然，余發興，登統軍亭，由善隨至設小酌，余昏醉。

十六日己未，晴，間雨。朝與都事、牧使先到江邊，分三所點渡一行人馬、卜物及唐人二十五名口。有嘉山護送軍一人，濫持沙器一竹，余令没官。使與由善、汝式後至。余等俱會于餞幕設宴。望見馬耳山上有騎馬者，群聚可三十餘。令義州小通事往問之，則乃遼東都司經歷賫賞軍銀兩。頒于江沿臺，欲覽我國形勢，仍與備禦指揮來登此山云。酒闌，移席于舟次，觴籌縱橫無算。暨到于岸，余已醉倒，扶至西江，與使并渡。抵狄江，余困卧，使與汝式先去。月上，余始起，所經有婆娑堡舊址等地，而俱不能記。是日余欲不飲，而及與京洛之人相别也，思親戀闕，中懷作惡，遂與由善引酒至醉焉。宿于九連城迤東孫三家。

十七日庚申，雨。遣李廷敏致禮物于江沿臺備禦指揮劉胤昌、守堡官副千户程士忠，備禦、守堡官等送舍人六名，亦來致下程，依例饋餉，各給扇帽。歷九連城及世子坡。城舊廢，嘉靖丙寅新築，丁卯畢工云。午餉[①]于金石山迤西人家。歷細浦松鶻山，山一名海青山，峰巒峭拔廉利。宿湯站迤東金祖尚家。兄弟四人皆服喪，而飲酒食肉，無異平日，大有胡狄之風。聞遼瀋地方皆如一云，豈其久淪於契丹、女真、蒙古之域，而遂爲習俗也耶？

十八日辛酉，晴。曉遣申璨致禮物于湯站指揮王魁。朝大霧，衣裳皆沾濕，戴帽而行。過湯站，站實小堡，而城制完固。雖被衝突，而有未易猝傾，推此可知其大者也。我國則不然，累石而上，臃腫齟齬，拔一則隨而頽圮，決難支吾[②]。

① 午餉：午飯，其他燕行錄文獻中亦作“餉午”，表“午飯”“吃午飯”之義。

② 支吾：其他燕行錄文獻亦作“支梧”“支捂”，支撐住不倒下。

昔莒恃陋而不修城池，楚師一入，其民遂潰。胡文定貶其不能設險，此在我國之所當深憂者也。站有前後川，歷燕子巖，至龍山下二道河邊午餉。命網小鮮以配飯，其味極珍。湯站指揮送舍人六名，來致下程。饋給如前，舍人輩嫌其少，發怒委棄而去。余等欲試之，令姑勿追贈。最後一人，還推而去，極好笑也。此人唯知貪得，不顧廉恥之如何。名爲中國，而其實無異於達子焉。又遣金鸞孫致禮物于鳳凰城指揮全景和。

午後，歷開州城。城因山而築，有遺址。山形甚險，如列戈矛。又歷乾河劉家屯，宿于伯顔洞趙國勳家。鳳凰城指揮亦送舍人六名致下程，其咆哮無禮，尤甚於湯站人。通事等或叱或誘，依例而送。其家後園有林木可蔭坐，與汝式退而往歇良久。食畢，又逍遥於歧路間。

十九日壬戌，晴。朝踰白楊臺地，有兩嶺相對，路甚險巇，我國人呼爲“雙嶺”云。歷鎮東堡，堡一名松站。過長嶺，涉瓮北河午餉。又歷斗嶺、蛇稍河、八渡河等。二河與瓮北水皆一派也，亂石鋪底，湍勢奔急，若稍潦漲，則必致顛覆之患。又歷獐嶺、長藪川、龍鳳臺，僦古烟臺張忠家以宿。家極低隘，余等坐川邊觀魚，仍至曛黑。夜，唐人李聰妹居于近地三里許，聞聰來，持酒肉以慰，就余所寓之側談話，與聰别去，不知存没者，今已十八年云。子美曰：“夜闌更秉燭，相對如夢寐。”[①]正與此合。

二十日癸亥，朝晝陰，夕晴。先遣李廷敏往遼東修懷遠館，仍致禮物于連山館把截所千户。朝過鎮夷堡，堡一名通

---

① 子美曰……：出自杜甫《羌村三首》之一。

遠，歷一堵場、稠林子、羅將塔、草河洞，踰分水嶺午餉。有水至嶺下，分作二支，一南爲八渡河上游，一北流入遼東太子河，嶺之得名由此。遇官差拿賊人五名以去，或車載或步行。問之則一殺人者，一强盗。三人則偷我國馬匹於江邊，義州飛報，故俱將受罪於都司云。

又歷大河架子臺，至連山關，關設重門以譏察行人，千户掌之，而閭落荒廢，只有五六家，關有前後川。又過將軍廟，廟在山隅高處，不知誰氏，有僧守之。宿于甓洞陳堯舜家。

二十一日甲子，曉雨，朝晴，猶陰以雨。晚發，踰高嶺，嶺盤回屈曲。過韓家墳，穿過甜水站城中。城圍舊則極大，嘉靖辛酉五月二十七日，達子陷其城，盡搶人民，故今狹小其制，令其易守。至青石嶺下午餉。有汾州人李重陽，亦於辛酉年爲達子所斫，劍痕滿身，自言家鄉相距三千五百里，無所以歸，因娶婦居于此焉。余問汾州形勢故迹，答曰："州有金城、永和二郡，王府汾水過城下，而人可徒涉云。"

午後踰嶺，嶺在一路，比諸嶺爲最險。兩山挺出，林樾深邃，徑石槎牙，馬多顛蹶，人頗苦之。歷五義寨、狼子山，未至山下，有接官亭。天使頒詔我國時，遼東都司送至于此，以後則險山堡，參將衛行，此亭實爲迎送之地界。到三流河邊，黄潦漲溢不可涉，邐迤而行，由下流稍安處以渡。又歷頭關站，站今廢，渡頭關河及湯河等水，三河亦一派也。湯河尤深且急，可過馬腹。今日之雨若不開霽，則余等决不免阻水矣。

夕僦張添福家，添福時未冠，年十九，性稍溫雅。余與汝式退而共坐後園，添福來見，饋以燒酒及蜜果，即持以遺母。少頃，攜酒一瓶、片瓜一器以贈余。余等嘉其誠，勉以進學。夜持所讀册子來，其名曰《詩言文集》，乃鄉曲間教兒童之書也。

二十二日乙丑，乍陰夜雨。朝，余與汝式贈張添福筆各一管，汝式勸以茅容[①]之事。路傍有王都督祥墓，前者使臣多往觀，余等過而不入。踰大小石門二嶺，至冷泉莊朝飧，泉味極甘洌，其得名以此。歷高麗村，午抵懷遠館。館在遼東城安定門外，中門揭"懷德遠来"之額，釋館名也。大廳亦懸"來雍止宿"四大字，創於隆慶庚午，筆迹如新。廳後有東西兩房，而東則頹落，余寓于西邊館夫家。鎮撫杜春等三人來語通事曰："已告都司，明當見官云。"向夕，使買烹猪頭及南京酒，與余及汝式共會。

東八站地隸山東，爲遼東外徼，山川絶類我國，多峻嶺大水。嶺則青石嶺最險，水則瓮北、八渡、三流、頭關、湯河等。河流甚急而下多石，稍有雨潦，人絶不通。甲子年聖節使陳寔留滯艱關，十八日方至遼東云。其地自義州至湯站，由檢同島則九十里，徑渡三江則六十里。湯站有二路，一則自站至鳳凰城四十里，自鳳凰城至松站四十里，此爲中朝公差往來之路；一則自站直至松站七十里，此爲我國使臣所徑之處。自松站至通遠堡六十里，自通遠至連山關七十里，自連山至甜水站三十里，自甜水至遼東九十里，凡三百八十里。

二十三日丙寅，朝乍雨而晴。余等率一行，由安定門歷

---

① 茅容：字季偉，陳留郡（今河南開封）人，東漢時期名士。有孝名傳世，"一雞供母不供賓，主亦無慚賓不嗔"的故事歷代傳頌。

育才坊、河東三鳳門、武進士第、烏臺旌奬家、脩文坊、巡警鋪、進士會武蜚、黄振武等門。城中人物富庶，室屋連接。至都司，司前竪高門，扁曰“全遼閫寄”。余等入中門外東廊人家，買紹興茶以啜。已而，掌印大人陳言、三大人蘇國賦出于大廳。鎮撫等導[1]入，使進月臺上面西，余與質正差退立，一行分二班於後。鎮撫等跪告曰：“陪臣見。”旋引使至楹内堦上，行兩拜作揖，兩大人荅揖。禮畢，就西東嚮立。余與質正行禮如使。鎮撫號解我國語而不善焉，一行進跪楹外。大人曰：“起來。”即起，行兩拜又跪。大人曰：“起去。”遂排立于質正之下。少後，上通事宋大春出，捧咨文跪告曰：“國王咨文。”大人令禮房受置于案。門子等捧茶鍾以進于兩大人及余等，仍遍饋一行。一行持鍾進跪叩頭，還次啜訖又謝。使命宋大春告于大人陳言曰：“陪臣以五月初六日起程，而在我國地方連因雨水，趁不得行。今始到此，若又遇水於三站，則節日似迫，恐未及達。望老爹明日行宴後日打發，以副遠人之情。”言曰：“一兩日行宴後當打發。”大春還就班，言招而告之曰：“前日謝恩使之行，上通事巧而無禮。到禮部不能善處事，致本部行文巡撫衙門責及吾等，是何意耶？吾即欲移咨國王，而欲待汝等之來，詳問姓名，付咨於迴還之日。吾在此曾經幾個通事，而獨此通事可惡。”大春就告于使，使答以不曾聞知。今承大人之教，不勝驚駭。鎮撫文瑀等帶大春跪告于言曰：“前年驚逸貢馬十五匹，於十三山艱得尋獲，以此都御史劄付都司，轉送于江沿臺。令後日陪臣之來，另加防護，仍諭彼國知會，即今國王回咨到此矣。”言便取咨文，作聲親讀[2]已，曰：“觀咨意，東八站一路，自有護送軍馬，不須差撥，但於西路加謹防護耳。可速備報巡撫衙門，一則移文海州衛參將。”語畢，余等又行兩拜揖禮而出，留宋大春交割唐人房小廝等二十五名口。內有張二哥者，呼而不應，言怪問之。大春曰："此必在我國供稱時誤説也。"數該二十五名口，豈有錯誤之理。點名既遍，果有一人在後曰："我爲張房親，而二哥則是我父名也。"言曰："適不察也，可出去。"大春又請得冰塊，言曰："當給與。"

【校勘】

［1］導：底本作"導"，即"導"。

［2］讀：底本作"读"，"讀"之殘字。

余歸問謝恩使上通事之事於洪純彦，純彦曰："我國使臣之入貢也，都司例具題本，先達其由於皇帝，謝恩使李陽元去時，都司題本筆畫老草，多有落書之字。帝下其本于禮部，禮部只以文書間差錯致責于言。"言謂上通事柳廷良曰："你若周旋則可得無事，而不能用心，以致如此，極肆罵詬，故今者言又發怒而云然。"余又問言之出身首末，純彦曰："壬申年，掌印大人王承祖以贓污，爲巡按御史所劾。革職以去，言自廣寧都御史中軍指揮代其職。初赴官，韓、陳兩詔使將至，詐揭榜文於館門，令禁侵擾，詔使既返，即掇去。其貪婪無厭，甚於承祖。今以前者所求《皇華集》、咨文紙、大笠子等物不至，故盛發怒氣，現於顔面。余等見官之際，言之下人輩，少有差違，必大聲叱之。蓋遷怒我國而然也。"

午，委官經歷顧萬鑑送下程來，遣宋大春、金永雲、金鸞孫、申璨及軍官金麗生、許昳、李寬等，各致禮物於三大人處。大春納禮單及《皇華集》於陳言，則言出坐小廳招語曰："頃者屢求《皇華集》五部，鏡面紙六十張，緣笠三部，而今日何以只將《皇華集》一部來耶？"大春曰："《皇華集》則例於詔使來日，臨時鑄字而印，舊件今已用盡，只餘一部，故耳。若咨文紙，功力極重艱，用於事大文書，而別無餘儲。絲笠則冬至使當賫來矣。”言曰：“通事之言巧矣。”因取紙手書海獺皮、滿花席、白布、花硯、雜色紬、整參等物，其下又書帽段二匹、羅一匹、大段廿匹給大春曰：“以此換前物來。”大春曰：“海獺皮非本國所産，滿花席係進貢之物，不曾持來，奈何？”言曰：“不須多言，歸議汝一行，可速將來。”大春再三不肯[1]受，言怒而起立，作聲愈厲，令鎮撫等持其物以出，大春不得已，受之而退。二大人蘇承勳則往金州衛旅順口，阻攔逃民云。三大人亦出于小廳，一一點納。在昔例以酒飯饋致禮之人，而今則不然。伴送張朝用、金國臣、張國武等來獻下程。宋大春求長甸子設堡公事始末於都司吏，吏言皆在察院，只得巡撫都御史賞勞軍民公文，其文曰：

> 欽差巡撫遼東地方兼贊理軍務，都察院右副都御史張爲條陳遼東善後事宜，以備採擇事照得。新建寬佃子等六堡，委官調集軍夫，俱已赴功興作，合再行犒賞。爲此除大委官李尚元等六員已行分守道再給下程銀二兩外，牌仰本司官照牌事理，即便動支庫貯，無碍銀兩差官賫赴六堡。將大委官下程銀一兩，小委官每給銀三錢，以示犒賞。事完，將用過銀兩給過員役。名數開報查考，毋得違錯未便，蓋已始役也。

【校勘】

［1］肯：底本作“肎”，即“肯”。

夕，與汝式共食，有一人持榜文以過，余取視之，乃都司所爲也。榜曰：

都司爲禁約事,照得。朝鮮係守禮義之國,目今陪臣到駉,訪得積年久棍,在駉把持,只專誘欺詐哄壓買,有失我中國柔遠之體,深爲可惡。擬合出示曉諭,爲此仰關防捕盗官多撥兵,快内外巡緝,如有前項棍徒,即便鎖拿解司,以憑枷號問遣,決不輕恕。

此文正是形狀自己之惡也。聞其賫來舍人指其中"壓買"二字而言曰:"老爹真個是壓買,何以禁他云。"

夜,余令安廷蘭問言之行事於主嫗。答曰:"言是小家子奴材,其惡在前人無比。平居,每一日三次點呼書吏、門子等名,一或不在,則徵米三斗。託言載送於寬佃子築城處,而實則私爲己用。其家在廣寧,有一子二女,與總兵官及前都御史齊宗道爲婚,互相盤據云。"言之罪惡[1]已極,雖走卒愚婦,皆燭其心術,此可見公論之不可以威屈也。且中朝之設立巡按御史者,正要按問此等鼠輩,以振王法。而今日,通事等將行見官禮於察院,則御史赴宴人家,而不在焉,以法官而持身卑賤如此,其不能彈壓也決矣,其名即郭思極也。

【校勘】

[1] 惡:底本作"悪",即"惡"。

二十四日丁卯,晴。朝,宋大春、李廷敏呈解送咨文於巡按御史。御史曰:"朝鮮國王,赤心敬上,解送走回人口,好妙、好妙。"仍令掛紅於二人。掛紅者,中原之俗,凡遇喜慶,必掛段肩上、插花帽頂以榮之。今舉此例者,以其解送之多也。廷敏又持咨文,歷見副總兵官楊登、布政司馮顗、濟南府通判李可愛處。顗即開元兵備按察司僉使也,以布政參議李鶚新卒，而代者未至故來。權署司事云："二大人家及三大人，各遣舍人三名送下程。"使出待設酌，分贈禮物。

午，余患暑熱，與安廷蘭將欲納涼於教場，遇鎮撫金國臣于道，國臣怒余等之不告於己，謊言副總兵官之子來飲於場，不可以輒入。廷蘭開諭甚懇，遂率余等以往。教場即閱武之地，築臺建屋，每試於農隙，可容三十萬軍馬云。東偏有義勇武安王廟，即關羽也，塑土爲像，貌極生獰，曾謂雲長而有如是耶。九原而有知，夫孰歆其祀乎？此乃太祖高皇帝託言陰兵以神之，令天下莫不敬祭。故余等所過路傍，處處立廟，人家皆懸畫像，可見其崇奉之至也。但雲長之精神氣魄，死後不能扶漢之亡，而乃云佐佑太祖於數千載之下者，寧有是理哉。

午後，掌印大人陳言亦遣舍人三名，來致下程，使與余及質正共接待焉。三人者又於常贈之外，别求白米三袋以去，其無廉恥如此。余等又召鎮撫杜春、文璃、金國臣、高進等相見。坐定，璃袖出陳言小帖書曰："《皇華集》要緊，陪臣專委官啓送云云。"且語曰："大人切欲速觀是集，須於團練使之還，善啓爲望。"又請曰："大人要得厚紙十張以裹衣裳，切望給與。"且命其下持一小櫃來，櫃中有扇七把。其一把則上有題詩七言長律一篇，以草法書。鎮撫等傳言意曰："大人願求一言，兹將扇六把以呈宰相，兼送所攜之扇，願依此樣以製。"余等辭曰："本國之人，但治經書，其於嘲弄風月則未遑也。大人求詩之意極懇，若少知所作，則安可違拒尊命乎？第以實未能爲如此事，余等決不敢徒污貴扇。"鎮撫等曰："大人委送求詩。"終不可辭，余等曰："吾等之言，出自中心，非爲外假，望以是意善達于大人。"鎮撫等曰："然則當稟于老爹。”余等又言曰:“厚紙不曾賫來,而只有大白紙,請將此三卷以準十張。”答曰“唯唯。”將别,文瑀告曰:“既受厚禮,又承盛宴,未知將何以報恩乎?”余等答曰:“薄禮不須爲謝。”遂揖而出,既去。余等暫開小飲。

夕,唐人輩見通事等查出别[1]求請物件,人參多至四十斤,皆曰:“若此貪墨,近古所無。不獨貽害於你國,我等亦不勝其侵割,汝何不赴愬於禮部乎?”洪純彦答曰:“吾等安敢以外國人輒行告訴於禮部乎?你等抑何不告於巡按衙門耶?”唐人等笑答曰:“御史亦愛錢,大人曾已相熟矣。”純彦曰:“御史亦如是乎?”答曰:“熟不要錢?”純彦説嘉靖乙卯年間,有巡按御史陳瓚,持身清苦,凡朝夕飲食之資,皆取於其家,税課司例供支費而一不受焉。時人爲之語曰“點水幾凍”,喻其嚴威之重也。以斯人而方之於今,則賢愚相去不亦遠乎?

【校勘】

[1] 查出别:底本此三字漫漶不清,據抄本録。

宋大春賫别人情,人參四十斤、花硯十方、白米十袋、白布四匹、黄布二匹、油芚六部、弓二張、片箭三十根、筒兒二涼席二葉、白貼扇二十柄、油扇五十柄、筆二十管、墨十丁等物,并將前送段匹詣陳言家。言在小廳,進大春而告曰:“此物何名耶?”大春曰:“小的無以奉老爹,謹將薄物以表下誠。”言曰:“汝受我段匹,則我固當留汝物,而但汝不肯受我所送,則我何敢取此。”大春扣頭曰:“不腆之物,皆是土宜,只依舊規,來獻左右。所送段匹,斷不敢受。且迴還時則猶可,而今向北京,處置無便,尤不可持此以去。”言曰:“我當封置别處,待汝之還。”其實喜其不受而故爲是辭也。

言招下人,引出大春於迎賓堂。庭宇靓密,酒肉豐潔。大春飲罷拜謝,因就告曰:“我等在本國地方,被雨水阻滯。今纔到此,恐未及節日。望老爹明日排宴,明明日着令發去。”言曰:“明日與明明日則察院考秀才,我亦就彼伺候,不暇他事。二十七日喫宴,其翌日方可啓行。”大春扣頭更告曰:“沙嶺以西,泥水方濘,車行未快。若不達於節日之前,則非唯有責於陪臣,亦豈無事於地方乎?明明日考罷,不可排宴否?”言默計良久曰:“當依汝言。”大春請車輛之數。言曰:“當許十八輛。”大春曰:“三所方物及各人往還盤纏,官家藥材等貿易,倍於前日,必得三十輛而後乃可以載,小的不勝悶迫。”言曰:“然則給二十輛。”大春懇告其不敷。言曰:“給二十二輛。”大春更告曰:“老爹之教如此,小的不敢再瀆,若但撥給二十五輛,則小的亦當退去。”言曰:“多則多矣,然姑依汝言。今日昏暮,明當寫出票帖,并定催車舍人。”大春曰:“小的以二十六日受宴,二十七日發行。而車數則二十五輛等情,回報陪臣。”言曰:“諾。”

大春初入城,鎮撫等藏其物件于南倉中,不令人知,只將禮單及段匹而進。回時,言預令留門而出。大春臨還,言抽給二扇曰:“我欲覽陪臣詩筆甚切,而終不見從,殊用缺然。想六扇似多,故更以二扇付汝。汝當告于陪臣,明可受來云。”

是日,余點看貢馬,驗其肥瘠,令善養俾無道死之弊。後見搢紳日覽,瓚今爲户部左侍郎。乙亥,升左都御史。

二十五日戊辰,雨。館東房樑折盡頽,鎮撫等來語通事,令致人情物件於二三大人處,宋大春傳其單于使。使怒,以爲此乃大春與鎮撫通同作弊於中間,將欲笞之。通事輩不獲已,鳩合私貨以應副焉。此人等跋涉萬里,攜些小之物,欲以爲仰事俯育之具,而乃被貪吏之所虐,傾囊倒稛,以充其欲,幾至空手，見之慘然，而顧不能助其萬一，可愧之甚也。

大春詣陳言討車輛票帖，則言曰："已成票帖，差舍人去，汝可回館以待。"大春獻一刀子，言受之。又曰："更欲得漆[1]扇數三柄，汝可覓來。"大春又以昨日袖來二扇還于言，仍致余不敢承命之意。言曰："我求詩至此，而汝宰相猶不肯下筆。我顔原有忸怩，汝須備告我意，使我得見之，幸甚！"因還付大春。大春求長甸子等處築城題本於兵房，則答曰："都在察院衙門，而今日察院考秀才，無從訪問矣。"鎮撫文瑀曰："我將人情之物，往請該吏。"謄書而來，乃以别人情，白布一匹、正布二匹、白貼扇五柄、油扇二十柄替給瑀。大春歸，使聞其實，命給扇帽等物，遣申璨催車于八里站。

【校勘】

[1] 漆：底本作"**漆**"，即"漆"。

夕，使設酒饌[1]招余，以余之生日也，夜歸呼餘酒畢酌。主嫗之子爲陳言門子，余問言殺子之故。答曰："未能詳知，但聞在廣寧時，絞殺其妾之子。其妾在此，若思想則時時放一頓哭云。"

【校勘】

[1] 饌：底本作"**饌**"，即"饌"。

二十六日己巳，或晴或陰。朝，舍人周世元持車輛票帖來曰："昨日未及進受此文，被打十棍，今向八里站云。"宋大春詣都司，陳言謂大春曰："東寧衛管事者，因昨日雨雨，未及備設宴具，吾已罰十五棍矣，明早可以行宴。"大春曰："雨候若此，而節日又迫，決難遲留，然則請老爹權免宴禮。"言曰:“一日之留,亦未爲久,朝廷恩宴,斷不可免也。”大春又還二扇,言甚怫然。大春求得巡撫都御史奏請築堡題本,其文曰:“一孤山等六堡,某堡該移某處。”低一行書云:

前件查閲得險山一帶邊境,南連鴨緑之巨險,道通朝鮮,北居疑。十岔口之諸衝,逼近東夷,且延長一百八十餘里。林稠地遠,絶無人烟,以故達賊乘虚,常由十岔口等處而入,直抵寬佃子、雙堆兒、長佃子、散等。長嶺陽雖下套圍獵,陰實伺隙竊掠。若來向正西,必犯險山、鳳凰城等處。若向西南,必犯江沿、寧東、湯站等處。若向西北,必犯新安、靉陽等處。至於孤山地方,張其哈剌佃子乃通賊要路,出没無時,貽害地方,俱非一日。議欲移堡以阨險要,誠爲有益。

今閲險山堡移建寬佃子,地里寬平,形勢秀麗,北有靠山,南有照山,大約通長二十三里。東西兩傍俱稠林,約闊二十餘里。居中一區遍産茂草,可以卜地建城。計其四至,東西俱邊隘,東至松子嶺衝三十里,北至乾河子衝二十里,南至雙堆兒六十里,西至靉陽堡九十里。寧東堡應移雙堆兒,地勢亦平。東西五百四十丈,計長三里,南北二百二十丈,計闊一里零八十步。正坐十岔口衝,可於居中建城。東南至沿邊青崖子衝十里,東北至文大人誉衝八里,西至散等六十里,南至長佃子二十里,西南至寧東堡一百二十里,北至寬佃子六十里。江沿堡應移長佃子,南北二千七百丈,計長一十五里,東西一百八十丈,計闊一里。正坐短錯江衝口,北多水溝,惟南平坦,可以建城。東至邊隘團林子衝口五里,西至散等六堡六十里,南至江沿堡一百二十里,北至雙堆兒二十里。新安堡應移長嶺,南北一千八百丈，計長一十里，東西一千四百四十丈，計闊八里。雖寬廣，但高下不一，可於居中建城。東至寬佃子三十里，西至靉陽堡六十里，北至邊隘地名鍋兒停衝口三十里，南至新安堡一百里。大佃子堡應移散等作爲站地，南北五百九十八丈，計長三里零一百一十六步，東西一百八十丈，計闊一里。但東近古河，可於居中建城。計其四至，東南去雙堆兒，長佃子每六十里，北至長嶺八十里，西至險山六十里。孤山堡應移張其哈[1]剌佃子，東西九百丈，計長五里。南北三百丈[2]，計闊一里零二百四十步。西有稠林并原墾荒田約五里。河北可以建城。計其四至，南北東俱邊隘，南至紅石崖衝五里，東至大滑石嶺衝三里，北至小滑石嶺衝五里，又至溫頭嶺衝十里。盡南由三岔兒，接靉陽堡界後草河臺五十里。盡北至溫頭嶺，接鹻場堡界金寶墩二十里，西至孤山舊堡三十里以上。六堡俱相應移，伏乞裁奪。

【校勘】

[1] 哈：底本、抄本俱作"給"，依上文改。

[2] 丈：底本、抄本皆無，據上文補。

午，都司給我國軍馬糧料。有優人善雜戲者來于館，使招余等觀之。午後，鎮撫金國臣導余等向安定門，歷司獄司青雲接武門，大都督坊譙樓世科門，至定遼北倉訪華表柱，柱在倉中，即《搜神記》所謂"丁令威化鶴來集"①之處也。其

① 《搜神記》所謂"丁令威化鶴來集"：出自晉代陶潛《搜神後記》卷一："丁令威，本（漢）遼東人，學道於靈虚山，後化鶴歸遼，集城門華表柱。時有少年舉弓欲射之，鶴乃飛，徘徊空中而言曰：'有鳥有鳥丁令威，去家千年今始歸。城郭如故人民非，何不學仙塚壘壘。'"

説極誕，而流傳至今，遂爲故迹。柱形如我國墓前望柱石，高纔丈餘，絶無古態，必近世好事者附益之也。其前有短碑，嘉靖甲寅參將王堂都司劉應賓所立，刻令威絶句於端。其左有文，辨此柱之疑似難信，系以王光祖、俞憲七言長律焉。柱之後又有一屋，刊詩十餘篇於甓，以置壁間，而文字磨滅，不可了了。

將向白塔寺，道遇小雨，下坐道隅人家。雨止，出自鎮遠門，門即城之北門也。歷東寧衛，出附郭城到白塔寺。寺屋宇頗閎壯，佛像殊炳焕，有大塔累甓而塗堊，寺之名蓋以此也。俗傳唐太宗征高麗時，命尉遲敬德所築也，其後增修不替。其長可十丈許，面則八層，有十三懸風鈴於四隅，扁以金字曰“流光碧漢”。正堂之前有一碑，成化乙巳建。知吉安縣事余順撰其文，盛贊佛教以比於日月江漢，極其稱揚，斯人也抑可謂病狂矣！不然，何敢大書深刻，而略無所忌憚者乎？其可醜也。寺之北建輪閣，回轉可玩，又由述成門登望京樓，門即城之西門。樓有八角，故一名八角樓。三層高聳，勢入雲霄。俯視城中，城周可二十里，閭閻接連，館廨閎衍。城之外東南，群山環擁，西北平蕪極目，真壯觀也。樓下有東西兩碑，東則山東布政司左參議杜整撰，在弘治己未；西則太僕少卿劉翔撰，在嘉靖丁酉。皆述繕修兹樓之概焉。余登最上層，遠視遼塞，窅有凌雲之思，但蝙蝠遺矢，厚積寸餘，不可久留，深爲悵恨而返。

因入正學書院，額釘于門，穿中門詣樂育堂。堂中竪《鄉賢祠記》碑，正德十四年秋八月立。知咸寧縣事徐景嵩撰。鄉賢凡六先生，即後漢流寓北海管寧、平原王烈、襄平河内太守李敏、國朝遼陽萬全儒學訓導張升、河南道監察御史胡深、義州户科給事中賀欽也，瞻仰起敬，凛然如在。壁上列書隸院生員名字，蓋御史試文選士，俾處于院日食公廪，令自在知州提督云。由樂育堂又過義重取樂、樂育英材二堂，有嘉靖乙丑巡按御史李輔重修書院碑，凡四處額皆御史朱文科之筆，最後廳壁，寫一“魁”字。傍有“近台書”三小字，字形滿壁，奇偉異常，人言李輔所書也，不知其義。若以科舉之倫魁勉學者，則待天下士，不亦賤之又賤者乎？院之左右，翼以長廊，皆儒生所居，標以字號，而多空無人焉。

周覽畢，還下于樂育堂，生員四人來見，乃賀盛時、盛壽兄弟，魏自强，吕沖和也。賀即知自在州國定之子。沖和，東萊先生之裔也。余等相揖[1]後坐定，先書余等名號於紙以示焉，四人亦如之。余書示曰：“僕僻在海隅，索居獨處，不得聞大道之全。今蒙朝天之命，道途餘暇，得以覽觀山河之壯麗，城池之崇深。又與諸君子周旋一堂之上，可謂幸矣。僕竊聞近日王守仁之邪説盛行，孔孟程朱之道鬱而不明云，豈道之將亡而然耶？願核其同異，明示可否？”四人者答曰：“生輩居南，諸公居東，今日之遇，皆夙緣也。本朝陽明老先生，學宗孔孟，非邪説害道者比，且文章功業，俱有可觀。爲近世所宗，已從祀孔廟矣。公之所聞，意昔者僞學之説惑之也。”余又書曰：“恭惟朱考亭先生，纂孔孟周程之緒，集聖賢之大成，自是厥後，有如真西山①、許魯齋②、薛文清、賀醫閭③諸公，莫不敬之如神明，信之如父母，未嘗有異議。獨王守仁者，掇拾陸氏之餘，公肆謗詆，更定《大學章句》。

① 真西山：原名慎德秀，字實夫，南宋理學家，有《真文忠公集》傳世。

② 許魯齋：許衡（1209—1281），字仲平，號魯齋。元代理學家、教育家，推崇程朱理學。著述收入《魯齋遺書》中。

③ 賀醫閭：賀欽（1437—1510），字克恭，自號醫閭山人，寧波府定海人。少好學，推崇程朱理學，有《醫閭集》傳世。

其言至曰，苟不合於吾，則雖其言之出於孔子，吾不敢以爲信然也。推得此心，何所不至？守仁若生於三代之前，則必服造言亂民之誅矣。孔子曰：小人者，侮大人之言。其守仁之謂歟！夫守仁之學，本出於釋，改頭换面，以文其詐，明者見之，當自敗露。諸君子特未深考之耳。守仁之所論著，僕皆一一精察而細核，非泛然傳聞之比也。公所謂文章事業，僕亦未之聞也。其事業，指破滅宸濠一事乎？此戰之捷，亦守仁仗皇靈而能勝耳。原守仁之弟子劉養正者，爲宸濠腹心，宸濠就擒，人於舟中得養正手簡，其中有曰：'贛老之事，漸不如前。'贛老，指守仁而言也，此果純臣乎？是以嘉靖聖天子革其爵禄，明其僞學，以榜天下，大哉帝之卓見也。豈意從祀之典，乃起於末流，若使夫子有靈，必羞與之同食矣。且吕先生乃東萊賢孫，東萊平日與朱子共排子靜無遺力，而爲子孫者乃不能仰體祖先之意，其可謂無忝乎哉！噫！守仁之從祀，與王安石、王雱之配享，何以異乎？行當毁撤，必不能久於天地間也。語直傷交，切望亮之。"四人又答曰："從祀孔廟，乃在朝諸君子輿議，非山林僻見也。且學以良知良能爲説，非有心得者，其孰能知之？所聞不若所見之爲真，諸君特未之察耳。"余因與往復甚苦，彼終不服，余又曰："頃於赴京友朋之還，得見御史石君槚、給事中趙公思誠等題本，可謂正論。"四人曰："此人皆僞學者之後，故其言如是其乖戾也。"余曰："僞學者指何人乎？"答曰："如王安石是也。"此蓋指朱子爲僞學，而不敢誦言，姑托之於他人也。余度其固滯鄙賤，不可與辨，乃書曰："承教，不勝缺然。古云：'道不同，不相爲謀。'我宗朱門，君耽王學，爾月斯邁，吾日斯征，終無可望於必同也，奈何奈何！今日已昏暮，不得穩討。明若臨陋，則可以從容。"將還，贈筆墨扇等物。

四人書示曰:“君遠來乃以扇筆墨相資,禮不敢受,請辭。”余答曰:“士相見,贈遺以物,禮也。薄物不足以充君下价之用,特表中心而已,望領情勿却,千萬之祝。”四人皆受之,相與揖別。四人送至中門,期以明日相話,還由安定門以歸。

【校勘】

[1] 揖:底本作“楫”,依抄本改。

由此觀之,則今之天下,不復知有朱子矣。邪説横流,禽獸逼人,彝倫將至於滅絶,國家將至於淪亡,此非細故也。而爲儒者轉相眩惑,萬口一談,雖有闢邪崇正之論如石、趙兩公者,皆不獲施行,至以躋於從祀之列,其污衊聖廟大矣。嗚呼!此道已衰,無復可支吾者。爲今之計,將如何哉?其亦尊所聞,行所知,而白直加功,不容少懈,期以没身,則庶不爲他説之所摇,而可以不大得罪於聖賢矣。若但與此輩呶呶終日,則恐其無補於事,而徒起紛擾之端也。

二十七日庚午,朝晝或雨或陰,夕晴。朝食後,余等率一行,詣都司受宴。聞鎮守總兵官李成樑之子,即三大人蘇國賦妻娚也,昨中察院考試,將返廣寧。故陳言與國賦設餞于後廳云,余等坐中門外以候。日西始設宴。一行就月臺上龍亭前,與兩大人焚香行望闕禮,五拜三扣頭訖。大人還入于廳,余等各行兩拜揖禮,如見官時。但使則坐于東,余與質正則坐于西。上通事以下分兩行亦坐于廳内東西堦下。卓[1]面盛設饌具,皆可於口。酒進樂作,優人呈戲,樂音之噍殺急促,甚於我國。而其所謂雜戲者極無理,多作假面,奇形怪狀,不一而足。刀槍亂發,馳突衝奔,尊俎之間，爲之不寧。至五巡，陳言招鎮撫語曰："我欲别行情酌於陪臣，可令三小門子傳杯。"遂進二杯，仍令門子立于余等之傍。酒九酌，設飯及茶而罷宴，行謝宴禮，與望闕同。又辭兩大人而出到館。舍人持使卓來討人情，循舊例也。陳言送一舊繩床來换新者，不得已，以汝式所有换之。今日之宴，言特令門子進酌於余等者，蓋欲以示殷勤。而通事等或以爲喜受人參之故，或以爲欲换繩床而然。言之意未必出於此，而人皆以惡名歸之。君子惡居下流，端爲是也歟！

【校勘】

[1] 卓：底本、抄本同。本書"桌"皆寫作"卓"，明清習見，今不改。

夕，書院生員賀盛時、姚繼孝來見。余與汝式對話，余書示曰："聞賀先生居于衛輝府云，與許魯齋想必同鄉，有傳其學者否？其後今有幾人？且貴居與洛陽相距幾里，二程子孫，今居其地否？幸詳示。"答曰："衛輝府距洛陽密邇，魯齋先生亦元文人。但事元爲人所短，雖有所宗，亦寡[1]矣。程氏後子孫亦多，賢者亦寡矣。"余曰："嘗觀《薛文清公讀書錄》，其推尊魯齋至矣，未知短魯齋者是何人，乞指示。且遼陽城中，亦有爲心學者否？義州賀給事欽，亦何如人耶？"答曰："魯齋先生，當時賢士夫亦亟稱者，但以中國事夷，其視劉誠意識真主於群兇鼎沸之中，何如也？故後世不無議之者，其人可指而述之乎？賀醫閭，非特爲遼之心學者，白沙之後迥無雙也。"余曰："魯齋之時，天地易位，人類將滅，苟無魯齋扶持之力，則民其魚肉矣，豈有今日乎？故文清公以其出處，比於古聖賢，諸公其未之見耶。且劉誠意登元朝科第，而事我聖祖，功業雖可稱，而其行已無足述也。況晚年未能勇退，爲奸臣所毒，亦與魯齋之超然遠去者異矣。諸公乃欲以比於魯齋，不亦謬乎？賀給事，篈所尊仰者有年，諸公之教極是。”答曰：“魯齋扶天常于既倒，後世述之亦多。人有議之，特白玉之微瑕，豈予之所正短。誠意伯雖第于元，而後隱不事元主，而事聖主，是識見甚高，出身甚正，非斯人則終惟夷有。萬世正統，孰接之乎？且爲本朝開國元勳，足下何短之深哉？余深言魯齋之不可不敬學。”二人者默然。余又辨劉基之出處非正，繼孝曰：“古云：‘居是邦，不非其大夫。’此事非余之所敢知也。”余各贈賮物，二人辭曰：“生得覩台範，兼領教益，不勝幸甚，况生無贄儀，豈敢受惠。謹辭。”余曰：“海外鄙生，得覩君子之光，平生之幸孰大焉。敢將薄物以爲贄禮，而諸公不領下情，無任悶鬱，幸乞俯取勿却，以充下廚之用。朋友通財，古之義也，故敢瀆。”二人答曰：“謹領厚情，謝謝。”遂揖别。賀生居于河内，而不知魯齋，未可以專責沈諸梁也。且姚生始焉推尊劉基，終則聞余之論而屈服，有舍己從人之意，不易得也。顧萬鑑又送下程，宋大春拒而不納。

【校勘】

［1］寡：底本作“[illegible]”，即“寡”。

二十八日辛未，晴。朝，把總官曹繼勳到館，蓋受都司之命，撥軍馬二百五十名匹以護送一行者也。打角通事盧舜元以老病落後，使命義州官奴孫鶴代行。

余等由安定門，歷濟美、進士等門。尚書里大中丞奎光按臨，總會三門，出西門，過關王廟。廟宇壯麗嚴邃，中有蒼松鬱然，遼左絶無松柏。獨此廟有之，故“關廟青松”入於遼陽八景云,可見其貴也。又過玉皇廟,即祀上帝之所,其慢天褻神,不待貶絶而可知也。度昇平橋,團練使鄭壽鵑辭去。路傍巨屋巍峨,言是韓總兵墓也。此處久淪於犬羊之窟,故不識古禮之爲何物。親死不葬,置棺於僻地者,滔滔皆是。或有葬者,則又踰越禮制,一至於此,敢行天子諸侯所不爲之事,可發一嘅。又歷八里站首山鋪,首山即唐太宗駐蹕山也。方太宗之得志也,鞭笞四夷,所向無前。氣盈意溢,自以爲除兇雪恥,舉天下莫敢梗吾前,而乃以百萬之師,逡巡於一城之下,挫折而歸,爲後世笑,何其餒耶?復立文貞之碑,嗟其晩矣。故迹依然,使人有千載不平之意。

午餉于沙河鋪,鋪之前有沙河,此河旱則暴乾,而今方漲溢。把總官令軍人肩使輿,借余等以馬,得渡焉。北方之水類多沙土,故以沙河、土河爲名者甚衆云。路逢一人臂鸚鵡以過,忽念上蔡能言真鸚鵡之語,爲之悚惕,遇事接物苟能一一反身提警,則思過半矣。

過長甸鋪,夕到鞍山驛,驛在山下。山形如馬鞍,故因名焉。有察院答應官傳公文於廣寧地方,而還向遼東,食于大廳,裸裎而坐,少無所憚。把總官乘昏來驛,檢視貢馬草料,怒其怠忽,笞驛人。

二十九日壬申,晴。朝過湯兒河、八里河、八里屯、甘泉河、甘泉鋪,至土河迤東鍾二家午餉。是日,炎熱不可堪。又過土河、土河鋪,到海州衛。衛亦大鎮也,其富庶亞於遼陽。由拱辰門穿内城,歷雲龍門、戊辰科武舉孫文門、武魁會選門、寧杲四牌樓。出自西門,門無額。入劉家店。店即本衛掌印指揮劉繼祖所造,僦宿客商,以討房錢者也。遼東把總官交付本衛把總官王應奎而去,來求笠帽,使贈一事。

店前沙河一帶過之，余與汝式退而往澡洗。夜有一百户來言："李總兵之子將宿于此，令余等急徙他處。"洪純彦拒之曰："我等爲朝廷進賀而來，舍館已定，其肯爲一秀才而輕移乎？"百户去招守店者闞生彩，惴之以威，生彩恐受罰，請余等徙于内房，余等勉從之。其人卒不來。夜深，余又汲水以浴，身心清爽。

中　卷

萬曆二年甲戌七月

初一日癸酉，晴。朝，貢馬三十九匹驚逸入城。洪純彦、宋大春告于參將王永祐。永祐即命把總官郝世臣等六人閉四門，發軍根捕。已而俱得於街路及人家。余將管理馬以不謹護守之罪，使固請赦之。伴送金國臣追至，出小城，循沙河，至雙屯姚的家午餉，仍憩柳陰以避暑。宿于牛家莊劉二家。莊今名東昌堡。夕，有十歲童王九魁挾《大學》來讀，頗穎悟。余憐之，贈扇一把，使亦贈筆一管。是日，海州所差把總官王應奎不至。

初二日甲戌，晴。朝過武安王祠，由楊照[①]築道行七八里，道斷而潮溝過之，舟人艤三船以待。余等乘船，棹過十餘里，歷天妃廟，泊于三叉河把截千户所城下午餉。河一名遼水，與渾河太子河合流，故名。其廣類我國臨津，結舟爲浮梁，以渡行人。又歷三官廟、西寧堡。此路舊號泥濘，車馬艱涉，今則因旱燥乾，但蠅蚋蚊虻撲緣馬驢，駿尾流血。至沙嶺，僦宿于景順家。城名西平堡，備禦指揮裴永勳遣人

① 楊照(？—1563)：字明遠，明廣寧前屯衛(今遼寧綏中)人。嗣世職爲前屯衛指揮使，密雲副總兵，嘉靖中期屢立戰功，官至遼東總兵官。嘉靖四十二年(1563)被殺害。

送下程，答以帽扇三物。其單中永勳不書其名，而代以其弟永吉，問諸通事，則中朝人贈遺我國使臣每多如是，云殊不可曉。有守堡官姓林者，書其妻病證來求藥，仍致下程。余等不受其物，令俟張彦龍之至往問焉。夕，于景順外孫王三重年十二歲，能讀《庸》《學》。余贈扇一把，三重扣頭而謝，禮儀閑熟。我國則雖年長者尚不知進退拜揖之節，況兒童乎？其可歎也夫！

初三日乙亥，晴。張彦龍往見守堡官，書示治病之法，仍贈蟠葱散五貼，備禦指揮遣人謝回禮。又求醫眼藥及好刀油紙等物，安廷蘭拒之。通事尹秀寬所乘車及空車二輛自牛家莊在後未至，留廷蘭與伴送一人令率來。歷高橋、平安鋪、平洋橋至接官亭，暫有雨徵而旋霽。軍官等網魚于濠，未及烹而午飯已進，使怒笞下人。又歷新寧鋪至高平，宿賈河家。城名鎮武堡，河之家房室頗潔。夜三更，安廷蘭追至，言日暮秀寬始到，秀寬飢至二日，廷蘭買秫飯以食之，即出新車改載而已，則先來云。蓋此處路無盜賊，故商旅夜行而不避焉。

初四日丙子，晴而風。朝，先遣宋大春詣廣寧催車輛，伴送金國臣亦同往，又留洪純彦待尹秀寬。出西關門，至十里西頭烟臺，由築道而行。望見醫巫[1]閭山横亘連延，蒼翠極目，是爲北鎮。余思賀先生之德，而不可復見，爲之悵然。至盤山驛，日未中矣。貢馬草料未具，噴沫躑躅於庭中，余見而哀之，使安廷蘭言于守驛官曰："自遼東以後，各驛守堡等官剋減該給草料，以致進貢馬匹十分瘦損，誠非細故也。今到此驛，天日尚早，而猶不給草料者，是何意耶？我等到廣寧,將條前路不謹之事,一一披訴於都憲。若不預告,則近於誣汝,故我聊復言之。”守驛官曰:“已命送二車取草,而該料亦依例備出,望姑少待之。”幸甚!又令廷蘭製呈文,蓋海州把總王應奎擅不發護送軍馬,及牛家莊、沙嶺守堡官閉驛舍不納貢馬,故將以告於都御史也。

【校勘】

[1] 巫:底本、抄本俱作“無”,據本書他處改。本月十八日又有一處“醫無閭山”,同改。

午後,使在中廳,招余與汝式,酌露酒數杯。洪純彦自高平替尹秀寬車輛而來,説李總兵之子昨發遼東,宿牛家莊,今向廣寧,其發軍護送者,幾三百餘人,威儀極盛。有一老人指之曰:“彼甚麽大官,而乃如是驚天動地耶?”年前,都御史以我國驚逸馬匹,特具題本,奉聖旨發護送人馬,而纔到海州,旋即中止。今總兵子只一廩膳生員也,乃微乎微者,而多撥軍夫,一至於此,廢王法、逞私情之態甚矣,紀綱之廢墜如斯,非所以示遠人之道也。

余暮招白元凱,問嘉靖中皇城被圍之由。元凱曰:“曾於庚戌年,從聖節使柳辰同赴京師。八月初旬,達子二十萬騎自冷口入塞,掠三河縣通州等處。十四日到皇城下,圍東北隅,抄殺城外居民者,不可以計。二十三日乃去。世宗皇帝以失誤軍機,斬兵部尚書丁汝夔、總督三邊軍務都御史楊守謙等。二人就誅而虜退,回程時,自哈達門至三河縣夏店之間,空無人烟,積尸如疊,慘不忍見云。”夜初更,尹秀寬始至。

初五日丁丑,朝晝晴,夕雨達夜。朝,歷來遠、潮溝、平句等鋪，火燒橋至制勝鋪。鋪舊繁庶，丁巳年爲達子所陷，今則只有人家數四，而陋不可處。遂憩于三結義廟，乃漢昭烈帝及關、張二人也。午後向廣寧，未至十餘里，宋大春來迎曰："昨見備禦指揮楊大烈言車輛事。"大烈云："即當仰稟按察司，撥給十七輛，餘八輛則自有遞運所車矣。"

抵東岳廟。人言頃在六七年前，達子焚蕩而去，兵火之後，只有破屋巋然而已，像設毁落，蒿萊遍生，愴然有舊國遺墟之思。正殿之北，立四石碑，一曰《遷建廣寧東岳廟記》，弘治七年甲寅，按察僉事鈕清撰；一曰《記東岳神祠靈應文》，弘治八年乙卯，進士潘輔撰，背剜五嶽真形圖，引《抱朴子》爲證，極怪誕不經；一曰《重修東岳廟記》，一曰《東岳行祠碑記》，皆嘉靖十九年，庚子學生黄鑾撰。殿之西扁有堂，塑男女二像，俗傳無子者祈禱，則必有宜子之祥。故愚民惑之，爭以香火來祀，又製兒童鞋子列於其前者，無慮百餘隻。有石鼎一坐，嘉靖癸亥春，溥氏所立。前面朱書《東岳廟子孫堂石鼎贊》，其文云："神明眷顧，聖惠溥將。保安續嗣，萬壽延長。緊民歡悦，升臭登堂。於千萬年，厥靈洋洋。焄蒿著精，斯文用章。"夫東岳在兖州地既有祠廟，則又不當褻祀於他處也。而况假爲土偶，披衮戴冕，有類釋氏。復縱愚民，恣行淫祀，無所不至。嗚呼，泰山其不享矣！有二指揮者來言將修此廟，本衛已差委官監視云。余等還坐于靈星門少歇。廟俯見廣寧城，傍挹醫閭山，地勢敞豁。

夕，風急雲黑，雨點間作。余與退而先馳入宣化門，道見達婦六七人。歷馬神、三官等廟、福田寺，未至内城，下于王政家，使與質正隨至。王政本海西衛向化者，是三十年來我國舊館人，而去年因我國通事失其大連，告于御史，累及於政，被杖三十棍，徵布四十匹，故以後閉門拒我國人而不納。宋大春至是再三善誘，猶牢不聽。大春言于備禦，備禦差人來説，然後乃許云。遣宋大春致禮物于備禦，備禦只受其單，又遣舍人來致冰塊，因大春之請也。

是日，使令安廷蘭謂余曰："以前途驛堡怠慢之故將呈文，則恐生事於上國，上國人必不安矣，姑停何如？"余從之。

初六日戊寅。朝雨，晝夕晴。宋大春見都御史張學顔，請護送夜不收，御史許之。安廷蘭呈禮單于總兵官李成梁。答曰："元不曾受，可還持去。"廷蘭亦請夜不收。成梁曰："知道。"又告曰："遼東以後，驛遞不許入于公館。又不肯發軍護送，有乖朝廷禮待之意。望老爹另教夜不收。俾於西路例宿驛舍，車馬亦併催督何如？"答曰："皆知道。"備禦送下程，宋大春致回禮，備禦受之，都御史亦遣答應官致下程。午後，都御史、總兵官各差夜不收、姜得山、唐禄等，持護送牌文來示。是日使設酌，蓋以汝式生日在於六月二十八日，而有恭憲王國忌，故退行於今也。

初七日己卯，晴。遣安廷蘭致回禮于都御史。御史只受禮單，仍賞紅布兩端，廷蘭辭。御史曰："自是舊規，不須辭也。"廷蘭遂請另加護送。如告總兵官之言，御史即招夜不收面命之。宋大春再催車輛于備禦及右衛掌印官。江西南昌府人俞良傑以興販來稅主人家，余召問魏黄門時亮今在何處，答曰："給事是我表親，曾與之相往還，今則以太僕少卿革職，回家與二三門人往白鹿洞讀書矣。"余曰："給事有子女乎？"曰："有二子一女，長曰汝弼，甲子舉人；次曰汝賢，國子監生。"余細問滕王閣形勝，皆能言之。余曰："汝府中儒學者有幾人？"曰："秀才甚盛，今年捷進士者十七人，府中可中選者不止於此。而同鄉王侍郎希烈掌會試，以謂若多舉南昌士，則嫌外人議其有私，故略取之。"余曰："寧府今尚在乎？"曰："以宸濠反逆之故，曾已革去。宸濠有子，今年五十八，乞食於人以糊口云。"古今清風孤節如敬吾子者幾人？使之鶚立朝端，則必有虎豹在山之勢，而一因高拱弄權挾私之爲，斥不復用，天下事亦可卜也。

午後，余等將訪北鎮廟，過海岳具瞻門，出自外城振武門至于廟。廟正在醫巫閭山之下，其前建門，扁曰"萬世永賴"。廟宇宏壯深密，重門翼廡，儼有次第，乃爲閭山神而設也。五岳之亞，又有五鎮爲佐，此其一也。國家每歲遣一品官，以香幣致祭。正殿之南，有御香門，安一大香爐焉。廟中碑凡三十三，皆永樂以來所竪。堦下短碣，東西各六，通爲十二，實金元舊物也。可記者有皇慶、至順、至正等年號，而其餘缺落不堪辨。廟之東北隅，巖石特立，人傳吕洞賓所遊處，故名曰"吕公巖"。刻鍾離權、吕洞賓兩像及"會仙亭""聚仙石"二扁，又鐫象基[1]局。巖前有映岫堂，余登眺移日。西墻底亦有石，穹窿相對，余又往賞。石下有穴可通人，其名一曰"翠雲屏"，一曰"補天石"。"補天石"三字，乃今都御史所題也，刻於隆慶六年五月。此石世謂有靈驗，官府值難決之獄訟，必令甲乙共登而自投，則曲者多傷，甚至於死，以此占其曲直云，其説誕不可信也。石前亦有亭，其扁有二，曰"覽秀""豁觀"。亭中立碑，乃嘉靖十八年，都御史劉漳奉命來祭，因留七言長律二篇而去。廟有養鹿，守廟道士言前都御史魏學曾所放也，馴擾可愛。日斜，余等歸。道邊有贈都督賈公神道碑，即陣亡者也。

【校勘】

[1] 基：疑爲"棊"（即"棋"）字之誤。

初八日庚辰，晴而風。朝有人牽一白槖駝來，形貌魁然，背上肉隱起，前後如鞍狀。其跪起皆隨人指嗾，自言得於虜中云。余等出自迎恩門，歷教場及十里鋪、大沙鋪。午餉于壯鎮堡楊文才家，堡今廢。又歷四塔鋪，宿于閭陽驛。驛在醫閭山之南，故名焉。城門外有重修閭陽驛碑，乃嘉靖四十三年僉都御史齊宗道所撰，此驛即庚申年吴判書祥被圍之地也。

初九日辛巳，朝雨，晝夕晴。歷新鋪、榆林、塔山、山後等鋪。午餉于十三山驛。驛之東有山，十三峰秀起。守驛官楊鳳儀遣人致禮物，宋大春以非舊例欲却之。余曰："彼以禮際相接，豈可逆拒而不受乎？"遂命送回禮。

午過大凌河，河水淺，人皆徒涉，歷凌河千户所城。城下有武安王廟，其前修廟碑，即弘治十三年所立也，按察司副使撰，而其姓名則缺不可識。又歷紫荆山鋪，路上有光禄大夫贈少保左都督謚忠愍王公神道碑，隆慶壬申六月立，而翰林修撰會稽羅萬化所題，萬化戊辰壯元也。王公名治道，錦州衛人也，曾任遼東都總兵官。庚午年，往山海關調兵回還，聞達子五百餘騎入塞，即率親兵不滿一千，往逐之。達子誘出長墻，稍深入，伏兵四面雲集，全軍皆没。其麾下義州參將郎得功謂其下曰："主將已死，吾安忍獨生，汝等其各散去。"乃盡棄弓矢，拔劍直前，擊殺數百人而死。朝廷恤典極厚云。爲將而不能持重，如治道及楊照，相繼死于達賊之手。其忠義則雖可尚，而非所謂大將也。

至小凌河，藉草少憩。日暮，入凌河驛以宿。城中人家甚稀，多有逃屋，蓋曾因飢荒，又經達子之難，故迄不能蘇復云。是夜，余步月中庭，久不能寐。

初十日壬午，晴。朝起，天氣冷洌，頗似秋中。古史所謂“遼左早寒”者，其以此也歟。道中望見大海。歷松山千户所城，未至杏山驛四五里有觀察山。此山舊名棺材，楊照惡其凶而改之云。山前有碑，刻“觀察山界”四字。由東安門午抵于驛，環坐中廳設酌，皆至醉。

十一日癸未，晴。朝過高橋鋪。此鋪與賊路最近，西北有虹螺山，烟臺列峙山上，其外則皆虜庭也，崇朝可至。是日，又望海水距路邊不數三里，蒼茫拍天，不辨涯涘，大島可見者有二。歷東岳祠，午餉于塔山千户所城門外寧興家。十二歲童寧汝孝者，興之族也，方讀《周易》上經。余愛之，贈扇一把。又歷東河，纔有一派淺流，不知其爲河也。抵連山驛，驛舍牢閉[1]，余等開鎖而入。寧遠衛人前参將線世祿，以初春中風，今則已愈七八，而食飲不消，大便艱澀，故委遣家人持禮物來遺甚優，兼致病證書一通，求方及藥物。召張彦龍答以治療之要，製平胃散五貼及人參順氣散四貼，又書桃仁粥、順氣酒法以付之，且送回禮。

夕，夜不收來言邊上飛報有達子聲息云，遂吹角收護送軍。余等命軍官點閱兵器，以備不虞。食後，余等出驛門外，將放火炮。城中人千户汪魚化者謂余曰：“此處凡有事變，則必放炮一聲，遠近聞者皆即入城。若於閑時如此，則恐致驚動。”余等從其言不試。守驛官盛守廉送下程。

【校勘】

［1］閉：底本作“閇”，即“閉”。

十二日甲申，陰。朝送回禮于守驛官。線參將家人求煎粥米，贈一斗。本驛所差探賊夜不收來自塞上，言別無聲息云，但慮有萬一之變，不可無備，故驛官差把總撥軍馬，護送余等，遂命留車輛同去。理馬林有聃，狂惡愚妄之甚者，一夜中盡割四十匹馬尾。余等聞之極怒，捉有聃前，問其情狀。有聃不肯盡輸，并養馬鄭渾杖之八十，將於回還日上達。未至雙樹鋪，寧遠衛軍馬來迎。過鋪，天將雨。余與汝式先馳到乾柴嶺烟臺前，披雨具。使在後，又杖林有聃三十餘。

歷灰山、首山，至寧遠衛城外尚爵家午餉。衛亦大鎮，與海州同。衛之南有溫井，而余等未及往見。線參將遣表姪李守勳來致謝意，又送禮物，余等辭不敢受，守勳强之，乃受禮單及京果二封。參將又欲見醫員，以張彦龍坐車先去，不得命往。日晚，又歷大通殿教場，涉女兒河，至曹莊驛，驛舍荒廢不可處，故假宿於中廳。

十三日乙酉，大雨終日。朝飧將發，白元凱領廚人先去，還報驛之前溪深過馬騣，不可渡云，遂停行。驛廳被雨，棟宇滲濕，墻壁崩頹。使徙寓于湯汝紹家，余與汝式則仍留焉。薄晚，斜暉漏出，余喜。俄而頑雲四合，雨復如注徹夜。余等所處下安飯凳上蓋門板，雖甚草草，而余殊不覺其困苦。苟能擴此心而充之，則無入而不自得者，亦可馴致。而但氣質物欲，蔽累深固，本然之天理，雖或有暫明之頃，而終不能接續將去，此深可懼者，余恒以懍懍耳。

十四日丙戌，朝雨，晝陰，夕晴。朝，使以昨日停行，深咎白元凱。命通事催召人馬，將向沙河所，余以爲潦水方漲，吾等雖可艱涉，而車輛則決不能過。當如此霖雨之日，挺身獨出則進退狼狽，必將有絶糧之患。且委棄表咨而先往爲未安,亟遣洪純彦、宋大春等,懇告不可之意。往復十餘度,使猶執不回,再遣軍官探水淺深。午後,余苦爭不已,使强從之。余等出驛門外,見城中水瀰漫,四面若陂塘焉。蓋中朝城堡之制,例不設水口,一有雨則水皆由城門而出,故如是。

日晚,駁雲漸解。入夜,月色微明。曉夢侍陶山先生,即溫聽厲,無異平昔。篈請問《太極圖説》疑義,蓋篈方讀此書故也。先生命篈曰:"聞汝求余筆迹,余將寫一通以贈之云。"夢覺,惘惘然如有失。

十五日丁亥,晴。朝過鹽場。場正在海濱,城廨周遭浦水環抱之。涉小沙河,至沙河千户所城。由永和門而入,出自南薰門,城中有義勇武安王廟。將渡大沙河,少歇於岸上,河一名土臺河。纔發,護送軍數十人追余等,遮路而言曰:"此地與賊穴孔邇,變故可畏,請竢車輛畢到而偕行。"余等不得已,駐馬於楊家山烟臺前以待之。良久車輛至,遂過沙河鋪、曲尺河、曲尺鋪,抵東關驛。驛人以遼東都司將至,閉門不許宿,通事等强爭之,乃入。驛東有羅漢寺,曹莊驛亦有安榮寺焉。蕞爾一小堡,而寺刹廟堂,金碧相望,可爲世道深歎也。守驛官石大柱致下程,命送回禮。使乘昏出坐前堦,以私占馬裝一不齎來,笞押馬官金沔、鄭亨復俱二十,又杖養馬鄭渾三十,以前日擅割馬尾之故也。

十六日戊子,或晴或陰,朝乍雨。朝守驛官子石承祖年十三,製七言絶句來謁,求好筆好刀。余以行李已去,未得贈與,但謝其意而已,留洪純彦催落後車二輛。

至六州河,河水深可五六尺。余則借中後所提督官陳朝慶馬，脱縛襪以過。遼東三都司蘇國賦進表如京師，亦到河邊作筏渡河。余告於使，請遣通事委致不得拜見之意，使以人臣無私交不從。河上有關王廟。歷杏林千户所城，城一名中後所。道邊有前屯衛杏林堡遊營忠義叢塚碑記，隆慶壬申遊擊將軍楊燮立，碑陰開錄陣亡者六十八員名。又歷雙墩鋪，未至沙河五里許，值都司在後，余等避於烟臺。余固請送人，使乃命安廷蘭致辭曰："陪臣在路，禮貌非便，未敢拜見，故差通事禀知矣。聞老爹在河上指示車輛過涉之方，不勝感喜。適因忙迫，不及遣人以謝。"都司答曰："吾亦知禮貌非便，多謝陪臣。且落後車輛，已差夜不收催出，可毋慮也云。"洪純彦追至。

午後，抵沙河驛城外人家午餉，遂入于驛舍。城中里閭荒落，僅存數四。安廷蘭説嘉靖丙寅閏十月初五日，達子圍城，穿數十穴以進，殺戮千餘，虜去者亦如之。留三日而去，廣寧總兵官王治道領兵一萬來救，不及。廷蘭過其地，見焚蕩之餘，烟焰未息，流血盈路，達子所殺嬰兒無算，或斬頭，或斫腰，溢於海子云。

十七日己丑，大風雨。朝過狗兒河堡，渡狗兒河。河水有兩支，因雨方奔急，水底多石。至前屯衛，歷火神廟。午餉于城外閻三家，又冒雨行。道邊建高門，扁曰"敕封少保左都督忠壯楊公之塋"，即楊照墓也。余與汝式退，而騎馬闖大門鎖以入，穿二廳至其處，有雙墳焉，并照之父遊擊將軍維大墓也。墳前竪二碑，一前兵科右給事中王聘撰，乃維大碑也；一則照之碑，嘉靖甲子三月立，翰林編修余有丁撰，閣老徐階篆額，工部侍郎黎三槐書。又有四碑刻敕書、祭文等，因雨甚不得細觀。

是日，風雨交作，透入重衣，遍身皆濕，殆不可堪。又渡石子河，所過之路，泥水橫奔，不辨丘原，人馬頗顛蹶。夕，纔到高嶺驛，廳壁立圮。還出城，寓于畢世濟家。世濟之孫志道能做對句，余命安廷蘭試之。夜，屋漏沾床，久不得眠。

十八日庚寅，陰。朝，主人畢世濟者，奸狡貪惡無比，託言我人廋架上衣，與其子寵極發謾言。通事等據理折之，雖少屈，而嚚嚚猶不息，不得已，多率房錢以塞其口。世濟又善偷竊，一行人及騾主多失其物焉。余等先發向關，車輛則令追至，且空車一乘尚未到驛，留安廷蘭催與俱來。

過中前所至鎮遠鋪，鋪前水大漲，過涉者幾於滅頂。余等出扇數十把，雇人戴轎以渡。又過八里鋪，南望有望夫臺。抵山海關城下，憩于吴崇文家。關城即洪武初魏公徐達所築，以其北負角山、南臨渤海故名，屹然爲遼東北直隸之一大界限。中朝例，差兵部職方司主事一員，以朝夕譏察行人，雖汲婦樵童，必給文引以爲信，否則不得入云。余等午餉訖，城上掛旗。出晩牌，余等具冠服，由遼海咽喉通遼、華夷、瞻仰等三門而入，城門開，重門樓上大書“天下雄關”四字。有公館在於城内，是爲主事之廳，揭額曰“譏而不征”。余等就謁，各行兩拜作揖，主事答拜。禮訖，余等立于西，因進茶。茶畢，又行拜揖禮而出。主事姓裴名賜，山西人也。主事准都司公文，以次點呼一行人員名。有軍人招白元凱，引余等過職方重地門，入南偏小屋。二官人先在，待余等焉點名畢。又過給事、進士等坊，獨乘驄馬門、少司馬門、郭氏貞節門、山海衛中後所、地方巡更冷鋪、海表文明門、武安王廟。出自城西門，又歷武安王廟，僦歲貢生趙鶚家。貢馬三十九匹到驛，而一匹則因瘙，押馬官奴金貴同將看養,隨車輛而來云。時遼東人李相以無都司文引不得入,洪純彦留告于主事曰:"宰相頃於遼東,募得驅驢者以來,已給往還價錢。今聞老爹法度嚴重,不容閑人輒入,故茲敢冒達。"主事即命寫報單來,點相名許入。純彦又告曰:"陪臣等以五月初六日起程,而西路多水,致此淹滯。今者車輛亦未及齊到關門,望老爹預命催出,以俟車輛之至,而即令發去何如?"主事命出牌文以督之。夕,主事遣舍人送下程,又別致拜貼書曰:"友生裴賜拜此禮。今始見之云。"可謂接余等之厚也。

遼東至山海關,皆隸山東。遼東城山圍三面,其北則無垠。牛家莊以後至盤山,都是平曠之野,一有霖雨,水滀不流,大爲行路之患。自廣寧始有醫巫閭山襟帶之,至十三山而盡。自此連有高山在北,或遠或近,大海在南,或隱或見。大抵自遼至關,與賊庭相接,一馳可至,故邊備最緊,烟臺相望,探哨不絶。秋高木落,則胡騎出没,深可畏。水之大者有三叉,而大小凌河、六州河次之。遼東有巡按御史、副總兵官、布政司、都司、行太僕寺、濟南府通判,海州衛有參將、備禦指揮,沙嶺有備禦指揮,高平有遊擊將軍,廣寧有巡撫都御史、都總兵官、分守按察司僉事、户部郎中、備禦指揮,寧遠衛有參將、兵備、按察司副使,塔山有備禦指揮,中後所有遊擊將軍,前屯衛有備禦指揮。凡設此等衙門,皆所以分守關外要險者也。其地自遼東至鞍山六十里,鞍山至海州衛六十里,海州至牛家莊四十里,牛家莊至沙嶺六十里,沙嶺至高平六十里,高平至盤山四十里,盤山至廣寧五十里,廣寧至閭陽五十里,閭陽至十三山四十里,十三山至小凌河六十里,小凌河至杏山三十八里,杏山至連山五十里,連山至曹莊五十里,曹莊至東關五十里,東關至沙河三十六里,沙河至高嶺五十里，高嶺至山海關五十里，凡八百三十四里。

十九日辛卯，晴。朝，宋大春詣主事廳告曰："昨日陪臣領受大禮，即欲親謝而未敢，令小的扣頭來致謝意。"主事曰："有何大禮，不敢不敢。"大春又請曰："陪臣即日[1]切欲往觀海上，故敢稟。"主事顧答應官何邦彦曰："我欲偕往，而禮無方便，故兹未果焉，汝可具酒飯，侍陪臣以去云云。"此亦前所未有之事也，其待余等至矣。

【校勘】

［1］日：底本作"目"，據抄本改。

午，何邦彦促余等行，遂歷教場，循城而上。中途有樓據曲城，爲瞭望之所，余等暫登眺，其上設火炮之具。又歷大小灣鋪、神器庫。城上器械精備，分號明白。行十餘里至觀海亭，亭正俯海水，乃城之盡處也。亭有二扁，閩人銓楊選所題。又有"海天一碧"四大字，巡按直隸御史吴子元書。壁釘詩甚多。歷堦而下，舉武數十，又構小亭，扁曰"天空海闊"。有兵部主事孫應元新構《海亭記》，文字簡古，東州外史王朝相者爲之跋，又有吴子元五言古詩二十六韻。其東北偏，建"天開海岳碑"，亭下洪濤舂激可畏。

是日，烟霧澒洞，不分東西，余等極以爲恨。還上觀海亭，何邦彦已設卓面①祇待。余等入就坐，中朝之禮，主南客北，與我國異。守海口千户郭文中亦與焉。饌品極盛，余等與之從容酬酢，邦彦爲人甚溫雅。將罷，邦彦出四時歌詞以示余等，蓋述讀書勤學之意也。

① 卓面：即"桌面"，此指桌上菜肴。

余等辭邦彦,又往城頭。日已西矣,于時翳氣開朗,滄溟呈露,乾端坤倪,杳無際涯,真壯觀也。以風惡不得久留,將行,又觀亭西碑,碑之前後,刻《觀海亭記》及《海吼賦》。兵部主事楊琚撰。入自城南門,歷中前所,巡更鋪,穿曲巷,出自西門歸所寓。余等委遣宋大春,致謝意於主事。一行車輛,以晚牌過關,只有空車一乘輪敗不至,金貴同所率貢馬一匹亦來。夕,何邦彦遣人致拜帖于使,又送蘇文四卷。

二十日壬辰,陰,夕夜微雨。朝遣宋大春致禮物于主事,主事命受單來覽訖曰:"此禮何爲耶?"大春曰:"此是陪臣恒年舊規。"主事曰:"雖是舊規,但余何敢受遠人重禮。"大春扣頭更請。主事曰:"決不敢受。"大春又出别單告曰:"陪臣到此,老爹即送下程。昨往觀海亭時,亦另差答應官設酒飯,不勝感激。無以奉敬老爹,玆將土物,略表下情。"主事取單見之,多有喜色,謂大春曰:"畫硯是文房物,故余受之,餘不敢領。"大春曰:"此是陪臣誠心奉敬之物,望老爹留以賞人。"主事曰:"余爲陪臣誠心,不敢違,謹受。"大春曰:"前單所載,乃恒年舊規,更望俯留。"主事曰:"然則當點受。"乃只留笠帽、貼扇、油扇、理中元、筆等物。又留白米二袋,曰:"當以奉老母云。"贈大春銀二錢,謂曰:"多拜上,陪臣回來時當再送禮。"安廷蘭送禮物于參將林岐,岐以修築長城往邊上,其家人來致下程。又送禮物于何邦彦。

午,空車至,歷西關頭、巡更冷鋪、左通遼海,右護京畿門、欽賜勸義祠,祠前建門,扁曰"左都督忠愍張公之塋"。涉石河、二帶兩水,間有接官亭,亭有蟠松。又歷紅花店、半山鋪、范家店、海洋城、涉湯河,至深河驛,宿于元鐸家。城外有鄉約所,余問于鐸曰:"鄉約所始自何日乎?"鐸曰:"去年秋，巡按御史命此地方人遵行吕氏鄉約，令其孝順父母，敬事長上，設約正、公直等員。公直即直月也，如此驛則每以朔朝，詣所隸撫寧縣，署名於卯簿，違者有罰云。”卯簿，如我國公座簿然也，凡欲爲事者，在於先定其志，不爲衆議之所摇奪可也。天下豈有不可爲之事，而或不能然，其可爲長太息也。

二十一日癸巳，乍雨而陰。朝過古榆關，關自漢唐來爲東北塞重鎮，中朝設山海關後遂廢爲内地。又歷興山鋪、周總兵村，至撫寧縣。歷兵部尚書翟公神道碑門，宿于城外李塘家。縣曩有達子爲諜者，假中國衣冠，潛投城中探覘，事覺被誅，故亦不許我國人入城云。

二十二日甲午，或陰或晴。朝將發，車輛多在後者，留安廷蘭催來。過碧霞元君行祠，涉楊河，歷兔耳山，背陰鋪，午餉于雙望鋪周文相家。過郭家鋪、十八里鋪、八里鋪。路傍巖石亂布，一石巃然，號李廣射虎[1]石，刻爲虎頭。一石凹容數升，號“張果飼驢石槽”，世人之好怪可笑。又過東關遞運所、碧霞元君行祠、養濟院、玉皇祠，僦于南門外秀才朱大寶家。安廷蘭至，説車畢到而先來。主人之子景晦點茶來待余等，聞金參判啓之卒，深爲吁歎。

【校勘】

[1] 虎：底本作“乕”，即“虎”。

二十三日乙未，晴。秀才朱邦教來見，言讀書經，稍解文字。余欲觀其所作，邦教取其自製經書義三道來示余，仍請余出題以試。余拈《説命》“惟衣裳在笥”一句，命之製義，文成粗可觀。朱景晦示戚總兵《止止堂稿》三帖，一帖錄祭文，一帖錄雜著，一帖錄詩歌。祭文中有別陣亡將士文、祭纛文、祭舊部曲遊擊將軍陳公文，言辭激烈，忠義凜然，使人有興起之心。斯人殊不可多得也，其名繼光，今爲右都督薊鎮總兵官，山東登州衛人也。有賣《中朝登科錄》者，凡三卷，洪武四年科吴伯宗榜一百二十人内，我國金濤中丙科第四名，名下注高麗國延安縣云。蓋高皇帝依元制，許每科解舉人三名赴省，而後以弑君殺使之故，廢不行，可爲深恨也。

二十四日丙申，晴。余贈朱景晦筆墨，又留筆一管傳朱邦教。朝，車輛在後者皆至，言泥路方險，用數十牛纔曳一車，故致淹滯云。余等遂定行計，歷冠英門、縣學社，由臨灤門而出，門外江山秀麗。渡小灤河、大灤河，兩水間又有一小支河，河水皆不甚廣，西北望十許里有夷齊廟。將以回程日往賞，過孤竹國遺址，有碑刻“孤竹國故城”五字，舊日之迹，今已夷漫滌蕩，無一可尋。而獨清風爽然，萬古如昨。未至安河墩，午餉于柳陰。又歷安河墩院、沙河窩，涉沙河入七家嶺驛，宿劉九彝家。是日，貢馬一匹死于道，車三輛至城外。

二十五日丁酉，晴。朝，金貴同以貢馬之死欲出驛丞文，憑伴送金國臣要貴同多出賂物，余聞而遣宋大春詰之。國臣即來，余面數其咎，國臣顔色甚沮。又余等在路上裁減車輛之數，而國臣則持都司勘合文字，必責出二十五輛，以圖價銀而去云。余以上通事宋大春知而不告，必有通同作弊之由，命附過，又詰國臣，國臣諱不肯明言，甚可惡也。余見嚴嵩《南宫奏議》中有薛文清從祀覆議，備載一時朝紳異同之論。今録其文，文曰：

該本部於禮科抄出太子少保、禮部尚書、詹事府詹事等官霍韜等各議薛瑄從祀等因，俱奉聖旨禮部知道，欽此送司。臣等看得衆議祀典，篇牘繁多，不能悉録，請撮其辭之概，以俟聖明采擇焉。

尚書霍韜曰："瑄造詣不及董仲舒，而誠篤似之；穎悟不及韓愈、歐陽脩，而篤行過之；粹精淵醇不及程顥，而渾厚師之。從祀孔廟，薛瑄無愧。"侍郎張邦奇曰："篤實足以砭爲，中正足以律偏，純粹足以訂雜，臣愚以爲瑄當從祀無疑。"詹事陸深曰："本朝以理學爲宗者，自瑄始，考其平生出處進退、言論風旨，不合於聖人之道者鮮矣。從祀之選，非瑄不可。"少詹事孫承恩曰："夫理學莫盛於宋，使瑄而生其時，未足多也。而在今日，則可無崇重乎？臣故以爲祀之是。"祭酒王教曰："瑄著述所存，固雖少讓於前賢，德馨之美，亦足感發乎後學。以之從祀，未爲不可。"學士張治曰："純粹可以正偏駁，篤行可以破澆漓，廉介可以厲貪鄙，恬退可以黜奔競，惇大可以裕淺狹。薛瑄從祀之典，似不可緩。"府丞胡守中曰："議從祀者，道德爲重，著述爲輕，當以天理人心裁之，而不當惑於浮議之私也。表章從祀，無出瑄之右者。"庶子楊維傑曰："潛心孔顔，抗志程朱。若秩之從祀，實足以彰我朝人文之盛。"諭德龔用卿曰："其人誠賢也，雖不必於著述可也，以瑄之賢，而特允其從祀，主張斯文，實在此舉。"屠應峻曰："崛然興起，卓越自信，卒爲本朝理學名臣稱首。以之侑坐孔庭，且與古祭于瞽宗之義合。"洗馬徐階曰："以身衛聖道，非徒托諸空言，誠祀瑄以示向往之端，示風勵之意，其於聖化，亦豈小補。”鄒守益曰：“考其出處進退之間，不折節於權姦，不謝恩於私室，不曲法於貴近，不懾志於臨刑，不濡滯於相位。一時翕然尊信，揆之於古，其近於狷者之流乎。進瑄從祀，以昭國家之盛，其於世教，未必無補。”中允李學詩曰：“瑄之專言性理綱常，如彼其醇也；修身以道，如彼其正也。以瑄侑食孔庭，揆之禮意，最爲有得。”秦鳴夏曰：“瑄獨反躬實踐，遡尋正脉，使學者曉然知所趨向，此其功誠不在著述下。進瑄而祀之，庶幾繼往開來，永光吾道。”閔如霖曰：“瑄生明盛之世，卓然有見，以居敬盡誠爲學。進瑄從祀，實斯道之幸。”贊善閻樸曰：“體認精詳，造詣深粹，昭代之士，曾無瑄若者。不瑄之祀，而誰祀哉？”司直謝少南曰：“從祀孔廟，當論其學術之醇駁，不當論其著述之有無。國家真儒，宜以瑄爲第一，進瑄從祀，實協公議。”吕懷曰：“其學已有諸己，寢寢乎篤實而有光輝，特加從祀之典，則鼓舞感孚。將不有振刷興起，因流求源，以上繼往聖之傳者哉。”編修王同祖曰：“瑄言行篤實似許衡，出處峻潔過楊時。以之從祀，誠爲無忝。”趙時春曰：“言必底績，行不愧心，如瑄者，百年以來，實難其人，是亦聖人之徒。從聖人之祀，於理爲當。”唐順之曰：“瑄之可附於祀典者有四，無歉於祀典者有二，宜如臣瞻臣得仁所疏。”黄佐曰：“瑄之誦法著述與其躬行，於孔子之道無愧焉。列之從祀，於典禮爲宜。”侍讀胡經曰：“舉瑄而從祀之，俾經生學子，在於敦行而不在乎多言，務於實勝而不貴於虚談，則吾道幸甚。”以上二十三臣，言雖人人殊，而其以爲可祀則一也。

庶子童承叙則曰："莫如姑緩，以俟將來。"贊善浦應麒則曰："如董仲舒、韓愈、王通諸人，亦各曠千古而後始定。雖以俟後世可也。"是以瑄爲不必祀，而其辭猶婉。郭希顔則曰："瑄可爲一時之豪傑，而不可謬稱理學之宗支。可享一方之明禋，而不可濫叨聖門之禮樂。臣請莫若罷之便。"此直以瑄爲不可祀矣。給事中丁湛等則曰："傳曰：'三人占，則從二人之言。'"是仰贊聖明，以瑄爲必可祀者也。

臣等爲照薛瑄從祀，始見請於臺章，繼詳延於廷議。諸臣之奏，無非以我祖宗列聖培養作興百有餘年之久，孔庭俎豆，宜得其人焉，以彰國家之盛。則如瑄者，庶無忝兹選矣。故集衆之思，無或疵議，此推仰先哲之心也。而庶子童承叙謂："程朱高第如羅從彦、李侗、尹焞、黄榦尚未得祀，近時儒者，如吴與弼、胡居仁、陳獻章亦應從祀。舍彼取此，似爲未徧。"贊善浦應麒亦曰"俟之後世"，二臣之言，無非以論必久而後定。故聚訟之議，不嫌異同，此慎重祀典之意也。臣等切惟光岳氣分，世無全士，度長絜短，自有可觀。薛瑄之造詣，其視宋儒，雖若有間，然實爲本朝理學之倡，必若從祀，無以踰瑄。臣等推仰先哲之心，與諸臣一也。乃若與弼諸人，亦皆爲一時士論之所推許。但時同地近，臣等難以軒輊決擇於其間矣。

夫衆言析諸聖人，議禮本諸天子。仰惟皇上神謨聖學，卓越千古，頃者諸所祀典彝章，悉加裁正。誠所謂考諸三王而不謬，建諸天地而不悖也。惟兹孔廟之祀，關係萬世，天下之所仰瞻，實爲重大。臣等愚昧，不敢輕議，伏乞聖明特賜睿斷，以垂式萬世，不勝幸甚。

又看得尚書霍韜奏内，欲將宋臣司馬光、陸九淵議黜從祀：

夫司馬光平生所學，惟是濮王之議，失父子之倫，委爲昧禮。若其公忠鯁亮，勳業偉峻，爲宋一代名臣，無問賢不肖，皆知尊信，似未可以一眚病之。陸九淵資稟高明，見道超悟，其學術論議當在薛瑄之右，今議進瑄，則九淵似難遽罷。臣等看吕懷奏内，欲將道統[1]正傳，皆欲進廟堂，系之四配之下。夫十哲四科之賢，親受聖教者也，濂洛①諸賢，似難越居其上，以上合無只照舊祀。伏乞聖裁，嘉靖十九年庚子三月初五日。

奉聖旨：聖賢道學不明，士習趨流俗，朕深有感焉。薛瑄能自振起，誠可嘉尚。但公論久而後定，宜俟將來，童承叙、浦應麒議是罷。司馬光、陸九淵從享，與四配等位次，俱歷代秩祀。又經我太祖欽定，都只照舊，今後不許妄議云云。

【校勘】

［1］統：抄本作"通"。

然文清祀典，卒定於近日，可見公論之不終泯也。但陸九淵之從祀，則嵩之他文有曰在於嘉靖九年，而我國人全不聞知，誠可驚駭。然則邇來之旅，請從祀王守仁者，實本於此而發也歟？堂堂聖廟，本爲崇德報功以淑人心，而今乃雜以異學之流污之，此實我中朝之一大闕典也。霍韜請黜九淵則是矣，而欲并去司馬公者，專指濮王議一事而言，此韜

① 濂洛：北宋理學的兩個學派。"濂"指濂溪周敦頤，"洛"指洛陽程顥、程頤。

之附會奸計也，其亦可唾也。夫矧嵩之以司馬公濮議，爲昧父子之倫，躋九淵於文清之右，以爲不當罷者，尤足以見嵩之心術也。且吕懷欲進道統正傳於四配之下者，極是曠世卓見，而乃不用，何耶？嗟乎！天之喪斯文，一至於斯乎！余觀此文，慨念世道，不勝怒焉。

午後，車輛陸續齊到，令先發去。

二十六日戊戌，晴。過古七家嶺、新店鋪、忙牛橋。午餉于榛子店李閔家，又過狼窩鋪、鐵城、坎鋪、板橋鋪，至豐潤縣，宿于義豐驛西顧敖家。夕登驛門樓臨眺。

二十七日己亥，晴。車二輛未至，留宋大春催來。朝渡還鄉河，自河以西至于薊州地方，有雨則路絶，類牛家莊四站，故人不得過，必乘船於此河，以達于帝都云。午餉于沙流河急遞鋪，中廳揭扁曰“且止”，隆慶三年正月知縣事王納言題。午後，過梁家店城，由保障門，出自寧靜門，又過五里橋、攤船河、漢陽公雍伯種玉碑。碑在嘉靖十四年，知縣麻强建，縣之得名以此。事載《太平廣記》，其説極無謂。歷關王廟，至玉田縣東門，門外有東門橋。城下有創建東門橋記碑，穿城中歷淨業寺、三官廟、光啓門、大方伯門、鵬鶚高搏門、文廟，縣雖小而人居富密。又出自西門，入于陽樊驛，驛中有《新遷驛記》碑，嘉靖三年，按察副使熊相撰。

二十八日庚子，晴。朝，留安廷蘭催車輛未至者。過永思堂、十里鋪，路傍有僧數三人烹茗以遺。是日熱甚，馬上食西瓜數三片，而胸膈猶覺煩鬱，及啜此，頓忘其苦，信乎茶茗之能解渴也。歷彩亭橋鋪，鋪有橋，竪兩碑以記其役，在嘉靖丁巳。又歷枯樹[1]鋪，午餉于真武廟。廟地勢頗高，林木森蔚，而亭午無風，熱不可堪。

【校勘】

[1] 樹：底本作"尌"，今改。下同。

午後，歷別山店謊糧墩。人言唐太宗征高麗，不利而還，半途糧盡，衆心洶懼，恐敵兵乘其隙，累土十餘所，被之以米，用示積畜之多云。唐時薊州爲内地，烏有此事！必好事者附會而爲説也，蓋不足信。又歷雲禪寺村，遠望曠野中烟霧微茫，雜樹成行，古所謂"薊門烟樹"者，此也。至三河邊，商船帆檣如簇，呼船以渡。河有石橋，未至州城，僦漁陽驛傍近莫違忠家。違忠引余與汝式至别廳，待以茶果。夜，余沐髮。此州即古漁陽郡，安禄山叛據之地也，晉劉越石①曾死於此。嗟呼！越石徒以忠義自任，而竟不能有所成就卒之，束手而死於他人之手，其志之廣誠可憐，而其才之踈不足稱也。惜哉！曉夢金子昂。

二十九日辛丑，晴。是日，車輛多未至者，不得已停行焉。余乘昏，與莫違忠共坐，問中朝税斂多寡之數。違忠答曰："一頃爲百畝，凡耕一頃田者，歲中最豐則納銀七八兩，不稔則二三兩。此外又有雜役，如出牛驢、釀官酒、養苑馬之類，色目繁多。貧者則至典子賣女以償之。大率耕一頃者，有年則收二百斛，次則百餘斛，其在飢歲則得六十餘斛。中人十口之家，纔可以自給。而今者賦役極重，一頃之出不

① 劉越石(271—318)：名琨，字越石，西晉中山魏昌(今河北省無極縣東北)人，好老莊之學，曾任并州刺史，忠於晉室，後爲段匹磾殺害。

足應縣官之所需，故民胥怨咨焉。”余曰：“你亦苦此役乎？”達忠曰：“余則在族人官下，故不爲此等差役云。”蓋中朝凡在官者，力足以庇其族，此所以富益富而貧益貧也，誠可痛憫。余嘗患我國之貢額煩重，民不堪命，今聞中朝亦如此，則愁怨之聲，舉普天下皆然矣。夫華夷雖有内外，而其違憂懷惠之性，則環四海如一，此仁人君子之所宜動念也。余又問州官姓名，達忠曰：“知州姓王，同知姓衛，州判姓黄。而其名則皆不能記。”余詢其政績美惡，答曰：“知州上任纔月餘，不會做而都要錢。州判是尚書之子，爲人驕傲，喫酒不親民事。同知則在官極有惠政，今升通判以去。其去也，州民遮道留之不得，則曰：‘願乞公靴一隻，以寓去後之思。’遂懸於樓上而事之如神明。”余曰：“前此亦有會做者乎？”達忠曰：“有汪洪、馬豸、王明桂者是其人也。洪，徽州府人，曉練民事，剖決如流。豸，大同府人，勤於爲政達夜不寐。明桂，懷慶府人，性甚勁直。兹三人者皆有遺愛焉。洪升兵部郎中，豸升工部員外郎，明桂升兵備副使，俱受褒賞云。”余曰：“今知州到官未久，你何以知其不會做乎？”達忠曰：“爲人上者一動手，下皆知之，况經月之久乎？”又説前知州酗酒不事事，爲御史所劾而罷，因效其醉倒僛俄之狀，以爲戲笑。由是而觀之，則長民者每以黎庶爲蠢蠢，而侈然以肆於其上。殊不知民雖至愚而神，其是是非非一出於公心，有不可以威勢屈利口誘焉者也，而凡人忽不之念者，何哉？余欲書此問答之辭於一紙，以遺觀民風者，使知所懼焉。後見通報，衛同知之名曰重輝，今爲河間府通判。

萬曆二年甲戌八月

八月初一日壬寅，晴。朝過永世橋，南橋有修橋碑。至薊城，由平津門而入，歷旌表田、振孝行門、敕封監察御史崔江門、拱護神京門、三世尚書第、尚書坊、褒封繼美門、薊門勝概樓、都憲坊、太史坊、清朝四諫門、武安王廟、顯祐坊、獨樂寺、司徒行署寺。有觀音之閣，居中巍峩。出自朝都門，城中行人，肩袂相磨，路爲之塞。太史坊即翰林檢討成憲家也，憲在戊辰年，頒封太子詔於我國。又歷天仙神祠、蟠龍山、五里橋、十里鋪、二十里鋪、邦均[1]店。余患熱甚，先鞭到白澗鋪午餉處，逢密雲副總兵官于中途。午後，又過公樂店、關王廟、東嶺急遞鋪，渡草河，過草橋店，至三河縣三河驛。驛門外有《修驛碑銘》并序，巡撫都御史李貢撰，中廳扁曰"皇華堂"，左右竪碑各一，皆記重修之事：一嘉靖戊申，户部主事周俶撰；一嘉靖丙寅，南京户部郎中致仕喬伊撰。大廳揭額"駐節"二篆。車輛至者纔十餘，而縣車皆送達子而去，故未能遞載。坐車人等道遇達子，爲所侵突，多失其物，或被捶云。是日，洪純彦留薊州催車不至。

【校勘】

［1］均：底本作"**均**"，即"均"。

初二日癸卯，晴。朝留安廷蘭催車。過白浮圖鋪至夏店，余與汝式買茶，于張廷福家啜之。廷福仍出西瓜以待，與之錢不受，余贈油扇一把。

余等遇國子監生葉本子立于道，言係浙江杭州府仁和縣人，曾往三河縣看親，今返北京云。與之語，氣象頗雅馴，遂請下坐路傍樹陰叙話。余等先通姓名，本書示曰："山野鄙愚，幸逢使君，乃良遘也。謹以賤名通上，勿以爲辱，荷荷。"余又書紙以問曰："海外鄙生，每歎孤陋，不得與知中朝禮制。今聞王陽明從祀文廟，而命其裔襲爵云，未審此事定於何年，而出於誰人之建明乎？乞詳示。"本答曰："陽明公，浙江紹興府餘姚縣人也，天賦挺秀，學識深純，闡明良知聖學，又有攘外安内之功，穆宗皇帝嘉其績，封其裔爲新建伯。今年，浙江巡按御史論其學，真足以得往古不傳之秘，宜從祀孔子廟廷，聖旨論禮部，尚未覆，此其大較也。若欲備知，有《陽明文錄》，又有年譜，可買查之。謹覆。"余曰："敬承誨語，良自慰幸。但於鄙意有不能無疑者，敢布之。陽明之所論著，銿嘗略窺其一二矣，千言萬語，無非玄妙奇怪之談，張皇震耀之辨，自以爲獨得焉，至曰如其不合於吾意，則'雖其言之出於孔子，吾不敢以爲信然'。此其猝迫强戾之態極矣，是果古昔聖賢，虚心平氣、中正和樂之氣象乎？且世之所推陽明者，以其良知一說也，而愚竊惑焉。夫所謂良知云者，乃天理本然之妙也。有不待强作，而人皆知愛其親、敬其長，則凡爲學，捨良知别無尋討處矣。但人之生也，氣質物欲迭蔽交攻，而天理之本然者，晦故聖賢教人必也，居敬以立其本，格物以致其知，然後可以明人倫而成聖學也。今如陽明之説，則是棄事物，廢書册，兀然獨坐，蕲其有得於萬一也，烏有是理哉！此陽明之學所以爲釋氏之流，而不可以爲訓者也。吾子其思之。"本曰："承教論陽明之學爲近於禪者，以其獨言良知，而未及於良能故也。良知即體，良能即用，豈不以體立而用自行乎？若禪則外身心事物，而流於空寂矣。陽明亦建有許多事功可見。要識陽明，須於其似禪而非禪者求之，若《中庸》所謂‘誠則明矣’，此言何謂也？惟其高出於人一步，就以禪擬之耳。至若謂不合吾意者，雖以孔子之言不信，此亦自信以理之意而極言之，非自外於孔子也。若孟子所謂‘聖人復起，必從吾言’，則孟子之心亦未始平矣。故當以意逆志，不可以文害辭也。本亦淺陋，習於章句之末，聖學淵源毫未之有得也。敬以管見陳覆，幸老先生折衷以教之，幸幸。本不敢不虛心受教也。”余曰：“篈竊聞孔子曰：‘博學於文，約之以禮。’孟子曰：‘博學而詳說之，將以反說約也。’然則居敬、觀理二者，其不可偏廢也明矣。夫陽明倡良知之說，凡日用應接之事，古今聖賢之書，一切放置，不入思慮，只要想像一介良知，使之忽然有覺於霎爾之頃，此非釋氏之遠事絶物而何？揆之孔孟之訓，同耶異耶？昔者江西陸子靜曾有頓悟徑約之說，朱子深排之，不遺餘力。若陽明之論，則本諸江西而文之以經書，又加奇險者也。恭惟我朱子擴前聖未發之道，其所論著，盛水不漏，無毫髮之遺恨，而《大學章句》尤其所喫緊着力者也。陽明則乃敢輒以私意，改定《章句》，妄肆詆訶，無所不至。且刻朱子像，置諸左右，讀朱子書，一有不合，則起而杖之云。此何等氣象，而何等舉措乎？此其爲學，固不必深辨，而可見其心術也。吾子乃引孟子之言，以飾陽明之謬，不亦誤乎？篈平生所願，欲學朱子，而未之有得，獨於背朱子而妄出他意者。則言之及此，不覺痛心。此所以斥陽明爲異端，而不容有小避。伏望珍砭可否？餘在通州，再話從容。”蓋本欲與余等叙會於通州宿處，故余言及之。

洪純彦自薊州來，余等以日將仄，與本騎馬同行。未至雁郊鋪別本，詣午餉處王澤家。使先去，余等在後稍歇。率洪純彦過雁橋鋪，渡潞河。河水一名會通河，本朝永樂以來所鑿以通漕運者也。舳艫接尾，檣竿離立如薺，不可以數計，真天下之都會也。船上見一秀才姓史者，自言寧波府人，余等暫與相話。下船過潞河驛，入于通州城外孟守約家。夕，余等坐中廳，有陝西舉人王之符亦來宿此家，相與邂逅，欲召通事輩叙話而皆不在，余召而深責之。余等將食夕飧[1]，約之符明早相會。

【校勘】

[1] 飧：抄本作“飯”。

初三日甲辰，朝陰，晝大雷雨，夕晴而猶陰。朝，王之符送禮物于余與汝式，《杜律鈔》一部、皮金三張。余等報之以笠帽二事、油扇十把、筆二管、墨二丁。之符又求本國紙，即出十番以贈。汝式以質正條件問于之符，之符只答三事，題其紙後曰：“承教數物，黄花菜、椟棗、馬蹄鹽。出自陝西者，可得而知之。出自別省者，知之未詳，不敢妄言。若悉數物而不遺者，方術之士也，在聖門爲玩物喪志，在吾儒爲博學小人。是故區區未暇此也。惟亮之幸荷。”蓋我國之質正文義也，承文院官略不加意，及其拜表日迫，只令書員抄出吏文中俗語以爲問，其最可笑者，或雜以淫褻戲慢之語，故中朝人多嗤[1]之，此乃我國有司之過也。之符所答，正中我國之弊，其可愧也夫！安廷蘭自三河追至。

【校勘】

[1] 嗤：底本作“嗤”，即“嗤”。

午後,余與汝式率廷蘭往見王之符,坐定啜茶訖。余等各書姓名字號籍貫以示,之符亦如之。其字國瑞,號覺吾,陝西西安府長安縣人,登乙卯舉人云。之符亦問余等科目次第,談話良久。余問曰:"陝西大地,而長安周漢舊都,其流風餘韻,想未斬焉。感發而興起者必有其人,尊崇古昔何聖賢?"之符曰:"皆尊孔孟程朱之道。"余曰:"近世有爲陸子靜、王陽明之學者,異於程朱所爲説,後生莫不推以爲理學之宗。先生其亦聞之否? 陝西之人,亦有慕仰者乎?"之符曰:"陸子靜是禪教,王陽明是僞學,吾地方人則皆闢之矣。"余曰:"陽明良知之説,是乎非乎?"之符曰:"良知之説,倚於一偏,非僞而何? 聞陽明聚徒講學於家,一日,陽明之妻出外,詬其門第曰:'你何敢相率而師矯僞者乎?'門第由是多散去。若聖賢則豈有不能刑家,致有此事之理乎? 然則陽明之學,決知其文飾於外者多矣,邇來請從祀者,徒以陽明之第子多在朝著,故欲尊其師,而廷議或不直之。是以巡按御史上本已久,而禮部尚未定奪矣。"余曰:"先生之鄉,必有前輩倡明聖學者,願得聞之。"之符曰:"吕壯元柟,西安府高寧縣人,平生著述極富,以道爲己任,一方學者莫不尊仰。其次有南京兵部侍郎韓朝江,咸寧縣人,亦爲學者也,此二人皆已作古。今則有南京吏部尚書致仕王用賓者,朝邑縣人,雖不着功學問,而蔚然有德望焉。此吾鄉賢之大概也。"之符又問曰:"貴國亦有心學之賢者乎?"余答曰:"在高麗朝,有鄭夢周首明大道,爲東方理學之祖。至我朝則有金宏弼、趙光祖、李彦迪、徐敬德諸先生,皆超然獨得於簡編之中,造詣深純,踐履篤實。至於近世,有退溪先生李滉,爲學一以朱子爲師,動静語默,出處進退,皆與之暗合,後學宗仰之如泰山北斗,已歿於庚午歲,今已五年。而士林悲慕如一日焉。”之符締聽久之，又問曰：“無有生存者乎？”余曰：“有成運、李恒二人，皆年過七十，篤於爲學，屢徵不起，雖暫至京，而旋亦退歸。有盧守慎，今爲右相，深有得於反躬向裏之學焉。後學中自奮於聖道者，無慮數三十人。此皆由於中朝列聖以正學倡天下，故雖以我國偏小之壤，而亦得與於斯文之盛也。”余問曰：“海外之人，其於中朝之事，所不敢與聞，而但入境以來至於三月之久，而無所聞知，就與聾瞽同類，不勝私憫。伏聞聖天子沖年明睿，諸君子布列朝廷，天下必無虞矣。”之符曰：“聖天子雖明睿，而特以年幼，故馮太監保、張閣老居正總攝朝政[1]。閣老雖好人，而制於馮太監，不得有所作爲。科道官或有封章，皆未能行其志。今日亦可謂太平之世，而但馮太監弄權，此爲可憂耳。”余曰：“先生既在陝西，則知王行人鶴乎？”之符曰：“與吾同閈，曾任太常寺卿，被劾回家。頃有薦之者，而不肯出仕，今年五十八。”余問其歷官遷次。之符曰：“初自行人升給事中，稍至都給事中，超擢應天府尹，仍遷太常寺正卿云。”余等將出，致辭曰：“陝西與海東，相距幾萬里，今之相遇，真天幸也。切欲從容侍話，而但恐嚴程將戒，必有整飭行李之事，故不得卒承誨語，無任悽黯之至。”之符曰：“鄙意亦如來諭，吾今往遵化縣賀同年楊總督，不久當還京裏，切擬就拜于玉河館。”遂揖而退。之符臨發，求油紙，汝式輟所坐與之。方今人人皆推王氏之學，以爲得千古之秘，而之符獨排之，可謂狂流之砥柱也。余行數千里，始得此人，豈非幸哉！

夕，使得南京酒，與余等共酌。是日，葉本不至，其有故也歟？

【校勘】

[1] 朝政：抄本作“朝廷”。

初四日乙巳，晴。朝，車輛俱未到，而使堅欲先發，余固爭之，請待其齊至，使大怒。已而通事李廷敏來言，車十輛畏逢達子，由他路渡河云。余不得已，强從使言發行，仍留安廷蘭催未到者。過關王廟、遞運所，由通州城東門，歷誥封右僉都御史楊膊門、忠烈名臣門、通流閘、大運中倉、甲辰進士門，出自西門，穿外城，歷葉氏貞節祠、大運西倉，過大通橋。橋正跨潞河，漕船賈舶，皆從其下而過，橋右有碑。又歷三官廟、玉皇廟、天仙廟、觀音寺。

午餉于成國公朱希忠别墅，此家舊爲總兵官者所創，後屬太監，復轉買於朱云，結構甚侈。别於宅後高築石假山穴，其下爲溫房六七處，東西南北，可以通行。又從中而上，建涼廳三間於山巔，稍下四面皆有小屋連絡之，松杉亂植，怪巖競秀，殆如天作者焉。有自稱成國公舍人者居其家，聞成國公已死於今年，而其孫襲爵云。古有言曰："高明之室，鬼瞰其屋。"夫此家已更三主，而俱不能守，豈非窮奢極欲者天之所惡，故旋得而旋失之歟？噫！可不戒哉。

午後，又歷清真禮拜寺、嚴淨寺、天仙廟、護國靈應觀、關王廟、東岳廟、海會寺、朝陽橋、火神廟，至朝陽門，此京師之正東門也。入門，過大慈延福宫、大市街、廣仁街、長安街、會同館、玉河東堤、翰林院詹事府、玉河橋，至玉河館，館在玉河之南，故名。館有東西二所，余等寓于東館。館之制，後建大廳，翼以東西兩房，自廳前延以月廊，接於中廳，而又有東西房，其左右構長廊，此爲一行所處之地也。

是日，車輛皆不至，貢馬三十二匹入城，而林有聃、鄭渾等率馬七匹，亦落後不至。

山海關以西，今隸北直隸，其地南北皆山。水之大者，有大小灤河、潞河等，間或有曠野，而不甚遠。繁庶視關外爲最，自通州抵皇城四十里間，室廬連接京師，故召公所受封之地也。今爲四方之極，其城池文物可謂盛矣。但燕、遼之壤，僻在一隅，久爲耶律、鐵木、奇渥三虜之所污染，故風俗不美。余所過之地幾四千里，而人皆善偷竊，喜爭鬥，腥臊之習猶在，極可惡也。且關內帶邊，故邊備亦嚴緊。山海關有參將，永平府、薊州俱有兵備山東按察司副使、管糧儲户部郎中。薊州則有總督軍務都御史而居于遵化，有都總兵官而居于密雲，雖稱薊州，而皆不在州城中。通州爲漕運之會，故有管倉户部郎中焉。關內地，自山海關至深河驛六十里，自深河至撫寧縣四十里，自撫寧至永平府七十里，自永平至七家嶺驛六十里，自七家嶺至豐潤縣一百里，自豐潤至玉田縣八十里，自玉田至薊州八十里，自薊州至三河縣七十里，自三河至通州七十里，自通州至京師四十里，凡六百七十里。

初五日丙午，陰。朝洒雨。貢馬七匹車八輛至。

初六日丁未，或陰或晴。安廷蘭率空車五輛至自通州。白元凱得全章通報二卷來示，起六月初一日，止今月初四日，且載逐日彈駁銓注、辭謝、奏請等各項題本。但卷中只錄題本首詞及聖旨而已，其事之始末則不得詳知。故余就其內抄出十八本，令元凱借書手詳錄以來。

初七日戊申，陰。遣宋大春呈報單于鴻臚寺。寺官曰：“人不齊，何以見朝於明日乎？”大春曰：“來者三十一人，而獨五人在後未至。但聞已於昨日朝自通州發車云，想必齊到於今日，故望以明早見朝。”寺官曰：“你言亦似有理，但我等不敢一刻瞞朝廷。豈可以不齊之人而請見朝乎？決不可也。”大春曰：“使臣等到此已四日，而尚未見朝。若更遷延，當過數日，故玆以爲悶。”寺官曰：“然則你以明日呈單，當請面見云。”中朝之制，皇帝視朝以三六九日。前此我使臣之來，其見朝不避此日。以上年王大臣佩[1]劍闌入之故，不許外國之人隨班於視朝之日。非惟外國，凡十三道藩臬各省之臣皆然。而今者鴻臚寺官特許面見者，蓋序班以我人久不見朝，深爲悶迫之意，告于寺官，故許之云。然夫王大臣之事頗詭秘，似由内官引進，道路之言，皆指太監輩。而方其斷罪也，矇矓處決，不爲別白核尋之計，只殺其人以滅迹，其事慝矣。今當國輔臣不得辭其責，而乃反設爲視朝之日不見外臣之法，是何意耶？人君嚮明而治，使天下之人皆得而見之可也，烏有深自藏匿之如是乎？誠不知其然也。以車輛久不至，遣伴送一人，雇人驢各二往迎于中途。

夕，申璨、張彦龍先至，言通州遞運車輛皆爲達子所占，故璨等只得推車十輛，分載五車之物，寸寸步進，以之艱關留滯云。已而車輛皆到，會同館送余等枕褥衾毯一件，及各人等卧具。

【校勘】

[1] 佩：底本作“佩”，即“佩”。

初八日己酉，朝陰而洒雨，晝夕晴。朝遣李廷敏往鴻臚寺，呈報單。光禄寺珍羞署送下程錢糧：白米一石八斗、酒九十瓶、葉茶五斤十兩、鹽醬各九斤、香油四斤八兩、花椒九兩、菜參十五斤。凡此物件，五日送一次，循舊例也。高雲程與鴻臚寺主簿張國臣、會同館副使王定寶來，令余等與一行各具冠服，教見朝日禮儀。

初九日庚戌，晴。是日見朝後見堂。五更，余等率一行，具冠服詣東長安門外，留通事申璨、尹秀寬，軍官鄭雪，官奴孫鶴看房，安廷蘭以病不從。余等歷上林苑監、大德靈應廟、太醫院、欽天監、鴻臚寺、教坊司、工部、兵部，憩于門外西廊。昧爽，城門啓鑰，守門官催入。余等歷金水橋、承天門、端門，至午門憩于闕左門。所經之處，相距甚遠，皆布甓於地。金水者，玉河上游，端門内左有宗廟，右有[1]社稷。承天門前直大明門，門外有正陽門，即皇城南門也。午門左右，建五鳳樓，凡殿屋蓋以黄瓦。

【校勘】

[1] 有：抄本無此字。

日將出，擊鼓午門之東，撞鍾午門之西，後鳴鞭三聲。内外班齊，帝出御皇極門，門即舊奉天門也。千官騶從，皆由東西偏門而出，廣庭寂然，但聞劍戟相響而已。千官則入于皇極門之庭，余等與十三道諸省官，班于午門外。余等齒于各官之末，上通事以下立於監生之前。望見六大象分立門外，形貌奇偉。少焉，午門三門闢，鴻臚寺序班，引余等上御路，五拜三扣頭，遂由右掖門而入。渡石橋，見文武官東西相向，糾儀御史列於中庭，余等就其後而立。通政司官前奏事十三道，差來人入見畢，序班引余等跪於御路上。鴻臚寺官持揭帖奏曰："朝鮮國差來刑曹參判等三十一員名見。"此官不奏使臣之名者，蓋怯也。余等三扣頭而復跪，帝親發玉音曰："與他酒飯喫。"聲甚清朗。余等復三扣頭，序班引出，還由右掖門，歇于闕右門傍。

已而朝罷，千官出，余等詣光禄寺喫酒飯，寺在闕左門内。未徹，有數十人袖布囊爭掠卓物而去，余等若不遽起，則幾不免沾污衣服。又謝恩於午門外，一拜三扣頭。出自東長安門，歷宗人府、吏部、户部，至禮部將見堂，入于大廳東廊内。良久，左侍郎兼翰林院學士汪鏜出坐堂，十三道獻表文方物。導以法樂、郎中、員外郎、主事、觀政、進士、吏員等行揖禮後，序班引余等跪于月臺上。主客郎中王庭詩以揭帖告于侍郎曰："陪臣見。"侍郎曰："起來。"余等兩拜作揖。侍郎不答，復跪。伴送金國臣持咨文授使，使奉告曰："國王咨文，侍郎命受之。"復曰："起來。"余等出。尚書萬士和，以往祭穆宗昭陵故不在焉。大廳之扁曰"崇化"，余等還坐東廊。令通事呈表文於儀制司，見有一人捧投文牌以入，又有官人若軍民十餘輩隨之，皆呈訴狀於月臺下。侍郎命受而付司務廳已，則還於大廳後房，決事訖，罷堂而出。于是余等歷往主客司、儀制司行禮。使先入，兩拜作揖，郎官皆答拜，及余與汝式則但答揖而已。主客司只有王郎中，儀制司則郎中鄭汝璧、主事支可大、鄒應柱在焉。禮畢，余等過文德坊歸館，洪純彦因留在部，問下馬宴及賞賜日期。吏員輩曰："不可速爲。"皆延其日期而答之，其意蓋欲邀賂也。又問《實録》事。吏曰："《穆宗實録》已纂，而《世宗實録》未畢云。"儀制郎中鄭汝璧召純彦謂曰："我見你國表文，足見敬奉朝廷之意。你國必是服箕子遺教而如此也，我不勝喜歡，因取表筒結裹等具，細玩而嗟歎之。"純彦見滕季達於部門外，季達曰："鄭内資惟一若有書信，則須於習儀之日傳我，我當往路上以候。"余在京時，鄭參議付書於余，俾之轉致於季達，故余令純彦訪之。今得相遇，可喜其不浮沈也。光禄寺大官署送猪肉三十六斤，亦五日一次之例也。

初十日辛亥，晴。朝遣通事白元凱、宋大春、李廷敏、申璨、押馬官金沔等，獻方物貢馬於禮部，主客司郎中一一解包點閱。有豹皮二令，因濕傷兩處變黑，郎中命通事還將去向日晒乾，然後受之。夕，洪純彦、安廷蘭俱有詩，各述思親之意，余亦同所感者，故和之。

十一日壬子，晴。是夜月色甚皎，散步中庭者久之。因詠古詩“共看今夜月，獨作異鄉人”之句，懷抱殊不平。

十二日癸丑，晴。朝，主客司員外郎錢拱宸來坐提督廳，余等具冠服往見，各行兩拜作揖而退。廳中門扁曰“春官行司”。令宋大春呈禮單，員外答曰：“本不受，可還持去。”仍謝陪臣厚意。洪純彦、安廷蘭等往告曰：“上年本國奏請改定宗系續載《會典》等事，而必待《實錄》之完，然後方修《會典》云云。小的等在路聽得《實錄》已皆完了，《會典》之新纂，不知何以爲之？陪臣欲呈文於本部，故敢禀。”員外曰：“《穆宗實錄》則已畢，而《世宗實錄》則更有幾年功夫矣。然《會典》則各司今方抄出新增事類，移報翰林院，故本司公事之採錄，我實任之，嘉靖八年奏請之詞，已載於其中。而他年之事，俟檢出而備書，陪臣若欲呈文則亦無妨也。”純彦等退，員外更招以[1]語之曰：“《會典》時屬纂錄，呈文内不可言其已完也。”純彦曰：“小的等欲聞《會典》修纂之始，非謂其已完也。且俟呈文之淨寫，然後先達于老爹，以取進止爲計。”員外曰：“知道。”本館提督主事唐鶴徵出使于外，故拱宸以員外代署其任云。聞萬尚書回自昭陵，將行見堂禮。尚書令以後日行，是日乃使初度之日也，盛設酒饌，余等共會于月廊，又召一行分左右坐，歡飲而罷。

【校勘】

［1］以：抄本作“而”。

十三日甲寅，晴。是日習儀於朝天宫。曉，余等率一行過文德坊，下馬于大明門，又過前軍左軍兩都督府、西廠、長安街。循宫城歷灰廠、靈[1]濟宫、西城宫、觀音寺、大市街、静妙菴、歷代帝王廟、景德街、白塔寺至朝天宫，宫前建高門，余等由西偏門憩于樹下。質明，中門内搥大鼓，千官以朝服分東西魚貫而入，余等隨之。國子監生、順天府生員及僧道皆與焉，鳴鞭，班齊樂作，行四拜而跪。通政、鴻臚等官前奏慶賀，節次畢，又行四拜而跪。已而搢笏起舞蹈，又跪，呼萬歲者三，又起，行四拜而罷。宫之制，中爲三清寶殿，左爲威靈祠，右爲顯應祠。前門扁曰“紫虚鬱秀”，門千户萬，崇極宏麗，是爲接天神之所也。

【校勘】

［1］靈：底本作“⿱雨王”，即“靈”。

在嘉靖年間，道教盛行，皇帝清齋於西城、靈濟二宫，昕夕與道士相處，不治天下事。文案積滯，動以數三月計，而其顧命之際，卒誅妖黨，明正刑章，可謂快而亦晚矣。其後自穆宗以至于今，别無營奉之事，故宫内荒草滿庭焉。但太祖之爲法也，設僧道錄兩司，以緇黄污穢之流而廁玉珮鏗鏘之地，其何以示後嗣而正四方乎？是以余今日歷城中，見白塔寺妙應禪林門正當坊曲要鬧處，以黄紙寫勸出大齋施物文張於路上，其中至以奉旨爲言，此必髡徒矯誣而假是也，誠可痛憎。且觀音寺逼近西城宫而構，見有設齋者香火羅列，螺鼓震動。噫！輦轂之下尚如此，其在州郡則可知也。

千官之罷禮過此者，多而略不爲之動念者，何耶？余思之，其所由來者久矣。余平日竊怪崔錦南①評中國之俗曰“尚道佛，崇鬼神”，以爲中華文物禮樂之所聚，彼遐荒僻村則容或有禱祀之處，而烏有舉天下皆然之理？今而目擊，則斯言誠不誣矣。夫以京師四方之所會，而彼乃肆行無忌如斯，則必是在朝之人聞見習熟，而不爲汲汲然救正之計故也。吁！其可謂怪且駭也。

十四日乙卯，或陰或晴，午後小雨。是日再習儀於朝天宫，使以病不往。余與質正率一行由前路至靈濟宫，又取[1]道於宫前蓬萊門，所過以昏黑皆不能記。至朝天宫，演禮如昨日。洪純彦遇滕季達家人於路上，以鄭子中書及余所草小札并付之。余蓋欲與季達相見，附致微意故也。先是，純彦欲聞《實録》《會典》等事，通書於許贊善家人俞深。深至是答書約相見云。

【校勘】

[1] 取：底本、抄本俱作“**取**”，即“取”。

十五日丙辰，晴。朝，將行見堂禮於尚書，尚書令兼行於明日下馬宴。余等改定本國呈文，添入“再行題本”等語。蓋前文則只請移文翰林院，故余等以謂未盡也。是日乃中秋日也，與使及質正共坐前廳，酌數杯以賞月，見有放炮火者不絶，問諸館夫，則乃平江伯家所爲也。平居無事，乃以

① 崔錦南：原名崔溥，古朝鮮全羅道羅州（今朝國務安郡）人，任朝鮮弘文館副校理，赴濟州島執行公務，遇風暴，船漂流至中國境内，後中國官員助其返回朝鮮。他將此經歷寫成《漂海錄》。

炮火爲娱耳目接賓主之具，不亦悖妄無知之甚者乎？

十六日丁巳，晴。是日行下馬宴。朝詣會同館，尚書未至，余等坐於東廊館。中門扁曰“柔遠”，尚書高儀所書。大廳有二額，曰“萬國來同”“聲教四訖”。光禄寺少卿來，點閱卓饌而去。錢員外送茶，遣安廷蘭致謝。尚書至，余等排班祗迎。尚書入于廳後，少焉，改穿新服而出。堦之西設龍亭一坐。尚書率余等一拜三扣頭，鴻臚寺鳴贊贊禮。已而尚書入，面南而立，使先行兩拜作揖，余與質正亦如之，尚書皆答揖，尚書坐。使則坐于東，余與質正則坐于西，上通事以下行禮後列坐于東偏。樂作，酒進，呈雜戲，凡七爵而罷，下人入撤。尚書又率余等一拜三扣頭于龍亭前，蓋謝恩也。余等祗送後，錢員外免見禮，遂歸館。今日雜戲之人，或抽出玉珮，或盛開彩花於中虚之器，此必是幻術，而余等爲所眩，而目不能燭破其邪妄，有愧於傅奕多矣。

夕，光禄寺珍羞署送欽賜物件，凡白米三石六斗、葉茶五斤十兩、酒七十二瓶、鹽醬各九斤、香油四斤八兩、花椒九兩、菜四十五斤、活羊七隻、鵝七隻、雞九隻、果子四盤、茶食四盤。

十七日戊午，或陰或晴。是日乃聖節也，詣闕行賀禮。余等五更初至東長安門，門已開矣，遂入憩于闕左門，歷左掖門，由弘政門至皇極殿庭。弘政門乃皇極門之左門，其右曰“宣治殿”，東西有兩樓，嵬然相向。東爲文昭閣，西爲武成閣。

質明，雞人獻時，唱曰：“日出卯，光四表照萬方。”于是皇帝出御殿上，奏表訖，千官行賀禮而出，其儀衛之盛，軍容之整，輅駕之衆多，法樂之鏘亮，不可形言。且每門以象守之，其數至夥，但千官班列則頗不肅焉。

是時，西蕃、達子、剌麻國亦入于西庭。余等出至左掖門外，千官顛擁，久之方散，至光禄寺喫酒飯，西蕃等三國亦在焉。西蕃即西戎，如達子而脱袴露陰，恬不爲恥，故人謂之“狗西蕃”。剌麻國在南鄙，剃髮被服，與中國僧徒同。此輩俱重譯來朝，可見大一統之美也。

余等又謝恩於午門前而歸。錢員外來館，令洪純彦、安廷蘭持呈文進見曰：“明日欲呈本部，故來取進止。”員外從容覽畢曰：“我曾已備知此事矣，《會典》今方續纂，可以呈之。但此文更寫一件來，我欲詳見。”純彦再告曰：“司裏王郎中名續之。已遞。即今掌印郎中，則必未知始末，望説與掌印老爹，何如？”員外曰：“知道。”安廷蘭即寫呈文一通，付小甲進于員外。宋大春呈段帳、藥帳、書帳于員外。員外點以朱筆，授牙子。帳者，列書買貿貨物數目之帖也。

十八日己未，晴，午後小雨而雷。是日詣闕謝恩，又呈文於禮部。余等曉至東長安門外，平明入闕，上御路，謝下馬宴及欽賞，行五拜三扣頭禮，萬尚書亦來謝押宴焉。歸館朝飧後，余等就禮部，坐于東廊。將呈文，先禀於王郎中。郎中見畢曰：“可以呈之。”部該吏與序班議曰：“前日見堂時，適尚書不在，未及行禮。今呈文之際，合行兩拜云。”日晚，尚書及新授右侍郎兼翰林院侍讀學士林士章坐堂，余等進跪于月臺上。尚書問曰：“有何禀事？”洪純彦持呈文授使，使舉之以手，外郎取去，置諸尚書案上。其文曰：

朝鮮國差來進賀萬壽聖節，陪臣刑曹參判朴希立謹呈爲辨誣事：先該萬曆元年貳月内，本國將宗系、弑逆等兩項被誣情節備由具奏，差陪臣吏曹判書李後白等齎擎奏，聞去後蒙部題稱："朝鮮國始封王李康獻王舊諱。代王氏以開國，作我東藩，守臣節而來，王輸忠北闕，子孫相繼垂二百年。據稱宗系各有本源，既與李仁人[1]不同，又謂國祚由于推戴，亦與弑王氏無與。在我皇祖之《大訓》，固得于一時之傳聞，在伊裔孫之辨辭，實出于一念之誠孝。合無念其世秉禮義，克篤忠勤，依其所請恭候，命下行文翰林院，請出内府續修《會典》新書《朝鮮國》一册。將李御諱。并陪臣李後白等奏呈，略節纂呈御覽，附錄本條之末。庶《祖訓》《會典》因以兩存，而傳信傳疑各有攸據，又將伊父祖李恭僖王諱。李恭憲王諱。先年所奏情詞及本部議覆，欽奉聖旨，備細開載于《世宗皇帝實錄》，垂示永世。仍降敕一道，諭以聖意，一以答遠臣昭洗其先世之誠，一以彰聖朝以孝治天下之義等。"因具題"欽奉聖旨"，是該國前後奏詞，着史館備書，纂入《皇祖實錄》内。新《會典》候旨續修增入，仍寫敕諭王，欽此。

【校勘】

［1］李仁人：抄本此行上方有小字校語："人疑仁之誤，下倣此。"按，"李仁任"是，然《大明會典》《明實錄》及本書皆作"李仁人"，今姑存之。

該陪臣李後白等齎捧到，敕諭爾祖李康獻王諱。久蒙不韙，荷我列祖垂鑑，已爲昭雪改正，兹者纂修《實錄》，欲將前後奏詞備行採錄，以垂永久。朕念爾係守禮之邦，且事關君臣大義，特允所請。即命禮官抄付史館，備書于《肅祖實錄》内，俟後修新《會典》，并爲詳載，以慰爾籲雪先世懇情。爾其益敦忠孝,恪守屏藩,深思誣玷之難磨永保,令名於不替,欽此。

本國已遣陪臣李陽原[1]謝恩外,其聖敕内詳載新《會典》一節,一國臣民翹手企足以待者,拾叁月于兹,即日[2]卑職等爲因賀節前到京師,竊聞《會典》適屬增修,聖旨之行正在今日。如蒙乞查上年題准事理,再行題請,移文翰林院,依各年聖旨及部行文内事,理於《會典》本國項下,將國祖與李仁人本非一李,係新羅司空翰以來歷十六代至桓王諱。是實國祖親父及國祖之奉藩,爲因一國推戴,無一毫之疑等情,備由開載。仍依嘉靖四十二年事例,將新會典内改纂文字,備咨本國知會,庶聖恩有終而舊冤永雪,不勝幸甚,爲此謹具呈者。

【校勘】

[1] 李陽原:抄本此行上方有小字校語:"原當作元。"是。

[2] 即日:底本原作"即目",依抄本改。

純彦告曰:"陪臣稟上老爺,竊聞今方纂修新《會典》云,本國宗系事情,望老爺俯賜成就。"尚書曰:"這個事情,時未曉得,當查看替你行。"余等起,行一拜。尚書命止之曰:"不須拜。"仍復跪,遂揖而退,伺候於東廊。尚書細看呈文,送于右侍郎,相與講議往復。良久令都吏招通事來,洪純彦趨赴月臺上。尚書曰:"此事已爲題過,《實錄》完後自可以行,今不敢再題。"純彦對曰:"此則陪臣亦知之矣,但聞今方纂修《會典》,陪臣之意,望老爺通查各年事例,再行題請移文翰林院,則陪臣等其將回話於國王,而國王感激之意,何可量耶?"尚書曰:"《會典》今雖纂集,而内院尚未設局,若開局則你國之事自可增入矣,今不須題請。此意回報陪臣知道。”右侍郎問於都吏曰：“此通事是本國通事乎？”都吏曰：“是本國原來通事也。”侍郎仍顧語純彦曰：“此事已悉之矣，但《實録》時未完了，待其完則自當增録，決無遺漏，今不須題也。此意歸報陪臣。”純彦扣頭而出，罷堂後余等遂歸。

今日將呈文，該吏及高雲程幸其有事，睹爲奇貨，邀索賄賂，恐嚇萬端。雲程謂洪純彦曰：“兹事係吾一言之重輕，你可將三十兩銀以贈我云。”可見此輩之無狀至此極也。使通事金鸞孫、李廷敏呈事完迴還，告示開市兩通狀于通政司，轉付禮部。

夕，俞深有書與洪純彦，文多不曉，略曰：“其《實録》，穆宗六年戊辰，翰林無事下工，修完，先受恩典訖。世宗四十五年乙丑，翰林修又多年，又講讀降調，是以沈滯。其八年與三十六年事則去年所惠來物，不得絲毫。故此當該不發然，此不難矣。若《實録》完，方修《會典》，則必得五年之外。而欲修《會典》者，已經百餘年。如此遷延，亦甚不平。兹事參論，遲早尤緊在禮科，而禮科有三位與吾相契。他曰：今辛未，翰林俱閑，《會典》欲題與修云，此機會極妙云云。”

十九日庚申，晴而風。朝，錢員外來館，洪純彦、安廷蘭就告曰：“因老爺之教，昨日呈文于本部則尚書分付云云。”員外曰：“然。你爲一國大事欲呈文，故我不敢止之。而我意以爲旨意已下，《實録》畢則自當纂入，今不須再題也。”純彦曰：“此則已知之矣，但遇《會典》新修時，事類浩繁，若外國之事，則恐或至於漏落，故如是更稟。”員外曰：“聖旨丁寧，萬無漏落之理。”純彦又告曰：“《世宗實録》之完，當在幾時？而會典開局，亦在何日？”答曰：“世宗四十五年《實録》

甚多，更待一兩年後方得完了，《會典》則各衙門今只抄送内翰而已，其開局則未知其早晚也云。”夜，洪純彦、安廷蘭來獻酒，與退而共酌。

二十日辛酉，晴。是日謁國子監。朝，歷東華門、東廠、御馬監、育才坊、大興縣、育賢街，至國子監。余等具冠服趨進于聖廟外門，是爲持敬門，監人開鑰。又由廟門西偏而入，廟額曰“先師廟”。余等四拜于庭，仍升廟上。歷瞻位次題號，中曰“至聖先師孔子之位”；東曰“復聖顔子，述聖子思子，先賢冉雍、閔損、端木賜、卜商、仲由”；西曰“宗聖曾子，亞聖孟子，先賢冉耕、宰予、言偃、冉求、顓孫師”。版皆用木，漆以朱。汝式循東階，余則循西階，各闞東西廡門而審視。東廡曰“先賢澹臺滅明、原憲、南宫适、商瞿、漆雕開、司馬耕、有若、巫馬施、顔幸、曹卹、公孫龍、顔高、壤駟赤、石作蜀、公夏首、后處、奚容箴、顔祖、句井彊、秦祖、公祖句兹、縣成、燕伋、顔之僕、樂欬、狄黑、孔忠、公西葴、施之常、秦非、申棖、顔噲，先儒穀梁赤、高堂生、毛萇、后蒼、杜子春、韓愈、程顥、邵雍、司馬光、胡安國、張栻、楊時、陸九淵、許衡”；西廡曰“先賢宓不齊、公冶長、公晳哀、高柴、樊須、公西赤、梁鱣、冉孺、白虔、冉季、漆雕哆、漆雕徒父、商澤、任不齊、公良孺、公肩定、郭單、單父黑、冉旂、左人郢、鄭國、原亢、廉潔、叔仲會、邽巽、公西與如、陳亢、琴張、步叔乘，先儒左丘明、公羊高、服乘、孔安國、董仲舒、王通、周敦頤、歐陽脩、張載、程頤、胡瑗、朱熹、蔡沈、真德秀、吕祖謙、薛瑄”。廟東庭有御製新建大學之碑，正統九年三月初一日立，即英宗皇帝宸翰也，其文曰：

皇天仁愛下民，必簡命聖人，君之師之。聖人得位則兼君師之事，如伏羲、神農、黄帝、堯、舜、湯、文武是已。不得乎位則專師之事，以立教垂範，孔子是已。兼君師者，道施於當時。專師事者，教被於後世。然非得孔子立教，則雖前有伏羲、神農、黄帝、堯、舜、禹、湯、文武，世莫之知矣。故曰："自生民以來，未有盛於孔子。"孔子之功，萬世之功也。孔子所謂教，其道：仁義道德，其事：父子、君臣、尊卑、内外，其器：《易》《詩》《書》《春秋》《禮》《樂》，皆本於天也。凡爲天下國家者，誠能純用孔子之道，則天地以位，萬物以育。彼其名爲用孔子之道，而效不至焉，信用之不篤，加有異術邪説間之也。

我國家自太祖高皇帝、太宗文皇帝暨我皇祖皇考，聖聖相承，恭天成命，顓顓焉，一惟孔子之道是尊。於凡施政敷教，取人理民，一惟孔子之道是用，不作他術。至於四方郡邑，海隅邊徼，靡不建學設教，崇祀先師，海外藩國及蠻夷酋長，皆慕仰德化，遣子入學。蓋歷世以來尊尚孔子，未有如我祖宗之世之盛者也。

朕以涼德，祇承天序，欽惟古昔之大典，祖宗垂統之盛心，夙夜孜孜，圖惟善繼。北京故有學在宫城之艮隅，庳陋不稱。乃正統八年秋，命有司撤而新之，左廟右學，高廣靚深，所以奉明靈，居來學，凡百所需，靡不悉備，材出素具，役不及民。明年春成，朕躬釋奠于先師，循古典也，退即學之彝倫堂，命儒臣講經，公卿大夫及百執事之臣、縫掖之士、兵衛之帥拱侍而聽，殆以萬計。已而有司請如故事記其成於碑。

嗟夫！孔子之道，爲天下國家者，不可一日而闕。學校之教於化民育才者，不可一日以息。矧京師首善之地，所係之重且大者乎，敬書諸貞石，昭示我後人。

俾咸務欽承用，丕顯皇明治化之盛，與天地日月相爲悠久云。

廟門列石鼓十枚，左右各五。余等巡東西廡訖，又赴廟門以觀。所謂石鼓者，此即周宣王時舊物也，石理剝落橫缺，字僅可辨，乃古籀文也，其字形類今小篆，而難以了了。所謂"珊瑚交枝柯"及"鬱屈蛟蛇走"者，誠非虛語也。居于左者一枚，中穴爲臼，即散落荒野之際，民家不知，取作臼以舂[1]米，故今尚仍其舊而不改云。東竪一石碑，愜山潘迪書，蓋記石鼓字之可辨者，翻以楷書，令世人易識者也。余等摩挲歎息，宛然若目覩岐山大蒐之盛禮，不勝有千古無窮之感。有人來打碑，將以遺余等。

【校勘】

［1］舂：底本作"舂"，即"舂"。

余在西廡時，門下鎖未開，令監人啓之。則監人曰："必得三十把好扇，然後可開。"走而不見，艱得乞還。其際晷刻頗久，監生等坌至，余請作揖，遂上階列立談話。有應天府高淳縣人楊守中號致菴者，殊穎悟可愛，持其扇請與余相換，余依其言。其扇面書七言長律一篇，余問守中曰："王陽明之學何如？"曰："陽明單説良知，正是僞學。"余曰："然則今日何以推崇陽明者衆，至欲舉從祀之典乎？"守中及二三監生不記姓名者答曰："此亦非天下之通論。南人皆尊陽明，而北人則排斥之，故從祀之議，今尚未定也。"已而門開，余入廡。不暇與守中細話，可恨。

余等出自廟門，門外長廊内，列賜進士題名記碑，無慮四三十，未能遍觀。蓋列新進士姓名鄉貫於其上，考官一人，奉敕作記，持敬門之左爲致齋所。右爲神庫，廟庭有井，味甘洌。余等又至彝倫堂，堂在廟之正西，是爲祭酒常坐之所。東西有齋，東曰“率性誠心崇志”，西曰“修道正義廣業”，俱有“繩愆廳”，但學徒不處，墻壁多頹塌。堂後有敬一之門，其門内爲敬一亭，竪列代御製御書。循亭而東，至明道堂。堂西隅有三鼎，圓徑極深廣云，是元時所鑄，是爲釋菜日烹飪之器。堂之西廊，扁曰“五經館”，意是藏書之室，而其中塵土堆積而已。又迤東至啓聖祠，祠在聖廟之後西偏。余等四拜于庭，是爲叔梁紇之廟，中曰“啓聖公孔氏之位”，東曰“先賢顔無繇、孔鯉”，西曰“先賢曾點、孟孫氏”，東廡曰“先儒程珦、蔡元定”，西廡曰“先儒朱松”。余等周視既畢。

是日頗熱，使出坐于祠門外樹陰。余與汝式邀監生叙話于彝倫堂東廳，廳中立碑，列書祭酒而下歷官者姓名。坐定，來者幾二十餘人，各書名號相示。汝式書問禮文疑處，皆答曰：“古云：‘非天子不議禮，且有司禮之人。’非余等之所敢與也。”汝式曰：“昔張横渠教學者必以禮，奚必爲天子而後方可行禮文乎？”皆曰：“張子是有官守者，故如是云。”余等將出贄禮筆墨等物以贈之，諸人雜起，相爭捽奪，無復倫次，余等甚鄙之。俄聞使先去，余等即與監生輩辭揖而出。士風之不競如此，時事大可爲寒心。復歷舊途歸館，街中風埃眯目，不可開睇。

今日伏覩聖廟之制爲近於古矣，丘文莊公嘗恨宣聖之稱，謂不合於禮，及從祀者之多非其人，屢發於論著之間，今之制未知更定於何時，意必在嘉靖年，而未能的知其事之首末，可爲深歎嘅也。但陸九淵之僞學與於廡祀者，則在於嘉靖九年，見於嚴嵩《南宫奏議》者可考，而亦未知何人之所建明也。至如歐陽子，論其變士風，闢異端，以正持身，進退不撓，則不減於昌黎。而今之從祀，乃以濮議一事，爲纖人張璁所論奏，而躋之聖廟。夫濮園之論，本爲歐陽子大疵，而反以是謂可以從祀，則不亦污聖門而誣歐陽者乎？若左丘明之名號，以朱子之言證之，則只是秦史官左氏，而非丘明明矣。因仍謬誤而不改，是亦在所當改正也，且胡安定亦在可否之間。今延平、勉齋諸先生尚未與於廟享之位，則安定恐不可先入也。至於啓聖祠之設，允合幽明之宜，可謂曠世之盛典也。抑大學本爲首善之地，非徒文具爲也。今見廟宇深密，檜柏森蔚，堂齋靚潔，地位幽闃，真可爲師生講道之所。而爲師者倚席不講，爲弟子者散處閭閻，祭酒、司業以驟升大官爲念，監生、歲貢以得添一命爲榮，慢不知禮義廉恥之爲何事。學校之廢墜至於斯，宜乎人才之不古若也。嗟呼嗟呼！

余自昨日受風深重，頭痛岑岑，往監時强勉行禮，頓覺神觀不平，及歸所寓，至夕痛不可堪。煎飲參蘇飲一貼，汗暫出，到夜輾轉，心熱上攻，殆未得寐，曉頭小眠而覺。

二十一日壬戌，晴。是日開市。朝，錢員外來提督廳，命牙子等先呈雜色貨物於廳前，已自閱視而後乃許賣買。既畢，其人又將所得呈于員外而方出去，其意蓋欲防檢禁物也。禮部都吏來館，謂通事等曰："前日呈文，尚書下于主客司，以備《會典》新修時查考。平時凡呈文之不可行者，則尚書不下該司。而今則如是，可見其必行於後日也。"

余頭痛無異昨日，只啜白粥，入夜又合煎參蘇飲兩貼而飲，汗出沾衾。曉，疾勢向瘥。

二十二日癸亥，晴。是日又開市，滕季達答書，約以相見於天壇。夕，余始能食。

二十三日甲子，晴。是日又開市而罷。中朝之制，許三日開市，故錢員外逐日來視。余見一行之人眩於賣買，如狂如癡，無一在館内者，呼之不答，往往多錯應，可惜貨利之陷溺人心，至於斯極也。余所患，今日始快差，比數日來夢寐之中多攪擾。豈家間未能無事而然耶？抑以風熱在心之故耶？

二十四日乙丑，晴。夕，與使出坐月廊，宋大春來求別卜，余却之。使言押馬官等以余載貢馬道死之故，於聞見事件中恐得罪落職，請余删没，余不可，使因言前例如是。余應之曰："我國之風，不論是非曲直，苟以爲'前例'則莫敢摇改。每以此二字僨事，若比之於古，則類宋朝'和親'二字也。"使默然。

二十五日丙寅，晴。是日往賞天壇。朝飱後出自正陽門，過正陽橋，不二三里至天壇。壇門未開，墻上貼太常寺公文，不許閑人輒入，令通事出票帖以示，乃開鎖。由東偏小門步穿中門，至壇下。壇制規爲圓形以象天，用堊塗其隙，其層有三，上構大享殿，殿亦三層，瓦色上玄中黄下碧。殿有上帝虚位，東以太祖皇帝配之，其主則藏於殿北皇乾殿。殿中鋪琉璃，門户皆貫青珠爲簾以垂之。棟柱飾以黄金，螭龍盤屈，眩怳不可正視，其用人工極矣。壇之東西建大屋，言是藏祭器之所，近仍嗣皇新登寶位，未舉大享之儀，故庭内雜草羅生。壇之前爲大享門，又有一門，鎖不通人。

門外即圓丘也，四墻外皆松柏，亂植鬱然。滕季達與其友一人來，將與余叙話，未及相作揖[1]。有提督所差吏尾余等行，洪純彦恐其漏洩止余。季達聞其然，不覺吐舌曰："然則當於後日發程時共話於崇文門外。"余因令純彦遺以小札二幅及筆墨、白貼扇、油扇等物，皆受之。可見中朝之法嚴重至於如是，殊有缺於一視同仁、罔間内外之意，可歎也夫。余等又循外墻而南，至于圓丘，所過望有廣廈數三處。蓋以青瓦，人言皇帝祭天時沐浴室及鼓樓也。圓丘前門扁曰"慶利"。其東建石門，題曰"諸司官員下馬"。自門至丘甚遠，使以困憊不往，余等先去。其丘形亦圓，以碧琉璃爲底，苟[2]不植足則幾於傾跌，其闌干染以碧色，歲久頗有缺落處。丘之後又有皇雩殿，傳聞成祖以後例舉時事於大享殿，自嘉靖朝，議者以爲不合，故今則祀於圓丘云，疑此得禮之本意也。余等坐于丘之中層瞻眺，已而使隨至斯。天壇、圓丘兩處逼近城市，而地界闃靜，林樾掩翳，殊有塵外之思，故中朝人亦多來遊焉。

【校勘】

[1] 揖：底本和抄本均作"楫"，依文意改爲"揖"。下同。

[2] 苟：抄本作"句"。

日西，余等出至石門東柏樹下暫開酌，其植柏也縱横成列，直天壇相望處有地壇，而未及往觀。余等將至正陽門，遇滕季達於道，季達與余相揖而曰："久聞盛名，今兹相遇，喜幸實深，但不得從容爲恨。"余與之往復良久，約以崇文門外叙話。季達謂洪純彦曰："自往貴地以還，感國王厚恩，每每不忘，而無以爲報。韓翰林亦想念無已，使臣之來，雖欲致書國王，而無便未果矣。且《穆宗實録》不多，故已先畢。

而《世廟實錄》雖未成，自内緊催，不出明春必完。完後旋修會典，我當力圖備錄貴國宗系改正等事情。吾鄉曲故舊多入内局，可以易圖。而韓爺亦嘗言之耳，鄙意須歸啓國王。”言訖鞭騾而去，蓋畏人見也。

二十六日丁卯，朝晝晴，夕小雨而雷。是日行上馬宴。余等纔到會同館，尚書即至，幾不及焉。遂行宴禮如下馬宴時，尚書臨去命通事曰：“明日以後數日朝中有故，可於二十九日謝恩云。”是夜聞新雁。後見通報，尚書以二十八日受命，分獻夜明于夕月壇云。

二十七日戊辰，晴，夜雨。朝，得海鹽徐咸所著《皇明名臣錄》披閱，次見其續集中“張孚敬”下一條，實爲國子監改定聖廟名號、去就從祀位次等事。首末雖未備載，而其梗概則略見焉，今謹錄於此。其文曰：

孔子稱號及從祀諸賢，國初大學士吴沈曾作《孔子封王辨》以言其非。成化中，華亭夏寅論奏云：“孔子實萬世道學宗主，宜稱先聖，不當稱帝稱王，釐正十哲之位，置寢室祀叔梁紇，而以顔路、曾皙、孔鯉爲配。其間若公伯寮、荀卿、王弼、賈逵、馬融、杜預之獲戾于名教者，皆罷黜之。”弘治初，程學士敏政有議，大略與寅同。正德初，祭酒謝鐸亦謂叔梁紇當别立一廟，及欲罷黜吴澄從祀，旨下禮部議，率阻格不行。嘉靖十年，公復建言，上從之，詔天下去“大成至聖文宣王”號，通稱“至聖先師孔子”，大成殿改爲先師廟，四配十哲，兩廡諸賢，悉去宋時封爵，俱稱先賢，毁去塑像，代以本主，黜去公伯寮、秦冉、顔何、荀卿、戴聖、劉向、馬融、賈逵、何休、王肅、王弼、杜預、吴澄十三人從祀，林放、蘧瑗、鄭衆、盧植、鄭玄、服虔、范寧七人各祀于其鄉，以后蒼、王通、胡瑗、歐陽脩四人增入從祀。又于聖殿後别立一祠，中設啓聖公叔梁紇位，以顔路、曾晳、孔鯉、孟孫氏爲配，以程珦、朱松、蔡元定從祀，名正禮順，一洗百王之陋，成昭代之盛典云云。

孚敬即張璁也，孚敬乃世廟所賜名也。兹事至重且大，而成於一姦人之手，誠可爲世道深嘅也。雖然，不以人廢言，則今之制，後來君子參酌而取之，其庶幾乎。

二十八日己巳，晴。午後邀鴻臚張主簿、高序班會同王副使宴于月廊，修故事也，質正以祖忌不與焉。酒酣[1]，各書姓名官職字號以相示。張主簿乃琉球國通事也，余問琉球國事。答曰："二年一次進貢，其國不設科舉，以孝廉取士。國王姓尚，自東海濱至于國界，不測其里數之多少，得順風則凡七晝夜，方泊于岸云。"

【校勘】

［1］酣：底本、抄本俱作"酉"而居左，抄本上方校語曰"酉右邊缺"。今據文意補全爲"酣"字。

二十九日庚午，晴。是日謝恩于闕，以上馬宴也。帝不升殿，余等就午門外，五拜三扣頭而出。鴻臚寺堂上以我國人赴闕者二十七員名，嫌其數少，縶伴送金國臣頸，將撻而釋之。向夕，有禮部庫子丘宗義持票帖來，唤序班高雲程，令往内閣受奬勵、朝鮮國王敕書。蓋上年冬季遼東巡撫御史張學顔以我國累送被虜人口，具本請賞。至是，禮部以今月二十二日方覆本："奉聖旨，姓諱。屢次送還人口，具見忠順，賞銀一百兩、錦四段、紵絲十二表裏，寫敕獎勵，其餘都依擬。"余與使磨鍊卜馱之數，凡六十九馱。

三十日辛未，晴。朝，錢員外與兵部車駕司主事曹銑來驗包，并在提督廳，只令吏員來書包數而去。舊例，提督與兵部郎官入于館中廳，余等具冠服行禮畢。閱包物，或有抽看之時。今也錢員外以我國素秉禮義，必不肯買違禁之物，未可以他國例視之，故特免驗包之禮，蓋重待我國之至也。

高雲程來，通事等問其受敕與否。雲程曰："凡往内閣時，必賂門子而後方入。汝可與吾五兩銀，則當依汝言聞見而來。"洪純彦折之，雲程大怒而起去。大抵雲程之貪黷無忌至於如此。

下　卷

萬曆二年甲戌九月

初一日壬申，晴。曉來夢見李叔獻，談話頗洽，叔獻出凍梨對食。

初二日癸酉，晴。高雲程來演下人受賞儀。夕，使得白酒共酌。

初三[1]日甲戌，晴。是日詣闕受賞。余等率一行曉入朝。日初出，序班引余等由左掖門進于金水橋南。鳴鞭訖，帝出御皇極門，千官行一拜三扣頭後，午門外辭朝、謝恩等各官俱行五拜三扣頭。禮畢，千官欬一聲，聲如雷震，鳴贊唱曰："引朝鮮人。"余等隨序班入御路上。鳴贊曰："跪。"余等齊跪。鴻臚寺官四人捧卓置于堦下，卓面盛欽賞物件。禮部三堂上進跪于余等之前，右侍郎持揭帖奏曰："朝鮮國王差來陪臣朴希立等三十六員名，今爲慶賀萬壽聖節來到，例該引奏給賞。"帝親發玉音曰："與他。"尚書等退入班，余等三扣頭。鳴贊曰："引起。"余等遂由舊路還，止于闕左門。今日臣等望見天威甚邇，龍顔壯大，語聲鏗然，不勝歡喜之極。

【校勘】

［1］三：底本作“二”，據抄本改。

朝罷，見有錦衣衛官二人奔出自右掖門，於萬衆中捉一緋衣官人，脱冠跪之于地，觀者雲集。余問之，衆曰：“此乃甘肅行太僕寺卿也。今日辭朝時奏事聲低，皇帝不得聞其言，故命下錦衣獄究問云。”又有孟子後裔襲封翰林院五經博士者失儀，亦有命提問，而未得其人。錦衣衛官及校尉等蒼黄四走，僅獲傔從一人，驅而西去。韓修撰世能見洪純彦，遣家人韓亨來語曰：“即欲對話而因擾未果，敬問國王安否云云。”遼東蘇都司以今日辭朝。

日晚，主客司主事孫鑛將散賞，來坐于廂房堦上。使先入作揖，主事答揖，余與質正亦如之。上通事以下跪于庭，起行一拜，又跪而起。主事仍坐，分畀物件畢。余等又入，行揖禮如前而出。余所受者，衣一襲、靴一雙、并精黑緑段二匹、黄絹二匹、紅絹二匹、黑布一匹。高雲程隨至，言敕書定以今日内踏寶，當以初六日發行云。伴送金國臣言亦同，但未審其虚實也。

向昏，與使、質正出坐中廳前，命閔勳放繩火。伴送及館夫等大驚，扣頭來懇曰：“乞勿再放。”余等笑而從之。蓋中朝未有此火，故創見而怪駭也。

初四日乙亥，晴而風。是日謝恩于闕，以受賞也。以孝恭章皇后忌辰，高雲程令去圓領胸背，雲程言敕書已踏寶，我將親受於内閣。已間雲程來館，袖出敕書付宋大春，俾余等拆見。余等辭以未受於禮部，不可私自開看，還授之。雲程曰：“宰相之言甚是云云。”遣李廷敏呈辭朝報單於鴻臚寺白元凱，令書手錄得“禮部覆遼東巡撫御史本”於科中以來，其文曰：

禮部一本屬國感激天恩，再送被虜人口事：主客司案呈奉本部送禮科，抄出遼東巡撫張學顔題前事，内稱據遼東都司呈准朝鮮國王咨，差通事司譯院正全希獻、通事權輔倫、權士義、洪淳彦[1]、教授洪秀彦、副正朴效欽、通事司果韓閏輔、通事柳廷良，前後九次解送被擄走回男婦到司。准此，抄咨連人行。據斷事司審得韓才住、張祥子、哈十八、李文德、金尚武、徐三姐、金得、金大女兒、趙隆、孔羅兒、羅姐、姚七十、羅雙你、丘要士、哈丘、神保、孫六根、洪丑子、佟二、韓四兒、孫六兒、江九住、羅狗不里、佟狗不里、丘所住、于馬里、石欽、金友禄、鼓打住、皮三、楊長哥、金狗不里、韓文奎、潘宗保、李忙子、高二漢、王躲离、湯自賢、李所住、畢小厮、朱和尚、白氏、崔貴安、劉五十、元得成、柳乃姐、楊得才、丁老漢、盧黑英、王二姐、柳細漢、石大姐、石氏、康文舉、康大邦、蓋王奉、李狗兒、門思、金朝、徐來喜、王六漢、王正、夏大用、蔣志羔俱係遼東金州等衛所人，先年被達賊搶去，今隆慶五六等年月不等，各思想家鄉，陸續從夷地奔走朝鮮國地方。當有平安、咸鏡等道，觀察使尹毅中、李文馨、節度使張弼武等收恤，具啓本國，給與衣糧脚力。順差前項通事、教授等官全希獻、權輔倫等各陸續管送都司交割，抄咨連人牌行，斷事司譯審明白，具由連人呈鮮到司。覆審無異，備呈到臣。臣會同山東巡按郭思極會議，除將節次，送還前項被虜人口。行令該司各解發寧家外，題請照例賞賚，恭候聖裁等因，又該鎮守遼東地方總兵官左軍、都督府同知李成梁題同前事，俱奉聖旨，禮部知道，欽此。

【校勘】

[1] 洪淳彦：本書中一般寫作“洪純彦”，而敕書均作“洪淳彦”。今皆保留。

欽遵抄出到部，送司奏。查隆慶六年八月内，該遼東撫鎮官張學顔等，題稱朝鮮國王送還被虜男婦王繼仙等二次共九十一名口，及遞解赴京。陳一峰等一十四名，俱轉發寧家外。乞要查照先年事例，賞賚緣由，該本部議將朝鮮國王姓諱特加優賚，仍賜敕一道，以示褒嘉。

兵馬節度使并押解通事官張弼武等，俱各效勞，合量賞銀十兩、紵絲一表裏等因。奉聖旨，是姓諱。送還人口，屢效忠順，賞銀一百兩、錦四段、紵絲十二表裏，寫敕獎勵。其餘都依擬。欽此。

已經通行欽遵去後，今該前因案呈到部，看得撫鎮等官張學顔所稱朝鮮國王姓諱。送回被虜男婦韓才住等七十名。乞照先年事例，賞賚一節。爲照朝鮮國王姓諱。世守藩封，恪執臣禮，頻年送還人口數多。忠順彌切，委應優異，以示褒嘉。伏望皇上照先年事例，將本國王特加賞賚仍賜敕書加獎。其觀察使尹毅中、李文馨、節度使張弼武，并押解通事、教授等官全希獻、權輔倫、權士義、洪淳彦、洪秀彦、朴效欽、司果韓閏輔、柳廷良，俱各效勞。合照例各賞銀十兩、紵絲一表裏。恭候命下。容臣等開領，頒給差來受賀陪臣等官，順賚文與本國王及效勞人員，以爲忠順之勸。奉聖旨，是姓諱。屢次送還人口，具見忠順。賞銀一百兩、錦四段、紵絲十二表裏，寫敕獎勵。其餘都依擬云云。

夕，余出中廳，稱量一行卜馱斤重，抵昏而罷。

初五日丙子，晴，夜雨。是日辭朝後辭堂，受敕書，一行曉詣闕辭朝，五拜三扣頭後，序班引入光禄寺喫酒飯，又謝恩而出。詣禮部將辭堂，日尚早，部官皆不至，余等少歇於堂房。因請於房官朱承伯周覽部裏，穿大廳。廳後設交椅三處，是爲三堂上齊會決事之所，坐此議定。然後出大廳踏印文書云。又其後爲寅清堂，嘉靖癸亥，尚書李春芳、左侍郎陳升、右侍郎秦鳴雷等立是爲宴廳。其前有閣，竪二碑，一即敬天崇祀之碑，刻世宗皇帝御書大享節目；一即禮部題名，記載永樂以後尚書左右侍郎姓名，名下具列鄉貫履歷，本部尚書夏言撰記，吏部右侍郎顧鼎臣書，本部左侍郎黄綰篆，碑背刻《具瞻亭銘》，亦言所撰。余又由寅清堂東偏，入觀尚書火房。火房者，尚書燕居之室也。循火房又東，爲辦事官廳。中廳扁曰“玉恩亭”，尚書徐階題。

覽畢，還于堂房，郎僚稍稍來集，歷事監生等亦坌至，有七八人入堂房來。余等與之造揖請坐，叙話從容，復書姓名相示。曰杜孝，號思齋，陝西平涼府莊浪縣人；曰劉應聘，號思溪，山西平陽府翼城縣人；曰陳一中，號少鶴，四川重慶府涪州人；曰楊光溥，號奎垣，萬全都司人；曰楊亢，號紹川，順天府通州人；曰李棐，號槐泉，直隸大名府濬縣人；曰崔鶴徵，號晉山，山西太原府代州人。余問監生之於祭酒行禮如何，答曰：“始見則再拜，平時只作揖。”余曰：“祭酒坐而受之乎？”答曰：“祭酒以師道自居。師道貴嚴，如侯伯之入學，新進士之謁聖，必致禮於祭酒。祭酒皆坐而受之，况監生乎。”已而三堂上皆入，良久坐堂，余遂與監生辭，揖諸色人禮訖。余等入月臺上辭，兩拜作揖而還于東廊。堂事畢，令通事往主客司受敕書中物件，銀二百二十兩、錦四段、紵絲四十八匹。敕書則高雲程受而付余等，余等又辭于主客儀制兩司，錢員外免本館見禮。時本部回咨尚未書,不及踏印,郎官令明日留伴送一人齎去,余等遂歸館。

余等尚未朝飧,日已過午矣。余出中廳,點卜馱之未盡稱量者。復偕使拆見敕書,其文曰:

皇帝敕諭朝鮮國王姓諱:該禮部題稱,據王咨,有遼東、金州等衛所被虜男婦韓才住等七十名口,至王境内,差通事官全希獻等管送前來。王屢效忠誠,朕用嘉悦,兹特降敕獎勵,仍賜白金、文錦、彩段以答忠勞。就令全希獻等賫回,至可收領。其觀察使尹毅中、李文馨,節度使張弼武,并押解通事、教授等官全希獻、權輔倫、權士義、洪淳彦、洪秀彦、朴效欽、司果、韓閏輔、柳廷良等,各效勤勞,併加賞賚,并諭知之。王其體朕至意故諭,賜朝鮮國王姓諱。銀一百兩、錦四段、紵絲十二表裏,賜觀察使尹毅中等十二員,每員銀十兩、紵絲一表裏。萬曆二年九月初四日。

其中押解通事八人,并觀察節度使三人,通爲十一員。而遼東撫鎮官奏本及禮部覆題誤作十二員,撰敕時因而不改,蓋錯認"司果"二字爲人名,而不知其是職銜也,用是賞賜之物亦准十二員而散給。余等深以爲未安,而既已辭朝辭堂,無方便可以改正,故閔默而已。將以此意具由啓達。

夜草家書十三通。曉夢李公浩、徐克夫。

初六日丁丑,雨。朝,錢員外來館,令洪純彦往告曰:"陪臣等欲來辭老爹,而以昨日免見,故衣冠已車載先去,兹以未得拜見。"員外曰:"已令免見,不須來辭。"純彦又扣頭而言曰:"小的等來此,蒙老爹德蔭,無事回國,不勝感激。"

員外曰："此乃我職分内事，不須謝，且我别無所補扶於汝。"因有喜色，純彦兩拜作揖而退。時馬驢未足，純彦告其然，員外命差使三人，急催以來。

午，發玉河館，出自崇文門，歷崇文橋、水仙菴、普陀禪林、三忠廟、廣惠寺，至半邊店何緒家午餉。此店居順天、通州之半，故名。向夕，抵通州孟守約家。日已曛矣，因雨路甚險。是日，頃與滕季達約會於崇文門外，而頓無形影。余眼穿心斷，中懷落莫不自勝。忽黄昏，宋大春引一人來傳一封書札，急問之則乃季達之使者也。其名楊應元，説季達追余不及，令應元走馬來尋余。雖至百里之外，以相見爲限云。余不任喜倒，呼燭觀之，書三通、詩一幅、中載寄余五言古詩一篇、《荷谷六咏》，并鄭子中前答簡。又得韓修撰篆額六紙以遺，一"毅軒"、一"書龕"、一"東丘"、一"僻巷"、一"菊庭"、一"菜畦"，乃余《荷谷六咏》也。兼寄《新篁沖漢圖》，舊吴張懋智所畫也。且有《七子詩》，亦令傳致子中。七子者，權牧使擘、柳而見、韓濩、梁大樸、尹佐郎裕後并子中及余也。余得此書畫詩篇，如得百朋甚矣。滕公之好義而有信也。滕本蘇州人，與韓修撰同鄉，極相親密。余問於應元曰："當待明，草答書。"應元曰："請即受書，今夜候五更鼓以入京師。"余度其情切，不可强，即草覆簡二通，仍付前日季達問目答條四幅同封，又贈應元笠帽一事、貼扇二把、油扇三把。應元皆受而欲扣頭謝。余曰："不要拜。"應元辭而去。俞深追洪純彦至此，出《世宗實録》中嘉靖八年、三十六年我國宗系事全文以示。其文曰：

> 嘉靖八年八月戊辰，禮部奏朝鮮國差來陪臣柳溥呈乞改正宗系等事。上曰：'既有節奉祖宗朝明旨，你部裏便通查。'備細開載，送赴史館，采擇施行，賜錦段、

表裏、路鈔有差。

嘉靖三十六年八月丁酉，禮部言朝鮮國王恭憲王姓諱。遣陪臣趙士秀，奏將該國爲系附錄《會典》。上曰："是。云云。"

夜，夢見金仁伯。

初七日戊寅，晴。朝請俞深相見，坐定，余叙話。問許贊善動止，仍問皇上講讀何書，深曰："帝以三六九日視朝，其餘日則皆御經筵，講《孟子》及《綱目》。當講日，講官趁曉趨闕。平明，帝出御文華殿，講官以次入，立講俱背誦。講訖，仍論難時事，至午乃散。例賜宴，帝善作大字，嘗洒楷書，賜中書輔臣曰'敬畏'，賜經筵官曰'責難陳善'，賜六部尚書曰'正己率屬'。帝之勤學至矣。云云"。余問講官爲誰，深曰："兩閣老及王侍郎希烈，丁侍郎士美爲陪講官。王祭酒錫爵，范中允應期，陳中允經邦，河中允洛文，許贊善國，爲日講官云。"余問贊善有子否，深曰："有二人。長者年十七歲，能通三場文字，次即十三歲。"余書示姓名字號鄉貫，深書答曰："字濬之，號洞雲，直隸徽州府歙縣人。"蓋與贊善同鄉也。余呼茶對啜，深告去。余求《荷谷六咏》於許贊善，書于小帖以貽之。深曰："謹領去。"因謂余曰："敬布問訊於朴判書、李參判、李參議。"遂揖而退。深出謂洪純彦曰："《世宗實錄》垂完，而但謄書未畢，故今用二十人分書，計當不出明年而告成矣。"又曰："今年三月，禮科給事中朱南雍奏請續纂《文獻通考》，奉聖旨下禮部而尚未覆。"深與朱公有契，每言我國宗系等事於朱公則答曰："科中雖欲具本題請，而無所據。其國使臣何不以揭帖來告於科？則我當即成其事云云。"

午後，使與余及質正同泛舟潞河，沿洄上下久之，暫開小酌。夕，伴送金國臣尚未至，使遣宋大春率養馬鄭渾往探。余以爲既出崇文門一步，則無緣可以復入，爭之不得。大春去食頃，國臣來傳咨文。余問其故，國臣曰："昨日尚書決事于火房，而左右侍郎以故俱未來，不得受署。"主客王郎中命都吏偕國臣往左右侍郎家，其家一在朝天宫後，一在順城門内，距部甚遠。雇驢往尋，左右侍郎皆出外不在。日晚，又往右侍郎家，閽人不納，贈銀三錢，乃入報受署。時日欲沈矣，急還部則王郎中尚不去，以候國臣，因留宿人家。今早赴部，左侍郎亦未來，又受署於其家後，來辭於王郎中。郎中謂之曰："你謹護咨文以去云。"國臣言畢，連稱曰："好郎中，好郎中。"蓋美王郎中也。遂令安廷蘭謄咨文，封啓本授通事金永雲、朴希男先發。夜已二更末矣。

初八日己卯，陰。朝，坐車人等來言："初出都門外，車夫不即發，衆與之相詰。有一人打理馬林有聃，頭破血涌，首魁走匿，而爲從者今隨車來云。"使命軍官捉付洪純彦，俾告于序班，仍留純彦催車渡潞河，河水半作橋，半使船。午餉于柳河屯郭安家後園。其傍柳陰，是爲前日與葉子立叙會之處，見之依然。

夕，至三河驛，安廷蘭言敕書中所謂"司果"者，必崔世協也。禮部咨文明言本國九次解送被虜人口，而押解通事則計之只八人，此與九次之言不合。且"司果"二字在韓閏輔名上，閏輔未嘗授此職，必是遼東都司報巡撫衙門時漏"崔世協"三字也。世協頃在壬申冬，以薪島網石事，持咨文往都司，兼解走回唐人。宋大春其時爲帶行通事，明知之云。此言良是。洪純彦至自通州言付其人於序班，則序班即令躦指一次，杖十棍。

初九日庚辰，晴。渡草河，河水比前日長一篙，午餉于白澗鋪歐樹全家。道見軍馬盈路，言北邊有警。白元凱遇薊鎮總兵中軍指揮倪善問之，則答曰："昨日邊上五度飛報，達子四十萬騎，自喜峰口抵石門寨。其間二百里地，連亘不絕。聲言將由石門而入，故今調戰車步軍，往防喜峰口。戚總兵繼發真定保定兩府軍馬，將以今夜啓行。先按喜峰，至于石門云。"

夕，到薊州莫違忠家。余坐後廳，與違忠對話，違忠言"明日提學御史來考秀才"。余問其制，答曰："御史設場屋，試以經義。考畢，分爲六等。一等爲廩膳，二等爲增廣，三等爲附學，賜筆墨紗段有差，皆掛紅插花。四等被撻，五等降一級，六等爲民云。"廚房設酒饌，與使及質正開酌，以今日是重陽也。夜歸，又呼酒至醉。

初十日辛巳，晴。朝至三河，河水落，只由石橋以過，午餉于欒山店張二家。宿于玉田縣城門內大覺禪林，頗幽靜可愛，不與館驛村店同。

十一日壬午，朝晴，晝陰，夕雨，昏而復晴。朝發玉田，白元凱逢戚總兵家人五六向豐潤。與之言，問邊事，答曰："聞達子四十萬騎來屯墻下，而其魁二人未至，故候其來。將以今月二十日間入寇，不由石門寨，則欲向關外寧遠、前屯等處搶掠。戚總兵官揀兵馬，率遊擊將軍六人駐扎三屯營，其地距七家嶺一百二十里。頃在隆慶元年，達子由北邊界嶺口以入，故今則一里例設二樓，樓上貯火炮兵器，抽精軍五十名守之。虜騎若踰此險，至於平地則彼衆我寡，難與爭鋒，而如不得踰則彼未能成列，必作長蛇陣而來，是則我之所以禦之者易矣。云云。”初，中朝築寬佃子等六堡于東鄙，故屬夷構釁，交引賊虜。以是七月，巡按御史奏請罷役。觀此，則達子之合謀伺隙者必非一日，勢極可憂。

午餉于沙流河堡潘楝家。夕遇雨，徒涉還鄉河，入豐潤縣城，過葉氏貞節門，宿于弘法寺。時清軍御史自永平府向薊州，來宿于縣。

十二日癸未，晴。朝，歷宸章嘉寵門、繡衣門、少府第、激揚坊，出自城東門。午餉于榛子鎮城門外侯位家。城中有育賢館。夕，宿于七家嶺劉九彝家。

十三日甲申，大雨，昏而晴。朝，發七家嶺，遇大雨，將至夷齊廟，迷失道，屈曲七八里方得路。抵夷齊廟，有城扁曰“孤竹國賢人舊里”，由城門而入。廟前牌樓曰“敕賜清節祠”，左墻門曰“古今師範”，右墻門曰“天地綱常”，大門額曰“廉頑立懦”。伯夷、叔齊上建永平府申明祀典之碑，覆以重屋。左右壁鐫累代尊崇二子首末，中門額曰“百世之師”。門列三石碑，中記孔子語，東記曾子語，西記孟子語。東偏門曰“廉頑”，西偏門曰“立懦”，廟門題曰“明朝封祀”，知府張玭所書。庭中有二碑：東，翰林侍讀袁煒撰；西，翰林檢討郭盤撰。皆在嘉靖庚戌。正堂曰“清聖祠”，安塑像二坐。像前竪位版，一曰“昭義清惠公”，即伯夷也；一曰“崇讓仁惠公”，即叔齊也。東西夾以長廊，月臺迤以石欄。堦下列碑甚多，一元御史中丞馬祖常撰；一成化甲午吏部尚書商輅撰，太常寺卿劉珝書；一嘉靖庚戌行人張廷綱撰；一永平府申明祀典之碑，知府王璽等立；一嘉靖庚戌，提學御史院鶚遣、盧龍知縣等，以薇二品玄酒二盞致祭而撰文。直正堂之後，又由逸民肇迹門爲揖遜堂。堂前東爲盟薦門，西爲齊明門。堂之北是爲清風臺，臺上建采薇亭，東西累石爲砌以上，東扁小門曰“高蹈風塵”，西曰“大觀寰宇”。亭前左右石門亦刻“百世山斗，萬古雲霄”八大字，亭扁曰“清風高節”，曰“北海之濱”。一廟之勝萃於此，灣河自北而來，到臺下分爲二派。有石嶼正當其心，上構墨氏廟，即孤竹君也，下流折而南去，洲渚縈紆，波瀾湛淨，杳有奥邃深遠之意，真關内奇絶之地也。

余等初至廟門少歇，遂上正堂，行再拜禮。瞻仰回思，心神颯爽，還下于故處，酌露酒數杯，徹。午餉後雨勢乍止，穿簑笠歷覽廟内，登清風臺，時雲陰不開，遠望永平府之野，烟樹掩翳，依俙然有遺世獨立之思，躊躇久之。日將暮，促駕馳至小灤河，有舟人操小船以渡行旅，船制狹小，恰受三五人馬，往復以濟者凡六七度。使先去，余等隨渡，近曛黑矣。沿河而行，雨已晴霽，彩霞碧雲，點綴空中，影落波心，千態萬狀。及到大灤河，新月初出，遠近烟霧，時見永平城樓隱隱於林表。樊川子所謂“烟籠寒水月籠沙”者，於今乃見其真境界、真意味也。渡河由臨灤門，至朱大寶家以宿。

十四日乙酉，晴。朝，白元凱入城，探問達子聲息於兵備衙門。有夜不收持總督薊遼軍務楊都御史牌文以入，元凱就觀，僅錄其頭文數行，而其人忙遽，不能盡傳。其文曰：“義院口提調報稟，土蠻下各頭兒在地名哈架抹力各屯聚兵，約在九月半間起營，要犯界嶺口、義院口一帶地方，分派本衛車輛人畜等情，各衛所官即日火速赶家小備待云。”以此觀之,則北邊聲息似緊急,余等欲細聞而發程。且車輛皆未到,故停行焉。夕得酒,與退而共飲。

十五日丙戌,晴。朝,車輛皆到,使笞坐車人等。余昨日所飲酒,有灰動臟腑,終日嘔洩,晚始能定。洪純彦又入城問邊事,皆言别無他[1]急報云。

【校勘】

[1] 他:底本作"佗",即"他"。

十六日丁亥,晴。朝由望海樓德勝門,穿府城中,歷進士門、清朝同諫門、黄堂門、登雲門、茹氏貞節門、獨乘驄馬門、雙貢龍章門、連步瀛洲門、永平衛、盧龍縣學、秩宗門,出自通遼樓、通遼門。

午餉于雙望堡周文相家,夕至撫寧縣,宿于李塘家。問邊事於塘,答曰:"前三四日,聞有達子臨墻,而今則已散,向遼東云。"宋大春變唐服,偕伴送二人入城。剌事、縣吏等曰:"達子雖有聲息而皆緩了,若緊急則縣中豈如此乎?"皆晏然若無事之時,是殆未可以的知要領也。

十七日戊子,晴。朝,縣人吴堂謂洪純彦曰:"聞有達子數十萬騎來屯薊州滷場之地。以十五日,分其軍爲三隊,一向遼東,一則將入自喜峰口,一則將指此縣。而向遼東者十分而居其七,但其魁有四人,而一者尚不至,故時未起營云。"午餉于深河驛元鐸家,驛人曰:"達子將以十九日大入。"

夕,到山海關趙鶚家。宋大春至自撫寧縣言:"將發,縣中放炮,應之者相屬不絶。"遣洪純彦及大春往見高雲程問事,雲程答曰:“我至此,見兵部及總督、都御史報主事公文,雖有聲息而别無大警。汝一行既已齊到,則我當以明日早牌過關。往留中前所,或前屯衛等處,豫催車輛,仍待余等爲料。且汝等皆惜命而不敢前,然則我獨無命乎?”又曰:“我别出票帖,知委廣寧以西衛所、驛遞等衙門。以今行有皇帝敕書及欽賜銀兩段匹,故令其多撥軍馬護送,已差人前去。云云。”是日,以退而生日設酌于中庭,至夜分。

十八日己丑,晴。朝遣宋大春于主事廳告曰:“陪臣等昨暮始到,聞老爹預命出牌催車輛,玆不勝感激。”差通事來謝,主事答曰:“知道。”又問于主事曰:“似聞關外有達子聲息,故敢仰稟于老爹。”主事答曰:“西方暫警,而過今日則必無事。東邊則時未有聲息,汝等可以行矣,但須小心走路也。且我已教中軍帶兵馬護送,以此回報陪臣知道。”

食後與主人趙鶚相見叙話。鶚字凌秋,號雲野,中隆慶元年恩貢生,已坐監一年而還,明歲將听選於吏部云。話間談及今日人物,余問曰:“張、吕兩閣老是何如人?”鶚曰:“張雖不愛錢,而有弄權意思,以私滅公處多,凡庶官不往見則必怒,陰中以法。吕則一以扶持國事爲念,不顧家私,其鄉親來京欲謁見,則拒不納,今年爲會試考官,而廣西舉子無中試者,可見其至公也。”余問:“今日誰爲有德望,誰爲有學行者?”鶚曰:“楊少師博蔚有聞望,在吏部久,行事一出於正。其子楊俊民等三人皆舉進士,博囑考官勿取,至不得已而中舉,則不授美官職焉。及引疾歸鄉也,朝中士大夫咸惜其去,贐以金銀,多者至百兩,博一不受,只送帖以致謝意而去。其次有故諸侍郎大綬、陶侍郎大臨,皆有學行,而諸侍郎則政事之才差不足。今則有王侍郎希烈,有文學有力量。”余問：“近來宰相徐階、李春芳、趙貞吉、陳以勤皆何如？”鶚曰：“徐、李二公，皆好人也。趙是中等，陳則中之上也。”余又問高拱，鶚曰：“拱乃弄權奸臣，真個是嚴嵩之弟也。”余問：“今戚總兵、楊總督兆。何如？”鶚曰：“戚總兵才全文武，紀綱嚴明，雖參將苟有罪，則杖以大棍不少舍。前在南中征蠻之日，其子爲軍中將領，而兵律不齊，謂之曰：‘你先犯吾法，我若貸汝，則何以令衆？’遂依軍法而刑之。一方震慄生風，莫敢干。今在薊鎮，防範備具。楊總督前任永平兵備，累遷至今官，一心愛民，都不愛錢。今武臣則有戚總兵，文官則有楊總督，順天一帶地方可無憂矣。戚年五十三，楊年四十八。”余曰：“我聞馮太監保居中用事云，其信然耶？”鶚曰：“馮保是心不正之人，今與張吕二公，合爲一體用事。”余曰：“吕既云是好人，而乃與宦豎同心者何耶？”鶚曰：“未能的知，意必姑與之同事。而徐觀其勢，乃爲排去之計耳。方今上有幼主，綱紀倫理，多不正當。”余問其然，鶚笑而不答。余問門上主事已去者孰賢孰否，鶚曰：“孫應元、熊秉元皆賢，今主事亦好，而任天祚則愛錢。云云。”鶚出茶對啜。主事遣人致拜帖于使，又送禮物。夕，車至者八輛。夜，沽酒以飲。後見通報：孫應元官至巡撫山西右僉都御史，未上而卒。

十九日庚寅，朝風雨，晝夕晴。朝，車五輛畢至，遂定行計。命洪純彦致禮物于主事。余等入城門，主事又遣人送回禮，是時風雨交作，余等至職方重地門下馬，衣裳多沾濕。遂上主事廳，行兩拜作揖，主事答禮如前日。啜茶訖，又行禮而出。今日頗晚，主事以余等之故留門焉。余等既出，有官人來促閉，余等坐門底解冠服，而行十里許雨霽。午餉于高嶺驛朱福家。使分主事回禮爲三，一自取，二則贈余及質正。余得《李文公文集》四卷、香一封、絨巾一頂、袖刀一部。

夕抵前屯衛，由西門而入，歷文廟，至敕賜褒忠廟，余等啓門入觀，即楊總兵照之廟也。正堂中置塑像，左右列同時麾下陣亡者，氣宇森然欲飛動，使人凛凛。前堦列四碑：一褒忠廟碑，亦余有丁撰，徐堦篆，黎三槐書；一刻廣寧都御史王之誥等奏請褒贈奉聖旨首末；一《哀東遼楊將軍》五言律詩二篇，少保太子太保兵部尚書山西虞坡楊博題；一《吊楊大總戎》七言古詩一篇，成安蔡可賢書。其東西廊壁，繪楊總兵與達子戰勝之狀。略觀碑文所記，則照深入虜中，手斬二百餘級，中箭而殞。有得其屍以來者，見其身前後皆刻"盡忠報國"四字云。覽畢，又歷肇登門、譙樓、世帥坊，宿于趙鐸家。鐸説十日前有達子五六千騎入錦州衛地方，搶掠而去。

二十日辛卯，晴而風。朝，車輛到東門内，不得出，遣宋大春問其故於高序班。答曰："前途十餘里地有易家墳等處，距賊路甚邇，竢邊上報無事，然後方令發去云。"已而夜不收來言别無聲息，車輛出。余等歷石氏貞節門、趙氏貞節門、崇禮門、遼左襟喉樓，城外有敕賜褒忠廟、東嶽廟。褒忠廟言是今遊擊將軍楊爕父之廟，曾陣亡者，爕即楊照之從弟也。午餉于沙河驛韓五家，過中後所，有鸚鵡在車上，余令試其言，車人曰："凡鸚鵡唯老者能言，此則年稚，故不能云。"夕宿于東關驛陳克順家，克順言，嘉靖四十一年三月初六日，達賊萬餘騎入破此驛，盡搶居民，或殺或擒。克順亦被虜，達賊以繩繫頸而去，出塞則令騎馬，行半月程，方至其部落。其家甚殷富，有一百槖駝三萬羊，餘畜稱是，使克順牧牛羊。朝夕只飲乳駱以充飢而已。居一年，潛逃來，十三日乃還家，其父母妻子則皆在彼不返云云。

二十一日壬辰，晴。朝歷沙河所，少歇小沙河岸上，看軍官等射片箭。午餉于曹莊驛吴萬家，夕宿寧遠衛尚爵家。

二十二日癸巳，晴而風。朝以車輛未至，遣洪純彦、宋大春入城，請催於高序班。純彦聞今月初七日，廣寧李總兵之子，率軍百人，夜過此衛。五六里許，有達子三十餘騎伏於道傍溝子中，搶其前驅以去，失馬四匹，一人被殺云。衛城外有寧前左參將贈都督僉事線補衮祠，余馳往欲觀，門鎖不得入。補衮即世禄之子也，有護送軍王剛者，説補衮曾任廣寧遊擊將軍，楊照之死坐免，已而起爲參將。達子數十，來入沙河所西石橋之地，補衮領軍五六百人往追之，達子引出墻外，甲騎四五千，伏發四集，全軍皆死。補衮身被四矢三劍，尚有餘息在，人舁以歸，至家而歿，時年三十一，無子云。

至連山驛十里烟臺，前有一兔起於馬首，護送軍等競逐之不及。午餉于驛汪魚化家，夕至塔山所，歷海寧門、迎恩樓、迎恩門、敕賜清謹南京刑部尚書陳壽門、仰宸譙樓，宿于蔣忠家。陳尚書即正德嘉靖間名臣，以清白著，又有孝行。噫！以如此小城，而有如此人，信乎“十室之邑必有忠信”也。蔣忠者本以殺猪售肉爲業，郭之元曾赴京宿此家，因勸止之，忠即從其言而改行。今則家道立，子孫繁衍，之元前年從奏請使又來，忠謂曰：“我之所以至此者，由汝之恩云。其改過之事，誠可嘉尚。今之君子憚於遷善者，當有愧焉。”夜，余見其子鐸，問陳尚書今有子孫否。答曰：“子孫皆居城中甚多。一做千户，一爲監生。”

二十三日甲午，晴而風。朝有一夜不收持都御史嚴謹牌來示。其文曰：

都察院爲提備急緊虜情事。據節報，有土蠻速把亥等五六個大頭兒祭旗聚兵，要搶廣寧東西地方等情到院。據此合行嚴備，爲此仰各該將領、守備、備禦、提調、守堡等官，各整兵揀馬，晝夜加謹隄備。一面分差人役，遠爲探哨；一面收斂人畜，貼守城堡。如敢玩忽誤事，拿來綑打。各具遵行不違，依准繳查，毋違。須至牌者右仰鎮武、廣寧、錦義、寧前參遊守備等官。准此。萬曆二年九月十二日。

其下都御史又以朱筆書“十分至緊”四字。歷春和門、拱鎮樓、通遠門，午餉于杏山驛陳守義家。宋大春以催馬事與高雲程相語，雲程曰：“聞達子來寇遼東迤東清河堡，守堡官擊敗之，斬首五十三級。”陳守義謂洪純彦曰：“以達子入中後所地方等處臨墻，故今朝夜不收持飛報向廣寧云。”先來通事等以今月十四日未時過此驛，中途遇賊，囊橐皆盡。故貸驛人元思之扇十把，以爲盤纏之用，仍留書於思家。備告此由，使令准給。夕至凌河驛，宿于驛館。

二十四日乙未，晴，晝乍陰，夕風。午餉于大凌河所城外黄恩家，到大凌河，使乘船渡，余等由灘下以涉。未至十三山十餘里，有夜不收持都御史嚴謹牌向西去，言寧前等處有聲息云。夕宿于十三山驛館。

二十五日丙申，晴而風。午餉于閭陽驛劉彦家，夕宿廣寧王政家。是日晚，塵沙漲天，眼不能開。

二十六日丁酉，晴。朝，車輛畢至，遣宋大春于都御史，安廷蘭于總兵官，洪純彦于按察僉事賀溱，各行見官禮。大春見遼東都司陳言，以事來謁都御史，今辭去。總兵官謂廷蘭曰："好來否?"仍曰："當差夜不收送你等到遼陽。云云。"純彦歷見楊備禦催車，僉事則往都御史衙門，餞分守遼東行苑馬寺卿劉世昌，山東右參議翟繡裳。日向晚，宴罷。僉事又出城外祖二人，純彦跪見於路左，請討在城車輛。及還，復入告。僉事許之，旋出票帖，命撥衛城東門外車二輛，二十里鋪車三輛。都御史致下程，令宋大春往謝。御史曰："不須謝也。"仍曰："有賞乎?"大春對曰："是朝廷恩賞乎?"御史曰："是。"大春曰："有之。朝廷因老爺題請，賞國王銀兩、彩段、文錦等物件。其將官、押解通事等亦皆有賞，又授奬勵勑書，不勝感幸。"御史曰："曉得、曉得。"總兵官差夜不收裴得來示護送牌文，文與前日同。夕，使招余酌露酒至醉。

二十七日戊戌，晴而風。朝，洪純彦、宋大春以車馬難催，就告于總兵官處。總兵官即差夜不收催車，仍令中軍另給軍士哨裏馬二十匹。前此我國人以站馬疲駑，每請軍士馬以駄載。王治道爲總兵官時，因軍士之訴罷之，今而如此，重待我國之意也。總兵官又曰："我欲得你國《皇華集》及墨刻，後日使臣來時可付集刻各二部。"純彦曰："必有老爹鈞帖，然後可稟于陪臣，轉啓國王。"總兵官曰："不須爲帖，你可口傳。"仍將彩段二匹給純彦、大春。余等臨發，總兵官又送下程。余等留洪純彦催車，宋大春致謝意於總兵官。

午餉于制勝堡方越家，大春追至，言總兵官在後廳。命引大春入，大春備告謝意，答曰："所送是土物，不須謝也云。"余等見陳言過去，令白元凱往告曰："陪臣值老爹之過而禮貌非便，未敢出拜，差通事禀知。"答曰："知道。"堡人謂通事等曰："聞有達賊聚兵將入搶，而其頭兒忽病斃，故即散去云"。

夕宿于盤山驛館。夜三更末，洪純彦至自廣寧，言車十輛即替車先發，尚餘三輛未至。晡時，二輛方到，其一輛則係死者楊付之名，故不得到。純彦詣掌印官語之，掌印官窘迫，無以爲計，入告其由於僉事。純彦亦隨入，懇言悶急之意，僉事曰："然則汝欲何以爲之乎?"純彦對曰："今老爹雖發近城車輛，往返淹滯，明日亦不得走路矣。竊聞前頭二十里鋪有車云，願打過閭陽車子，至此鋪替載而去。"僉事從之，即出票帖，命夜不收發二十里鋪陳虎、劉四二人之車以給曰："若單給一輛，則慮有意外之虞，故如是云。"純彦聞命，即令發閭陽車子，其車夫皆逃匿。純彦言于把總，命護送軍驅之。至東岳廟前，天已黑矣。閭陽車夫等群至號哭，純彦喻以行當替載於中途，復與夜不收及伴送金國臣，先鞭至二十里鋪。有陳虎之車見在，而載秫方欲向廣寧，即移秫米具糧料之際，一輛追到而替載。純彦送過五里烟臺，已則先馳來。道中望見北邊住牧達子燃火，火光相屬，十餘里不絶。

二十八日己亥，晴。朝發，聞前途有淖，遵下路而行。歷腰站午餉于高平驛王標家，夕宿沙嶺驛于景順家，夜夢金子昂談時事。

二十九日庚子，晴。午餉于三叉河浮橋畫船，又由楊照築道行。余細問照之行事於洪純彦，純彦説照係前屯衛人，長身玉立，望之儼若神仙中人。嘉靖丙辰，達賊入寇廣寧等處，總兵官殷尚質率兵三萬，出戰大敗，全軍皆没。照代其任，持身清謹，不犯一毫，書“冰清玉潔”四字於扇面以自隨。號令嚴明，能與士卒均甘苦。朝廷有恩賞，即散與麾下，家無留資。每戰必着白狼皮表衣，先登陷陣，其下望見爭趨之，咸致死力，故所向無堅，達賊悚懼。自廣寧東至海州衛，最爲賊路相近之地，照命築長墻、鑿溝子，延亘三百餘里，迄今爲重界，隱然成一金湯。嘗自遼東巡邊而還，聞牛家莊驛東五里鋪傍近有達子三四十人，每潛伏溝邊，伺行旅過輒出掠，若有率軍來者即隱避，故不可得捕。守驛官告其然，照抽精兵三百，與己留城中，命其大軍僞設旗鼓儀衛以去。若照發行者，使之不疑，又揀軍馬伏於烟臺，仍具車十輛載藁草，逐車藏健兒十餘人，令車夫驅以過。達賊果馳來，欲搶之時，健兒群起擊之，達賊蒼黄奔迸。伏兵邀其歸路，賊不能進退，盡殲焉，照之臨機應變若此。純彦曾隨赴京使，宿廣寧王政家，政之長子隸照麾下。忽夜中城上吹螺，一聲，政長子忙起洗沐，鞴鞍馬理器械；二聲，即上馬馳入城；三聲，照出由北門，整陣而行。時達子方屯大黑山北，不意照猝至，狼狽逃竄，照斬賊十八級。日纔昃，還師返廣寧。其紀律齊整，用兵神速又如此。庚申辛酉年間，達賊入塞，照輕騎夜襲，搗其不備。賊方熟寐，遂擒斬數百。照報其功於巡撫都御史侯汝良，汝良以爲師出不正，不可用賞典，照爭之不從。汝良自以其意具題本，奏下兵部。時尚書楊博以謂照亦必有説，姑置其本不覆。後四日，照題本果至。博韙照之功而咎汝良之矯激，心欲奏罷汝良，而若如此，則恐後照漸輕都御史，馴致難制，故仍爲兩罷之策。照革職，汝良爲民焉。照閑居累日,適兵部侍郎葛真出視邊,惜其才,奏爲前屯衛遊擊將軍。時吴英者代照爲總兵官,謁真由角門庭,參而真略不加禮。及照入見,則真降堦迎接,移椅東南面,而賜照座西南隅。照在前屯,有遼東都司經歷罷歸過衛,責出十二杠夫。東土頻歲飢荒,人相食,無以辦出。館人告於照,照問曰:"其經歷前赴遼東時,杠數幾何?"就檢其簿,則只二杠耳。照怒,輸納其杠於公廨,招經歷命自擇二杠而去,餘十杠則即散給軍人。照之守法不撓,多此類也。又升遼東副總兵官,初至任所,城多頹圮,四角樓皆傾。照刻期修新,數月而就。達賊入靉陽堡等地,照率兵出禦。路出高嶺、青石嶺,見嶺路多石磽确,照令其先鋒盡掇之,即成坦路。歲壬戌,吴英以老病罷,照復爲總兵官。于時廣寧人任都御史齊宗道者,以財雄於鄉曲,恣爲姦利,每散其私銀貸於人,及期則督徵苛刻,甚至脱其房室土田。照恒不平之,呼爲齊半城,言其家擅廣寧城中一半也。王尚書之誥時爲巡撫,一日以其生辰,大官咸集其衙門設宴,宗道亦參焉。酒半,照謂宗道曰:"照欲有請於公,而慮公見拒,未敢發言。"宗道曰:"公座有言,則雖死敢不從。"公座,如我國城主之稱也。照曰:"欲雇公十萬兩銀,以爲士卒之用,蓋譏之也。"宗道俯首不能言之,誥徐解之曰:"今日但飲酒樂耳,何論他事。"因此各不悦而散。宗道遂銜照入骨。先是,達子納款者多處廣寧,總兵官等擇其驍健者,娶婦女優資財,以爲手足,號曰家將,照亦仍舊不廢。宗道陰賄其家將,令乘隙殺照。癸亥年,達子犯邊,照領大軍出討。家將等説照請掩擊,照然之。率家將十四人前往,死於中途。事出昏夜,衆莫測其端倪。見其屍,頸骨正斷。人謂達子伏於草間,用廣鏃箭以射,故如是,而事勢甚可疑。逮照之卒,遼東二十五衛人聞之如喪父母。照柩自廣寧往前屯衛,其所經路傍,皆設香火以奠,哭聲振天。照生於嘉靖甲申歲,卒之時年僅四十,又無子云。夕宿于牛家莊驛樊棟家。白元凱説照之死在癸亥年八月二十八日。

三十日辛丑,或陰或晴。午餉于海州衛劉家店,夕宿甘泉鋪王繼宗家。

萬曆二年甲戌十月

初一日壬寅,乍陰乍晴。曉發,朝餉于鞍山驛尚承祖家。未至首山嶺,中途護送軍等來傳家書,京裏皆平安。但聞軍官吴慶祐及余奴他山皆遭憂云,團練使李趯謁于道。抵首山嶺,閲八月朝報,見吴執義健卒於七月二十四日,不勝痛駭,天之不祐善人至此極耶! 暫設茶果。夕宿于懷遠館館夫家。是日余食素。

初二日癸卯,朝晝陰而風,夕雨。遣宋大春于都司,請免宴。陳言曰:"聞有朝廷恩賞云,然乎?"答曰:"有之。"言曰:"是誰之力耶?"大春扣頭曰:"皆由於老爹,不勝感激。"言欣然有自得之色,仍許免宴。大春聞寬佃子等處三城已築完,險山堡參將移于彼,軍人家小亦皆搬住。頃者,都御史賞銀人三錢,號安住錢,其餘三城,太半築土,而今暫停役,明春方畢云。都御史仍改寬佃子之佃字爲奠字,意取

“奠厥攸居”之義。夕得酒而酌。

初三日甲辰,曉雪旋霽猶陰。午後,使先發去,將宿于冷泉莊。陳言招宋大春于都司語曰:“前者爲求《皇華集》,何以至今不來耶?”大春對曰:“前承下教,歸告陪臣,轉啓國王,想冬至賀節陪臣必賫來矣。”言曰:“你道中遇賀節陪臣,苟未得三部以來,則你歸須更啓國王備送。上司求之切,故如是。”仍慰藉大春甚至,贈大春《筆疇》[1]《物原》[2]等書各二本,又命啜茶於延賓堂以送,蓋喜大春前日納物之多故也。大春聞清河堡守堡官王惟屏於八月初旬,建州達子犯塞,惟屏出戰敗之,斬獲五十三級。故今日巡按御史郭思極與山東參議翟繡裳出教場,始驗其首級焉,陳言等亦從往。事畢,言命其下設卓面于中堂,御史就坐後言入請宴。御史曰:“都司官先去。”仍與翟參議設酌,言退而有赧色云。

初四日乙巳,晴。薄晚,李廷敏、具澄、金彭壽、金貴同等四人車至,皆用小車二輛,分載一車之物,每輛駕二牛以來。中途路極泥濘,不得良行。餘車皆在後,未知來到之早晚云。

初五日丙午,晴而風。朝,金沔、鄭亨復、尹秀寬、石乙屎等四人車至。夕,金鸞孫、林有聃等又至,説昨曉發鞍山,路陷于淖,僅宿沙河鋪,今又艱關到此。黄昏,張彦龍、閔勳等至,備言路上之苦,不食者動經數三日,或露坐風雨中以

---

① 《筆疇》:明王達撰,多記載爲人處世之道,也有抑鬱憤世之談。共二卷 107 篇,《四庫全書》有收錄。

② 《物原》:明羅頎撰,仿宋高承《事物紀原》而作,分十門,共 239 條,《四庫全書》有收錄。

達夜云，聞之慘怛。國家於平安道，設護送載持軍一千一百十九名，專以迎送使臣之行。一年中若使行繁多，則不得一日休息，其苦之甚於戍邊。自義州至遼東，大約三百餘里，往來之際，水潦風雪，所不能免，例多留滯之時，糧料斷絶，人馬飢凍。都司循例散給兵糧，而軍人徒計目前之利，貿些小帽精等物以還，故恒患乏食焉。自遼東以後，則出車輛以馱載，中朝人凡事務從簡約，雖往千萬里外，必帶銀錢輕貨，沿途賣酒飯草料以食，故行李便易。我國之俗不然，爲使臣者多撥路費。京畿、黄海、平安一路，站馬不足調發民間，絡繹于道，數十里不絶，怨聲盈路。而方且沈湎酒色，亂施刑杖，罔知疾苦之如何。雖有識者，亦矇然不脱此窠臼中。及到遼東則下至醯醋微物，亦皆齎去，加以各司貿易，一行并卜，必用二十五六輛車，然後方可以行。遼薊地方率平原曠野，易致水患，且北邊早寒，故罕有豐登之日。關外則達賊年年入搶，恣行殺戮，閭井蕭條，皆是兵燹之墟。是以出車極艱，我國人告於衛所等官，欲速發行，則衛所官執車夫趲指夾棍，備諸惡刑，然後車夫等賣子女、脱衣裙以具車輛，慘不可忍視。以近事驗之，則隆慶初賀節陪臣入歸時，其年適凶歉。至十三山驛，人家盡空，只有車夫數三在。通事告于守驛官催車，車夫即賣其十五歲男兒買三輛，其餘則計無所出，自縊而死云。聞其事，令人氣塞。至山海關以西，則不似關外之疲弊，駕車驢牛壯健，驛馬亦不至駑瘠。若關外，則該驛之馬，厥數不滿，雖有之，皆骨立而多瘡。廣寧以東，盤山、高平、沙嶺、牛家莊等站最甚用，是我國人所經之地，人皆怨苦，疾視若仇讎焉。今之計，必也國家廢貿易，使臣省路費，則雖有一行并卜，亦不過用車六七輛而已。如此則百年之弊，一朝可去矣。

初六日丁未，晴而風。朝，申璨車尚未到，留團練使俟其至而率來，余等先發。午餉于冷泉莊，夕宿狼子山下岑堂家，李廷敏來獻酒。黄昏，申璨始至。

初七日戊申，朝晝晴，夕陰。朝踰青石嶺，遇一官人于道，令白元凱問東邊達了聲息。答言姓張，任遼東左衛千總官，頃往寬佃子築城處看工事完，故迴來，東邊則寧靜别無聲息云。午餉于高嶺下，團練使來設酒。夕宿騙馬場劉五家。

初八日己酉，曉下霰乍晴，朝雪，午霽猶陰微雨。午餉于古烟臺迤南董應時莊家，遣陪牌，護送軍各一人于義州，報以初十日過江云。夕宿瓮北河南高二家。

初九日庚戌，晴。朝發，道中聞冬至管押使午餉于龍山下，馳至其處。冬至使安公自裕，管押使趙公澄、書狀官李彦愉、質正官金大鳴等以初七日越江，今來于此，余等與之坐，談話甚款。余奉贈管押使别章七言長律二篇，又招通事洪秀彦，寄與滕季達書一幅，俾布問訊焉。冬至使設酌，余醉不能食午飧。學官許希、孫武，同年洪汝河亦與相見，余等以糧盡求米肉而去。夕宿于細浦毛序家，義州牧使送饌物，聞使以初七日過江云。

初十日辛亥，朝陰，晝夕微雨而大風，夜雪。朝渡狄江，午餉于西江邊。是日雨勢乍作乍止，風力甚勁。見軍人等露涉寒灘，波水嚙足盡赤，慘然可哀。又渡西江，乘小船渡鴨緑江，入于義州。

過江錄

初十日，過江。

十一日，設同行宴於東軒。

十二日，牧使郭越，設軟脚局於龍灣館門。

十三日，歷所串館，宿良策館。

十四日，午至車輦館，郡守李蕤設酌於盤松下。松可蔭數十間，枝柯虬屈如蟠龍。夕宿林畔館。

十五日，歷雲興館入定州，牧使金富仁設宴。

十六日，牧使設小酌於迎春堂。

十七日，朝憩納清亭，歷嘉山、博川等郡，渡清川江宿安州。

十八日，歷肅川府，宿順安縣。

十九日，入平壤，監司李公文馨設慰宴，余以私忌不參，寓風月樓。

二十日，監司邀往萬景臺。臺在大同江下流，極敞豁，可望海門，遂歷賞鳳凰臺。夜深，亂普通川，由含毬門入城，時月已出矣。

二十一日，朝訪金察訪希弼，酒次聞搜檢御史尹伯昇自价川馳至浮碧樓，促駕赴之，命設筵。俄而李庶尹裕仁暨察訪踵來，樂飲酒酣，使唱翰林曲，三人共起舞，余至船醉倒。

二十二日，一行先去，余以修纂聞見錄仍留焉，同年李柔仲、金挺之、楊景純、金伯爕攜酒來訪於愛蓮堂。

二十三日，點馬閔汝慶約往浮碧樓設酌。日落湖山，烟波極目，尤覺妍媚。黄昏棹下，宿于練光亭。

二十四日，舊知人等餞余于大同江，歷中和郡宿黄州。

二十五日，午抵鳳山郡。郡守李艮男設酌於棲鳳亭，訶被勸酬，僅得免。宿劍水驛。

二十六日，至葱秀山，飲玉溜泉。宿平山府。

二十七日，歷牛峰縣，見邑宰尹公伊餉酒，品高倩數壺令載隨。夕到金郊驛，黄海都事李元翼來迓邀話，餉牛峰酒。

二十八日，循狻猊驛，至開城府，留守俞公泓設酌於大平館。時李叔獻以黄海方伯，將赴新任亦來。

二十九日，往拜徐花潭先生墓，吴彦仁、金文豹及池希齡從之，因坐潭石上小酌。歷訪歸法寺洞、泉石殊勝。薄晚謁府學，松柏森鬱，見大成殿扁篆，字體奇硬，乃元翰林學士郭貫筆。復出至馬巖前盡餘尊，巖有影殿遺址。

十一月初一日，日食，歷東坡驛，渡臨津宿坡州。

初二日，歷碧蹄驛，宿延曙驛人家。

初三日，曉至沙峴。日出，上設次於慕華館前，迎敕書入城。宣敕於勤政殿，百官畢賀。余拜弘文館副修撰，謝恩四殿。[1]

【校勘】

[1] 此下又有"美叔父誌"云:"余自義州以後，困於應接，無暇執筆覃思，只叙行事之概。書其顔曰《過江錄》，文雖簡而事則粗備，其亦《來南錄》于役志之遺意歟。"

後叙[1]

我國家事皇朝禮均内服，凡吉凶慶吊，皆遣使焉。惟八月十七日，實我今皇上聖誕之辰也。甲戌歲，余爲介奉表如京師，發程於五月中旬，以長至初吉返命。自王城抵義州，皆我境内。故莫不祗栗將事，飭廚傳豐餼贐，上以奉王命，下以展私敬。及渡江而西也，歷遼陽、廣寧、山海關等處，皆致下程存問，禮際諄悉，無非所以宣聖澤而柔遠人者也。逮至玉河邸舍，見朝午門，天顔咫尺，玉音親與酒飯，受宴會同館。尚書押勸，極醉飽而歸。以至光禄致欽賞之膳，尚方製稱身之衣，溫暖饜飫，靡所不至。曁竣事還也，調車發馬，俾無留行。是以往返四千餘里，艱楚辛勤之狀，可謂極備矣，而一行之人，歡欣鼓舞，頓忘其勞悴。嗚呼！皇恩汪濊，自顧僻遠之氓，宜將何以報塞也？

【校勘】

[1] 後叙：後文的識及本篇後叙，底本原依次置於《過江録》之前，此次整理據文意移動。標題均爲整理者所加。

余宿抱遠遊之志，竊幸因王事，以償其願，道途所經過，其山川之鉅麗，人物之繁殖，恒有以存諸目而藏諸心，參之古而驗之今。具簡牘，置篋笥，久乃發之，則已積成卷帙。而顧以跋涉之餘，僅記其形模彷彿，而纖微曲折，盡忘之矣。將詮次而勒成一書，則材力淺短，雖有意而未及於著述，又欲毁棄不屑，則累日勤劬之功，稍爲可惜。故因舊藁而粹爲巨編，目之曰《朝天記》。庶於檢尋之頃，以爲吾卧遊之資焉耳。非敢出而示於人，人以自附于作者之後也，抑以此而又有所感焉。

夫華夷内外之分，固截然而不容亂，若其人蕩滌舊習，變化日新，以自進於禮義之域，則聖帝明王，固將一視同仁。如吾赤子，罔有猜嫌野忽之心，而今也皇朝之待我國，則異乎是矣。重門嚴鐍，以防其出入，若視寇盜，惴惴然唯恐一毫之肆。故學士大夫、搢紳先生，或欲揖而進之，討論典墳，詢訪風俗者，不無其人。而朝有禁令，末由也已。噫！其可謂隘乎哉。用是國人之朝覲者，就與聾瞽同類，未見有垂橐而往，稇載而歸者。斯豈不爲皇朝之一大闕典，而我東方之羞恨也耶？故余之所錄，只記其道里遠近，而他無所及焉者，此也。後之君子，其必有識之者矣。

萬曆三年陽月下休日，陽川後學荷谷許篈美叔父叙于湖堂。

識

卷中所錄護送軍事,亦西方民瘼之大者。如國家早晚軫念無告,而修懷保之政,則必有以變通之。余昔赴京時,詢得弊端之梗概而隱痛焉。今幾十年,而猶往來于心胸而不能忘也。今觀美叔所記,尤足動余心也。程子曰:"一命之士,苟存心於愛物,於人必有所濟。"況美叔方昵侍經席,日進獻替之辭。此一事如果存心不忘,則西民其有受賜之日。慎無如鄙人徒有其心而無其效也哉。

西厓[1]病隱又識。

① 西厓,原名柳成龍(1542—1607),字而見,號西厓,安東豐山(今韓國廣尚北道安東市豐山邑)人,朝鮮王朝政治家,宣祖時期擔任領議政一職,封號豐原府院君,死後謚號文忠,有《西厓集》傳世。

附　錄

荷谷年譜[1]

公諱篈，字美叔，生於辛亥六月二十五日。

【校勘】

[1] 荷谷年譜：底本作"荷谷先生年譜"，爲與底本封面書名統一，今改。

丁巳，年[1]七歲。知屬文。

【校勘】

[1] 丁巳，年：本段至以下三段，底本和抄本只有年齡，爲上下文統一，補干支紀年及"年"字。

庚申，年十歲。通經史，作爲詩文已自純熟成家。聰穎絶倫，凡看書，一讀不忘。

戊辰，年十八。魁戊辰生員，詞學日富。

壬申，年二十二。三月，庭試沈忠謙榜登科，授權知承文院副正字，俄選爲藝文館檢閲。

癸酉，年二十三[1]。賜暇讀書湖堂。

【校勘】

[1] 年二十三：此處及下文"年三十八"，底本和抄本僅標有干支紀年，並無具體年齡。依上下文補。

甲戌，年二十四。拜禮曹佐郎。自請爲書狀官赴朝，與中州士大夫論難朱陸之辨，薦紳先生莫敢屈，咸歎服焉。竢事回，拜弘文館修撰。

乙亥，年二十五。拜吏曹佐郎。秋，以事被彈，遞授承文院校檢。移司諫院正言，不拜。

丙子，年二十六。除副校理，遷司憲府持平，轉校理。

丁丑，年二十七。秋，薦除議政府檢詳，升舍人。再轉司憲府掌令，再去爲舍人。移弘文館應教，兼藝文館應教。

戊寅，年二十八。以御史巡撫咸鏡道。

己卯，年二十九。拜掌令，俄除舍人，還應教。

庚辰，年三十。丁憂。

壬午，年三十二。服闋，除司僕寺正，不拜。累除應教、司諫、執義等官，皆不果仕。冬，以遠接使李珥從事官，迎誕生皇長子頒賀詔使黄洪憲、王敬民于義州。二使俱服其文章，臨别贈扇求詩，公一揮以進。二使擊郎嘆賞曰："佳作，妙作。"黄太史謂譯者曰："使此子生於中華，玉署金馬當讓一頭。"

癸未，年三十三。升曲翰，秋因上劄論事，特除昌原府使，纔下車，命流甲山。

乙酉，年三十六。六月，疏放自便，入白雲山讀書。或住仁川，或往春川，放浪山水間以自適。

戊子，年三十八。秋，入金剛山，看九龍淵、毗盧峰。因寓大明菴，公素劇飲成疸，且過食酸冷，因得寒痰甚苦，爲就醫舁向東郊。九月十七日，卒於金化縣生昌驛，享年三十有八。友人徐仁元爲主倅，襄其喪事。葬于霜草里先大夫塋西。

子寀，參奉。子寀，後登第，官博士。女適士人金克鍵。

公剛方爽達，自守甚確，於事見得是則執而不撓，雖千萬人麾之，不可易。好善嫉惡，出其天性，忼慨論事，雖在上前無所屈，有時犯顔强諫。天威或震，傍人汗出而公不爲動。其處官臨事雖若簡易，而徐觀其區畫，則條理甚悉，風稜峻整。爲臺憲，爲御史，務舉頽綱，所至無不肅若者。平居不問生産，一室圖書自娱。不喜與時輩過從論議，溫清之外便展卷沈潛。雖值泥飲，少醒，則必覓燈看書。文章典重溫雅。爲詩俊逸豪暢。嘗曰："吾服喪日讀《禮》千遍，在謫日讀《騷》、李百遍，就得此詩文云。"其於經學，深德蘊奥，識見超邁，有非俗儒可到。世之惟以詞人目公者，亦淺淺乎知公也。所著有《朝天録》《北邊記事》《荷谷粹語》《儀禮删注》《夷山雜述》《讀易管見》等書。詩文因兵燹散失，只有遺稿若干篇，真太山一毫芒也。蓀谷李達知詩曰："公詩長篇短韻，清壯動蕩，深得青蓮遺法，而五言亦清邵逼唐，獨七言近體差未免蘇眉山口氣，若出二人手然。"誠爲知言也。噫！人亦有言：無涯之智結爲大年，日月經天光彩常鮮。嗚呼何恨哉，吾于仲氏亦云。

趙憲《朝天日記》①

朝天日記上

○(按)此記有綱有目,目則本草以小注書之,而今并大書以便覽,綱則加匡於上下以别之。

萬曆二年甲戌五月十一日甲申,晴。〖余以質正官朝,將拜辭于闕下。因馬性不順,時晚乃到。見書狀〗許監察美叔,(按)美叔名篈。〖于報漏,入直諸友,相繼來别。〗金正字重叔,尹修撰伯昇,李佐郎景涵,洪正字希古,許注書子新,崔注書大中,金翰林子盎。(按)重叔名進,子新名應南,伯昇名晛,景涵名瀅,希古名銘,大中名雲溥,子盎据許篈記,乃是金睟,而睟碑子昂,豈後改以稱子昂歟。〖同與使臣〗朴僉知思菴也。(按)朴名希立。〖拜辭于〗八拜而出。〖慶會門外。〗中官以内命賜酒于賓廳,〖陪表出門,〗一行三人同立。〖表後至慕華館,參謁于公〗[1]李廬。〖卿。〗先揖領相,次揖右相。又西向揖于卿列而出。(按)是時,李鐸爲左相,盧守慎爲右相,今稱領相。豈以李公久爲首相,而降左相屬耳,故仍稱領相耶?〖舍人所並餞一行。〗先揖于舍人鄭芝衍,次揖于卿列李參判季真,勖以勤學漢語。尹右尹子固,許以付送行衣,致酢而出。(按)季真名後白,子固名根壽。〖本館同僚與相識親朋,並餞于松下。〗羅佐郎成

① 本次整理,以《燕行録全集》第5卷影印的《重峰集》本爲底本。本書以“綱目體”形式展開記敘。一般説來,綱多用於總結重要事件,起提綱挈領的作用;目多用於補充説明,申述綱之内容。趙憲稿本中綱目以字體大小來區别,綱用大字,目以小字注釋的形式附於綱後。1748年刊刻《重峰集》時,當時的整理者對稿本綱目做了改變,將原來小字目改爲和綱同樣大小的字號,而綱的上下加黑框以示區别;另對該書進行了簡單的校注,校記以小字附於文中。此次整理仿照《重峰集》格式,綱目文字不分大小,而以〖〗標出原黑框中的綱,以小字保留1748年整理者的校勘記。又,本書中所用的綱目體和中土古籍有諸多差異,多隨意加之,不甚嚴謹。綱與目有時各自獨立成句,此種情況,則將綱、目分别作爲獨立的内容加標點;有時綱、目連爲一句話或陳述一件事,則忽略綱的標記,按内容加標點。

佐、曹博士信民，兼送扇柄。李著作子遂，以書先致其未來之意。崔博士善遇、鄭正字宏度贈詩。李司錄景遇、崔正字之翰、金正字先邀以餞。繼別于申佐郎立之之幕。迺就順昌令君俊，洪佐郎興道，韓佐郎德載，許子新李景涵之幕，兼受毖戒之言。同席者，崔運判及朴應初也。醉後爲閔正恕初之强要，至則令二歌兒慰送一杯，而不能勉從，因發迂語，尹文翁之杯則執而未飲。（按）成佐名蓋國，信民名景中，子遂名構，善遇名慶會，宏度名彦洪，景遇名期男，之翰名鎮國，興道名可臣，德載名伯厚，運判名滉，應初名舜元，恕初名忠元。〖醉卧沙峴之北。〗李忠義胤宗、金内禁良仲、金措大允執、南秀才宜仲，俱俟于弘濟院。聞余醉倒，還至卧處。余難舉首，卧令自飲其酒。晡時，聞使、書狀先行，乃起。（按）宜仲名致利。〖暮投碧蹄驛。〗未及驛五里，聞有角聲，使人止之。〖與高陽親友同宿。〗辛内禁父子、金君舉兄弟先至俟之，相與分食而同話。郡吏欲具賓餐，恐其有弊，止之，止受一員之餐。辛奴或有飢色而不知也。士修則騎牛，尹仲舉又來。

【校勘】

［1］底本中此處僅見綱的結束標記，起始標記未見，今依文意補於“表後”前。

十二日乙酉，晴。〖以書致謝于洪丈。〗郡訓導朝以書言其未來之意。余 缺。送笠帽扇柄，且謝其趁未問候之過。洪丈即來與别，且寄書于平山之校。始聞鄭伯仁之死，不忍食肉，力勸乃嘗。〖見書狀于西軒。〗郡守李忠元先至，延曙察訪禹天機繼至，其領不整。〖謁使于[1]東軒。〗失禮不成揖拜。〖别辛、尹、金五人。〗以布衣與君舉，以帽扇與君舉之伯，辛、尹則别有可得之路，故止與以筆。〖踰惠音峴。〗從人一雙。〖午至坡州，荅成牛溪書。〗牛溪先遣書以俟，勸其勿來。余即遣人以書謝之，且求教。〖牧使致餞于小亭，始見尹獻納。〗尚中以覲親事，自牛峰還。困與餞席。坐書狀上。深服兑仲之賢行。（按）尚中名卓然。兑仲，金澤字。〖牛溪以書還。〗戒令其清嚴自敕，思盡職分，且勸勿避近名之誚。〖校生五人來見。〗李應春、應仁、缺三字。安起宗。

分筆于應仁，分扇于安、缺。二生，始令減差，務從簡潔。

【校勘】

［1］于：底本作"干"。依文意改。

十三日丙戌，晴。〖牧使〗柳從善〖對飯于東軒，又以酒餞。〗力言金舜元至貧之狀，勸減其曖昧作紙，許之。書報缺二字。作家書以附之。〖書狀以拜掃先塋事，先向長湍，余同使公路訪栗谷。〗李承旨叔獻也，傳許子新書。問其前日赴京之時，用何禮見使。答曰："只行揖禮。"問見朝用何服。答曰："以路費之物，貿得錦團領裼[1]衣。既服之後，難於處置，以給書吏云。"且寄書于李監司、李宣沙。（按）時先生於栗、牛兩先生，師弟子之分未定。李監司名文馨。〖渡臨津，午餉于東坡驛。〗長湍申叔，與其甥尹湯賓、虞賓、洪天幾，先至以俟。以笠帽獻申叔，分筆于尹生。〖行近開城，留守俞泓使人問候，及于其府，則設餞以慰。〗尹經歷承吉遣人致問，豐德族人金承瑾、承瑞先至以俟，且攜酒以慰之。

【校勘】

［1］裼：底本作"緆"。依文意改。

十四日丁亥，晴。〖使爲余針臂，留于府。〗先四日辭親之時，忽覺肩浮色紅，恐貽親憂，受針于陳教授克誠，似有漸平之意。且念其戒，更令府醫以針之。〖杖守林，付其許接人，還于通津母家。〗守林逃主已久，逢于東坡，率到宿處。〖府官贐以行器。〗一部燭臺。〖張起漢〗士傑〖來訪。〗因聞李都事檄到府之後，自奉甚儉，盡除閭市妄徵之弊，民甚便之，同宿贈詩張。〖寔來訪。〗辛未之秋，相見于神館者也。〖晚與書狀謁文忠。〗鄭圃隱先生。〖堂〗在府東，或云先生支舊基也，下有講堂兩齋。〖登男山花園，仍看敬德官。〗國初即位處也。

十五日戊子，晴。〖朝，府官〗尹經歷、李都事〖來于書狀之寓。余往與别，自大平館，歷迎賓館，北行四十餘里。〗天旱已久，石路犖确，馬不能前，前途塵漲，遂吟一絶以自遣：

瓢淵不必勝牛溪，石路難容接馬蹄。
要覓奇觀憚受益，此生行止可堪悽。

〖入于瀑布，牛峰縣令〗尹詊，獻納卓然之父也。先在坡州，獻納謂一行曰："海西方伯，欲見白沙汀，而以天旱停行云云。"蓋欲勿往，而使欲必往，尹乃遣人先通于牛峰。〖盛備酒饌以俟，坐于松下飲訖。〗麒[1]麟察訪柳永成參，〖與書狀同登潭上，將欲往觀大興泉石。〗芒鞋布衣，渴則手掬清流，勞則憩于林巖，瀟洒之味，雖欠於辛秋，而客路炎天，猶足少慰也。余謂書狀曰："以吾輩之健步，窮日力而騫騰，則雖至知足，尚有餘力矣。但發軔之始，長程渺漠，不窮吾力，然後可保遠行。"即停其行，其樂聞人言如此。〖至觀音窟而還。夕又同宿于雲居。〗滿洞人馬之聲，雖石佛猶願逃避也。（按）雲居之雲，恐聖字之誤[2]，下同。

【校勘】

[1] 麒：底本作"猉"，即"麒"。

[2] 雲居之雲，恐聖字之誤：不誤。此處的"雲居"爲"雲居寺"，許篈《荷谷朝天記》中多次提到。

十六日己丑，晴。〖西行〗四十餘里，山澗奇險。〖至迴瀾石下，牛峰先令下吏設幕具饌矣。〗先是，行次入于瓢淵，則例令江陰供具，而今則前於松京，私促牛峰備辦于雲居，專供二日，似有艱窘之色。〖食既，受縣令之贐。〗米袋、豆袋、火金。〖沈獻之以酒來餞。〗名光甫，來于平山，將向朴淵，先來候之，以禮之疑處，寄質于中原，見尹丈《臨碧臺記》及群賢之詩袖。向平山，聞吴守蔡、李悌胤之好善馬渡猪灘。暑不可堪，歇涼于金巖，晡到平山。洪廣文子浩、〖趙忠義〗峻〖來叙，邀尹丈〗映〖與話。〗慕古嘐嘐，刻聖賢之得傳道統者于家傍巨巖，朝朝參拜，頗似有志，而教人以史，不先小學也。〖受府伯〗李之信〖之贐。〗

要以寄親，置于平校，牛峰之贐，并封以付。分子浩扇、筆，趙以扇、醢，尹以石魚十束。

十七日庚寅，晴。貢生劉雲湖做絶句以來，詞氣可愛。問之則曰："前守閔公恕初專教讀史，故如此。"余勸其先讀小學，以及書經。按書經，恐經書之誤。〖歷寶山驛，暫憩于葱秀山下。〗山下有溪，溪上有巖穴，飛泉目穴中直注，許天使國愛而名之曰：玉溜泉。各飲一瓢，甘冽無比。〖午飯于安城驛。〗始見《宗系辨誣錄》。

○聞尹家子弟之無教，駭歎者久之。〖夕到龍泉。〗瑞興府使李慶祐贐以米袋及魚，以書送于子浩小家，俾其轉致金陵。〖因安庭蘭，得聞南冥格言。〗安與徐鎮之崦，共謁于曹先生。適有丹陽守盛備酒饌，以饋先生。先生戲之曰："美哉食也，昔拜丹陽，我不能就，早知如此，悔其不往也。"然而此食，食之雖易，而辦出甚艱。爲守令者，不可不知安享此食之爲艱矣。鎮之被酒，攘袂作氣，起扶先生曰："當此生民困窮之時，出而救之可也，豈可高遯，以孤天意乎！"先生笑而揮之曰："諾，吾將出矣。"（按）丹陽之陽，恐城字之誤[1]。

【校勘】

[1] 丹陽之陽，恐城字之誤：不誤。丹陽當時爲南京（即文中"金陵"）的一個郊縣。

十八日辛卯，晴。〖午餉于劍水。〗時置早暑，困于塗塵，驛中下處，又是面墻之所，乃就書狀軒同憩。（按）置，疑值之誤。〖欲送驛吏于趙兄〗繼衿〖家，未果。〗一日之内，遠不能往還故也。〖至鳳山，郡守〗成 缺。〖設酌〗聞瑞興煮酒以供。承風大煮焉。〖于 缺。亭，始習射侯。〗

○〖郡贐以米袋、雜物，鄭訓導〗大鵬〖來叙。〗申永麟者，託以遠族而來見，殊未之詳也。

十九日壬辰，午後雨。〖朝，使人告于郡守，俾賻鄭廣文伯仁之喪，許之。〗米十斗租十石，鄭爲郡校，死于兄家。〖踰洞仙嶺，憩固石院。〗使杖黃吏。〖遇雨于於沙川。〗時以久旱，雨具在後。一行上下，過半皆濕。〖宿于黃州。〗

○〖答海西監都之書。〗監司閔公起文，贐以毛浮分套二。都事黃景明暹以書送慰故也。〖邀金應聖丈，與話連宿。〗金名龜，孝子而性度慈順。

二十日癸巳，朝陰晚晴。〖留于黃州。判官[1]缺。來見。〗與道杖吏之言。〖贐以米袋，置于應聖家。〗余謂應聖曰："路見兩麥盡枯，竊想貧親無以度夏，何嘗之憂，遠而彌深，欲置路費于尊家。奴還之日，俾其取去。但得之不正，於義未[2]安。如何如何。"金曰："余見金兑仲家有老母，時索於人而養之，况今各官贐君以義，而君乃用之於孝，不亦可乎？"余答曰："身享清名，而恝於父母之飢，余所不忍也。"即以黃鳳四袋、分套二、炙金火柱置之，且分分套一、燭雙、筆柄于金。〖判官設餞于廣遠樓。〗聞一行嗜飲煮酒之言，即夜煮之。余告書狀以其狀，書狀不肯飲之。〖射帿金君澤來別。〗時分州教，曾習射侯，誤傷手背，呈病卧校。余將就見，昏始來叙，贈別詩。〖借韻譯于譯學。〗譯學訓導 缺二字。有《四聲通解》。余令宋大春借之，送筆、燭以謝之，又送燭、筆于君澤。

【校勘】

[1] 判官：許篈《荷谷朝天記》記載判官名爲朴世燁。

[2] 未：底本作"禾"，依文意改。

二十一日甲午，〖晴。朝別判官于大門之内。憩于缺[1]。院，踰駒峴到中和郡。郡守趙仲悟〗邦穎。〖[2]贐以米袋毛浮等物，暮又來見。送茶啖于同年李奉事希尹親家。〗夕，其子來謝，有貢生二人，試以絶句，可教者也。〖書狀囚申永麟。〗永麟以不干人稱使三子弟到處乘馹，責辦供具，郡守言其狀，書狀執而囚之，將欲請罪。使屢使人求放不已，枷到平壤，不得已釋之。

【校勘】

［1］缺：許篈《荷谷朝天記》記載："二十一日甲午，晴。朝歇貯福院。"

［2］底本中此處僅見綱的起始標記，結束標記未見。

二十二日乙未，晴。〖仲悟來別行，憩于栽松亭。〗生員金德濠、楊得禧咸從訓導金文豹來迎。〖至大同江，李方伯〗馨之文馨〖具酒迎慰〗都事李希得，察訪金希弼參尉焉。畫船晴江，雖極明媚，而滿前膳羞，青蠅群集，歌管交轟於炎旱之極，殊無和暢意思。〖至練光亭。〗亭舊蓋草，洪淵爲庶尹時，易瓦改構。又欲自風月樓爲複道，以抵于亭，材瓦已具，因罷不遂。〖又酌，酌罷宿于風月樓〗西房。

二十三日丙申，晴。〖朝府官、〗殿參鄭克己好仁、閔景潤洎，校官姜宗慶，李都事，金察訪。〖府友〗金德濠，楊得禧，咸從校官金文虎，金訓導二子。（按）虎，上文作豹[1]。〖相繼來敘。〗

【校勘】

［1］金文虎……上文作豹：許篈《荷谷朝天記》作"金文豹"，似當以金文豹爲是。

○〖見使于快哉亭，監司引與偕出長慶門。〗門内有二孝門。〖設宴于浮碧樓，與都事射侯。〗都事以十矢見遺。〖書狀追至。〗以改驗卜馱事後[1]至。言李牧隱詩①曰：

【校勘】

［1］後：底本作"后"，依文意改。本書先後之"後"多與"后"混用，今改。

---

① 李牧隱詩：李穡，字穎叔，號牧隱，高麗末期至李朝初年學者，有《牧隱集》傳世。此處詩名爲《浮碧樓》。

昨過永明寺，暫登浮碧樓。
城空月一片，石老雲千秋。
麟馬去不返，龍孫何處遊？
長嘯倚風磴，山青江自流。

又詩曰：

麟去白雲窟，龍歸芳草洲。
山河如昨日，有客獨登樓。

〖先行。〗以其同年之設酌于誠丘（按）誠丘，恐含毬之誤。門也。牧丹峰頭，聚僧祈雨。余告監司曰："山上祈雨，而樓中設樂，似爲未穩。"監司曰："遠行之人，不可不慰遣也。"〖夕登樓船，入自大同。〗招摇之影，因醉莫知，可笑。

二十四日丁酉，晴。〖飲藥。〗傷元活血湯，爲前夕墜階故也。（按）傷，恐復字之誤。〖殿官、學官、府友連日來見，咸鏡監司〗朴公大立、〖北道兵使〗金公禹瑞〖致贐。〗監，獐毛浮大口魚二十；兵，大口一同，文魚一束。〖書以謝之。〗

○〖都事察訪，來叙于愛蓮堂，汝悟以書送致布裙，書以謝之。見判官〗金鍊光〖于樓上，監司、府官、察訪贐以行具，〗米五袋、帽家二、皮箱、叩肚、襦衣、芒鞋、網巾、具桶、繩牀、鞭子、鹿皮靴、雨具三。〖謝殷山倅〗以貼席、皮蝦爲贐也。

二十五日戊戌，晴。〖李校勘〗壽寧府人。〖及府友來叙，監司邀與共飯于練光亭，同至詠歸樓設宴。始見箕子井及井田之基。〗在外郭。〖潮至乘船，將及東南，書狀追至，乘别舸以參。〗朝，以氣不平未參。〖留船于大同門外，劇飲而歸。〗

二十六日己亥，朝陰，午後始雨。〖以寄親之物，付于吉非家，以米二袋與子遂女。〗

○〖與書狀出七星門，謁箕子廟[1]，〗在城外西北隅。(按)廟，疑墓之誤。下同。〖登乙密臺，還拜于永崇影殿[2]。〗太祖御容。〖暫話于參奉。〗鄭克己、閔景潤〖堂，歸于風月[3]，迎香于迎賓大門外。〗以使命立于都事上。〖入中庭，行〗四拜〖禮。評事俞必仁自京來。都事、察訪共飲于風月。〗入夜方罷，己先歸宿。〖監司製送紙衣。〗恐罹大寒，求於練光[4]。〖判官鑄送大劍。〗近邊多懼，以鐵求鑄。

○金良善、金自貞來見。

【校勘】

[1] 箕子廟：許篈《荷谷朝天記》作“箕子墓”，當以“箕子墓”爲是。

[2] 永崇影殿：許篈《荷谷朝天記》中作“永崇殿”。

[3] 風月：許篈《荷谷朝天記》中作“風月樓”。

[4] 練光：許篈《荷谷朝天記》中作“練光亭”。

二十七日庚子，雨。〖順安縣令〗李紹〖來見。察訪來別，監司邀與對飯于練光。〗使寓于此，故屢接于此亭。〖議定都事、質正之坐。〗都事既受搜銀之命，而質正只是七品官，故到義州定下。又問監司以質正見使之際用何禮乎，監司答：“以公禮之外，元無拜禮。”〖揖別于監司。出自普通門，下馬于箕子廟下，到降福院。逢大雨，小憩。至順安，則定妓率忠勤，先三日來竢矣。以父逢子，其意如何？縣訓導朴雄來敘。〗順安贐以米袋。

二十八日辛丑，朝晴晚雨。〖驛卒求備妓馬，斥之，載以私馬，憩于缺。院[1]。到肅川。府使李元誠設宴于東軒，慈山訓導宋諴〗誠伯〖來見。〗

【校勘】

[1] 院：依許篈《荷谷朝天記》此處當爲“魚坡院”。

二十九日壬寅，晴。〖以書狀留于順安，故仍留待，午後方至。主倅又宴于納涼亭，致謝書于殷山。〗縣監李鏞，贐以米豆也。〖金教授〗銖，鳳山人。同館〖來訪，〗贈以文。

三十日癸卯，晴。〖貢生金藎才性明敏，勉以小學。〗

〇〖府使致贐。〗狗茵、公套、魚獐。〖路見陳田敗屋，殊異往時。憩于雲巖院。至安州，蘇兵使[1]〗瀗將往老江，先止于百祥[2]。〖設筵以待，仍往見之，并受權牧使〗純〖餞杯，兵使餽贐。〗獐茵、畫硯、燒酒二盆、米三袋、分套、獐五、雉廿、紬襦、麂靴、具精皮箱子。〖而出巡梁艎來見，與之留宿。〗以米酒及魚，寄送于寧邊亡友胥進士仁瑞之家，又以書、糧、魚物與艎。又以魚束分送于寧邊鄉校李君信及鮮于缺。之家。

【校勘】

[1] 兵使：許篈《荷谷朝天記》作"節度使"。

[2] 百祥：許篈《荷谷朝大記》作"百祥樓"。

六月初一日甲辰，雨。〖使以痢證，留宿于百祥。都事來過，與書狀就見。〗將以搜銀事，先宿于嘉山。〖柳判官〗立之〖自寧邊持酒來餞，又致贐焉。〗米豆袋、麂靴子。（按）立之名永立。〖安牧贐以路費。〗米三袋、雉五、獐一、秀魚十、石首魚十、刀子十五、火金廿。（按）十下疑脱束字。〖使令之人多有飢宿之處，民窮甚矣。〗

初二日乙巳，晴。〖權牧、柳判出餞于晴川江亭，船憩于廣通院。博川守致贐。〗米二袋、布裙、小食床、分套。〖將渡控江，始見郡守。〗安義孫〖于船裏，引船上看石壁。〗奇絕之狀，人所未知。〖止飲數杯，濟到嘉山。李禮元以其姪書來待矣。〗護以内憂，因書慰之。且寄布裳，〖書以謝之。〗因送大口魚于其大母。〖定州校生來見。〗白彪變、宋珍、金千鎰、朴彦男。

初三日丙午，晴。〖嘉山郡守朝又來見，贐以行具，〗米二袋，狗皮

漆靴，分套紬襦。〖又給孩食，以大口四送之，留馬于郡。〗限二旬約養也。〖借衙馬以轉舊物。〗

○〖踰曉星山到納清亭，邀見判官。〗申汝灌也。〖校生又來相邀，〗尹翼商、趙瓚、金潤後、李慶義。〖申初，得抵定州鄉所。〗盧瓊、趙億年、金智、鄭虔，〖校生俱有重逢之喜，叔舅自龜城來竢者三日矣。少展□陽之思。龜城守〗李思貞〖因叔舅致贐。〗米三袋，脯十貼，燒酒桂一斗，分套一，乾[1]雉。〖書以謝之。許義慶三人〗兄 缺。慶、弟玄慶來見，餽其糧饌。〗[2]

○〖夕，判官與河正字〗一清〖設小酌。〗

【校勘】

[1] 乾：底本作"乹"，即"乾"。

[2] 底本中此處僅見綱的結束標記，起始標記未見。

初四日丁未，晴。〖牧使金富仁來見，致贐。〗米三袋、白靴、分套、紬襦、皮箱、草鞋、布衣裳、兩足巾、一斗桂。判官之別設也，又求日傘。校生以酒肉來慰，半分于一行下人，半與共飲，以米二袋，補校生之糧。各分水魚一尾，有親者加以雉。〖分處路費。〗以米十袋爲子糧，三袋散于下人，箱靴、精乾獐二、雉五、套二納于叔舅。〖叔舅〗始聞遭服之奇。〖出，宿于忠勤家，以脯封付下人，冀轉于親家。〗雉一，缺。具，乾脯肉十貼。(按)轉下，恐有落字。

初五日戊申，晴。〖叔舅將還龜城，出省于忠勤家。〗金瓚尹、翼商、卓億孫俱至，卓贈虎刀。〖送別于東門，登城以望之。〗

千里家書斷往還，幸逢舅氏道途間。
東門延佇看行色，没帽還嫌眼底山。

江界判官朴寅亮敬輔〖來叙。〗易其鞍緊。〖牧官設侯以宴。〗參射者，牧使博川、江判正字、宣傳與己也。書狀未酔先出，使有慍語，牧使醉倒于前。

初六日己酉，雨。〖牧使來見，因請從石老除事。〗以年將六十也。〖從之。〗取見户籍，則以子之故，已名係於從妓之下，以辱父母之遺體，嗚呼痛哉。君子之所當遠者，娼妓也，而不能謹之於始，弟與子勿效。〖作書于鄭海濱。〗和居宣川，〖家送以魚尾。〗

○〖牧使又宴于小樓。〗屢飲之餘，不覺大醉，倒于前階，沙峴之過，猶未悔也。

初七日庚戌，晴。〖車傑以書謝之。〗窮而久囚，憐而送飯故也。〖鄉所來別，邀判官共飯。牧使餞于迎薰[1]，别校生于城外。〗定妓率忠勤立于瘗亡孩處西門外，以望行色，不敢回首，而意則悽然。〖踰黨於嶺，憩于雲興[2]。〗路邊有孝女四月碑，斷指療父病者也。〖金獻之出候與見，趙瓚又來遠别，鄭海濱答書。〗書中言其老病未來之詩，且寄以四韻詩也。(按)上詩字恐誤。〖郭山致贐。〗硯一、靴、分套。〖道别定判。〗以假察訪偕來，俾其還去故也。〖宿于林畔，宣川倅致贐，〗靴硯。〖郡生來見，與宿。〗朴祥麟、朴宗國、李澤民、鄉人朴承傑。

【校勘】

[1] 迎薰：許篈《荷谷朝天記》作“迎薰樓”。

[2] 雲興：許篈《荷谷朝天記》作“郭山郡雲興館”。

初八日辛亥，雨。〖午到車輦，鐵山倅贐以靴硯[1]。〗靴以與安廷蘭。〖郡友來見，〗鄭舜年、金宗秋。〖李狀元詠而來，與同宿。〗金生以布二匹求貿《韻府群玉》①。龍川人張希尹要與相見，留待三日而還云。

【校勘】

[1] 硯：底本作“研”，依文意改。

---

① 《韻府群玉》：類書，二十卷。宋元之際江西文人陰時夫編，其兄中夫作注。此書按一百零六韻順序編排，摘録典故和辭藻隸于各韻之下。

初九日壬子，雨。〖書狀以書戒其放心。〗朝見張醫道，有心恙，難以藥救。書狀聞之，以書戒之曰：萬般補養皆虚僞，只有操心是要規。此心一存，則二豎子退聽矣，真藥石也。〖過鐵州故城，式于官倉之墟，爲牧使李元禎、判官李希勣死節也。〗高麗缺。蒙古兵大至圍城。牧判二官極力防守，卒至勢窮。樓上猶設筦弦，以示虜閑。而相率妻子，自赴于官倉火中，如有救者，寧至是乎。金坵有詩，尹毅中爲方伯，白于朝廷。作廟于鐵山以祭。〖暮入良策，龍川倅致贐。〗米袋、靴、硯。〖郡生張希尹先候，仍與同宿。〗

初十日癸丑，晴。〖送燭于李之儉家。〗同泮者，而在于喪中，兼致祭需。〖舟渡古津。〗水漲故也。〖歇于所串，張生追約而還。〗

○〖到義州。〗南門内有孝子門，朱訓導應房子良曾與同泮，而同年應虚之兄〖先至候見。〗以茶啖可食數器，送于其親，日以爲常。〖見都事于書狀之寓，押馬官〗金沔、鄭友亨復〖來見，金士傑、〗陽川妻族，爲牧軍官。〖洪大受〗同鄉人，溺于官娃，久留。〖來見。〗

十一日甲寅，晴。〖謫人宋文星見説人短，揮以却之。〗宋以南原人，爲與妻母爭田而鬥，入居于此，益與州人肆惡。朱子良以州牧命往麟倉收租時，以不減宋租之故，怒而歐詈。訴于州牧，拿打朱奴，又將毒舌敢掉于我。覩其面目，小人之尤者，故再來不見。〖往清心堂，見都事，因登統軍[1]。〗書狀先至，與判官柳守訥，及退而飲數爵。

【校勘】

[1] 統軍：許篈《荷谷朝天記》作"統軍亭"。

十二日乙卯，晴。〖見書狀，〗以忌不出。〖謁使于聚勝。〗牧使郭越先在，因余之進，而避歸大門。余歸于房，使人道其未安之意，即來與見。〖教官〗洪承範〖來見。〗聞通事崔世協之誤事，而前牧使梁公熹之誤罷也。〖牧使設酌于統軍。〗使與都事先至，使人邀余，各巡三杯而罷。

〇使有憤時之言，以郭公之言而不發。

十三日丙辰，晴。〖牧官致贐。〗米三袋、狗皮茵、麃皮靴、靴茵，以與押馬鄭應始，草鞋以送于家。刀鞘、角帶、衣、硯、册匣袱、桑皮、行纏、分套，以與洪大受。笠帽家付洪君，轉于姑叔。奴笠、帶刀、行縢鞭。〖子良以牧官命，往青城。〗以民飢，分給倉租也。聞前牧崔弘僩之遞去也，謂新牧鄭彦智曰："義是多事之邑，必得州人之賢者，以分小事可也。朱應房處心公正，可備任事者也。故牧官例令朱幹事，在家日少。"

〇朱以能武才故，柳牧使彦遇將補邊軍。朱以製誦，愬赴校籍，柳令其子成龍共學，甚有見識。又多才智，若任邊務，則豈止受租之公而已。(按)彦遇名仲郢。〖慎點馬〗彦慶，奉直〖來，許草堂〗大司成(按)許名燁。〖書以勉之，尹右尹〗月汀子固根壽。〖簡送行衣，韓德載〗伯厚。〖書戒越分。〗

十四日丁巳，夜雨朝陰。登聚勝亭，查對咨表，牧使設宴于九龍潭上，點馬欲坐都事上，使曉以職品，乃止坐于余上。江界判官朴寅亮，行酒之際，爲其相識已久，醉發一言，即涌其淚。夕登舟引上石壁下，因水漲不能泝，順流直下，下于義順館西。〗[1]都事點馬俱乘轎子，見書狀與余乘馬，便不乘轎。余在前途，厭其歌管轟煩，酒殽支離。要訪應始，入于義順，值其入城，不遇而還。

【校勘】

[1] 底本中此處僅見綱的結束標記，不見起始標記。

十五日戊午，晴。〖修家書。〗又作送龜校平校應聖書。答許、尹、韓三書以謝之。又作澤仲書。〖江判來見。〗爲余以昏致書，明其虛信人言，以致妄洩，故來謝以明之，實惑於實玄語也。季戚所犯，收率江衙。〖牧使設宴于大門。〗[1]射侯，且試酒湯之騎射也。〖張希尹持酒遠別。〗與子良共飲于月下，觀其所作詩賦，又問其立志非常，真個是刮目相待者也。子良以誨言，書于其扇以勸之。以米袋分諸朱、洪。

【校勘】

［1］底本中此處連有綱的終止標記與起始標記，下一個終止標記則未見，則此處起始標記蓋衍，今删。

十六日己未，朝晴，午後暫雨。〖修謝書于定判及本館同僚。以行衣出東門，〗門内有二孝碑。〖就餞帳，受牧判餞爵，别子良、景任〗張生字。〖于帳外，冒雨登舟。〗用人負之。〖顧見還奴，則馬頭亦垂雙涕，可知離懷之慘也。退而〗朴宣傳字也。〖大醉起舞。〗扶余與舞，怠而還坐。美叔又起相牽，不得已暫舞。〖都事勸酒。〗懇以成病，不强勸也。〖點《馬泥醉忘序》，幾陷于水。使半醉決起，書狀困帖于船，别牧判于江岸。渡中江、狄江，宿于孫三家。〗始見上國之人，皆戴帽子，甘土。身服玄衣，旁身襖子，僅庇其臀，袖窄圓領，玄裳窄下，女人俱縛其足，其趾不長。

十七日庚申，雨。〖過九連城。〗自是山頭丘上，烟臺列立。〖憩于頂石山北人家。〗其人能擾蛇，納懷交出于兩袖者也。〖江北堡備禦指揮劉允昌、守堡呈士忠送下程。〗酒瓶、猪肉、雞菜也，令通事接之以酒。〖歷細浦松鶻山。〗一名海青。〖自是山上無墳，田中或家後園，多置棺材。〗露置土上，上蓋以草。〖未及湯站，宿于金祖尚家。〗兄弟四人，同居異爨，方服父喪，或見食肉爭博，以草書題其父主，而四人俱有美號，可笑也。

十八日辛酉，朝霧晚晴。〖過湯站城。〗皆築以塼。〖憩于龍山下。〗網小鮮爲羹，以助午飯。〖湯站守堡官王魁送下程。〗爲遣通事遺禮單故也，其舍人怒其扇把之少，棄而先行，尋令人持去。〖歷鳳凰山故城。〗城三邊有山甚峻，是渤奚（按）奚，恐海之誤。舊都也，方契（按）恐落丹字。之來圍也，適值進士放榜日，唱"名纔歇而城陷云云"。〖暮宿于伯顔洞趙國勳家。〗問其子明之名，則先以東山之號答之。〖鳳凰城指揮全景和送下程。〗來人始發傲言,見扇乃解,可笑。

十九日壬戌,晴。〖過鎮東鋪,憩于瓮北河。〗水没馬肚上,聞缺。到此遇雨留。〖過八渡河。〗源流屈曲,一河八渡。〖至通遠堡南,臨河有三家。〗家甚隘陋,仍坐溪邊,施網得魚,以爲夕饔。夕宿人家,問其主人曰:"北家田中,露置棺材,是何故也?"曰:"死者子孫男女之衆,皆遇吉日,然後乃克葬,故如此。"

二十日癸亥,晴。〖聞李聰之哭,其情可哀也。〗聰自達子地走回,有妹在此,持酒來饋,相與痛哭。且道其妻亡,其子爲人所殺。〖過通遠堡,憩于分水嶺北河上,過連山關。〗有一路自關北徑趍遼東云。〖宿于甓洞彭文珠家。〗問彭曰:"爾田幾何?"曰:"有一月耕之地。"曰:"這田有税乎?"曰:"這是滚掛之地,自來無税。"曰:"何謂滚掛之地?"曰:"山上傾險之地,難分畎畝,滚淪墾起,土掛查上,故謂之滚掛。"曰:"你有許多田,怎麽有窮象乎?"曰:"這地方都司,歲徵人銀一兩,若有十男之家,則歲納十餘兩銀,如之何不窮也?"曰:"這地方御史爲誰?"曰:"姓郭,名不知。"後聞則思極也。曰:"那裏人耶?"曰:"南人也,初來只是瘦蠻子,今作胖蠻子。"胖,肥也。蠻子者,北人辱南人之辭。郭是山西人,而謂之蠻子者,以其受天子命爲御史,不能彈罷貪殘守令,以貽民害,故辱以蠻子。譏其瘠民而自肥如此,可知其尸位也。

二十一日甲子,曉雨晚晴。〖踰高嶺。〗山多樹木,路極險曲。〖過甜水站。〗站舊城差廣,嘉靖丙辰年,有達賊來圍,竟屠其城,殺戮殆盡。賊去後不能守城,退築而小之。有一老人瘡痕甚大,問何以免死乎。曰:"積尸身上,賊來以劍觸之,疑皆死人,故得免也。"〖午餉于溪邊,踰青石嶺。〗嶺多青石,有捉鷹處。北則絶險,每遇冬月凍滑之時,則護送軍人之馬,多裂于此云。〖過狼子山、〗山南小丘有窟穴,如有達賊,則里人入窟而塞其穴。〖頭巾站,渡湯河、柳河。〗水没馬肚。〖宿于張添福家。〗添福年方十九,雖不讀書,而性甚孝順,與之酒果,輒以奉母。自以酒瓜[1]報禮以謝。余引茅容殺雞供母事,勸其讀書。

二十二日乙丑，晴。給筆于張添福，〖使書狀亦與之。〗歷王都督墓，踰大小石門嶺，朝飯于冷泉之上。山海關人朱廷採來迎，求以其驢駕轎，其利可知。〖歷高麗村。〗原上始有人墓，閭閻或設煙臺。〖午入遼東〗城南門外〖懷遠館。〗館東軒傾圮，使寓中堂，美叔與余分寓館夫房。

二十三日丙寅，雨自前夕至朝而晴。〖鎮撫〗全國信、杜春、文瑀〖來。令見于都司。自安定門，歷育才坊，行禮〗再拜。〖于二大人。〗都司都指揮陳言、僉事蘇國賦俱着紅圓領，答以再揖而已。同知蘇承勳以阻攔逃民事，方往金州衛旅順口，云云。〖立于西位，啜茶之後，再拜而出。〗陳言以通事不備（按）備，恐滿之誤。所望，移怒于其吏。事事叱詈，甚以賊奴目之。通事呈咨文，厲聲讀之。又以前使之行，自誤報單，見推于朝廷。用此追咎通事之不即納賂，以圖無事。將爲請罪之咨，以付還日也。〖大春以陳言命，追至于館。〗言怒其《皇華集》，黑笠子之不來，力要印送于後行，手寫所欲之物以求之，無廉恥如此。

二十四日丁卯，晴。〖大春呈解送咨文于巡按。〗御史郭思極也。〖點訖，〗點其走回唐人。〖賞大春以掛紅[1]，極贊國王赤心敬上之誠云。廷敏往見司官，〗副總兵楊騰、布政司馮顗、濟南府通判李可愛。〖三大人家各致下程。〗禮接掌印官使人于大廳，餘令通事待之。既飲不出，而益要扇米乃去，犬豕也！又接鎮撫等，鎮撫各求下程之鵝，許之。又以陳言之命，持扇五把，以求題詩，辭之。

二十五日戊辰，陰。〖大春多以土産之物〗人參幾至四十斤、硯四、弓一、文席、米袋、紙卷等物。〖往遺陳言，言喜甚。〗令其家人盛備酒食，引坐大春于正堂之上，欣然禮待，如見大賓也。且出報段數匹，俾於還時持去。

○遼人見言之所爲，謂純彦曰："都司不獨侵剝我輩，而侵索遠人如此，汝等何不往告禮部，以杜其弊乎？"純彦曰："我等居于禮義之邦，安敢爲此等事乎？"遼人曰："此方之人，將不可支矣。"純彦曰："這地亦有巡按，何不往愬乎？"遼人曰："名爲御史，而實則愛錢，公然受賂，略無所忌，同是一條籐。一條籐，言無異也。往愬何益？”鑾子之譏，可謂驗矣。

〇書狀主嫗之子爲言門子，見其曉出夜還，問諸主嫗以其故。嫗曰：“咄此小家子，乃怒而詈之之辭。莅任以後，虐使下人。例令丑入亥退，一時或闕而現發，則即徵米三斗，名補寬城之用，而實以載轉于家，故我小子不能趁時得食，暫於夜半一出而已。咄此小家子，心鄙而行薄，豈能卒保首領於大明之下乎？”〖使設酌。〗爲書狀之生辰也，不極醉。

二十六日己巳，晴。〖到城中，見華表柱。〗在大倉庭。〖出鎮遠，〗北門。〖觀白塔。〗在城外西北隅，塔甚高大，寺中多有大佛，又有高閣在寺樓中。下設圓機，推之則自轉。塔是唐尉遲敬德所立。〖入自西門，上望京樓。〗樓三層也，登望則遼城甚大，人居甚密，北望曠野，一目千里。〖歷觀正學書院，院有鄉賢祠碑。〗漢三人，流寓北海管寧、平原王烈襄平、河南太守李敏；國朝三人，遼陽萬全儒學訓導張升、河南監察御史胡深、義州户科給事中賀欽也。賀是白沙陳先生之門人，爲先祖以軍北戍，仍居義州。〖周覽已畢，邀居院學生與話。〗魏自强、賀盛時盛壽兄弟，河南人，其父來仕近邑，故來此。吕沖和，東萊之後。余謂吕曰：“尊先祖東萊先生，與朱子一時講道，甚見稱重。平生仰想，今見後賢，不勝欣幸。今其子孫及正獻、榮陽子孫，有幾個人乎？”吕曰：“不多有。”曰：“有繼先業者乎？”曰：“無有。”美叔問曰：“生在海隅，中原文獻之傳，無由得聞。近日如王陽明者，多（按）多，恐得之誤。罪聖門，而爲甚事有從祀之議乎？”魏、賀曰：“陽明學尊孔孟，非邪説亂道者比，且文章功業俱有可觀，爲近世所宗，已從祀孔廟矣。公之所聞，意爲僞學之説所誤也。”美叔曰：“陽明敢肆己意，謗辱朱子，實斯文之罪人也。孰唱斯議，以亂後學乎？”答曰：“從祀事，乃在朝諸君子輿議，非山林僻見也。且學以良知良能立説，非有心得者，孰能知之。且所聞不若所見之真，諸君未之察耳。”言畢，致扇而别，三揖大門内，上馬又揖。

二十七日庚午，朝雨午晴。〖受燕饗于都司。〗初立庭中，二大人在坐北壁下，着紅圓領，有四儒生三揖于簷下。大人答揖訖，下于庭上。與我一行人，西向五拜三磕頭，大人還坐。下時，陳東蘇西；上時，陳西蘇東。又再拜于堂上，使坐東倚，書狀、質正坐西倚。〖行九爵禮。〗豫陳肴饌于倚前床上。執爵小如雞卵。之後，繼進雜味無慮四十餘器。樂工引鴻門劍舞，關、張戰狀，漢達人交勝之形，秩舞於前。又引天妃之狀以舞，其狀尤邪。其慰示遠人之意，可謂至矣，而恨其太煩侈也。〖陳大人別酌二杯。〗必爲得物而喜故也。〖又與大人五拜三磕頭于庭上，因辭〗二拜。〖大人而還。夕，書院生〗衛輝府人賀盛時、遼人姚繼、孝順之、巽宇〖以香茶來謝。〗美叔問："薛文清推尊魯齋至矣，未知短之者誰？且遼陽先正，亦有爲心學者否？賀給事欽，是何如人耶？"賀曰："魯齋先生，當時賢士夫亦亟稱者。但以中國事夷，其視劉誠意指基也。識真主於群兇鼎沸之中，何如也？故不無議之者，賀醫閭，非特爲遼之心學者。白沙之後，迴無雙也。"美叔曰："魯齋之時，天地易位，人類將滅。苟無魯齋扶持之力，則民其魚肉。故文清以其出處，比古聖賢，諸君其未見乎？劉誠意登元朝科，事我聖祖，功烈雖可稱，而行已無足述也。況晚年未能勇退，爲姦臣所毒，亦與魯齋之超然遠去者異矣。而以比魯齋，豈不謬乎！醫閭心學，竊所尊仰者有年。公說極是。"賀曰："魯齋扶五常子既倒，後世述之亦多。人有議之者，特白玉之微瑕耳。誠意伯雖第于元，後隱不仕。而事聖主，是識見甚高，出身甚正，非斯人，中國終惟(按)惟，恐誤。夷有，萬世正統，誰接之乎？且爲開國元勳，何短之深哉！"美叔再詰以明哲保身之語，則以"居是邦不非大夫之言"笑而答之。初辭扇筆，强之乃受。三揖而別，後期期秋。

二十八日辛未，晴。〖修家書及謝洛中諸友書。〗以付義人持啓本者。〖入城中，出述成門。〗遼西門。〖歷關王廟、玉皇廟、〗自此以西，小有人居則輒設祠廟。邑則大之，里則小之，或立一間，或置壁間。塑人之像，而前設香火。〖首山鋪嶺、〗山無草木，全有巖石，諺傳唐太宗征遼時所鎮處也。〖煙臺。〗遼南煙臺，多在山上，上無人家，設于里間者，僅見一二。自遼以西，五里一臺，相望不絶，臺上構屋，臺下又設小城。城中例令五丁率家以守之，丁給月俸銀二錢。邊墻煙臺之軍，則加給冬衣，其養兵之勞，守邊之策，可謂至矣。若有任邊良將，撫循訓勵，以壯皇威，則虜馬豈敢憑陵哉。而例遇小賊，輒伏城頭，不敢發一矢，以致恣意虜掠，坐看縶縛魚肉而已。嗚呼，安得如李牧、趙充國之輩，以之爲天子制邊乎？然幸邊境之少虞者，特以虜中不産雄略人耳。爲人君者，豈可以彼無豪傑，而忽吾修攘之功乎？以中土物力之大，設防之密，而猶當謹畏。况我東方兩界等地，守禦之備，不及于此。而奪掠軍民之患，不啻賊胡。自我守令將帥之爲國臣子者，先作瓦解之形於召敵讐不怠之日，爲廟堂者，可不深思而預防之哉！〖憩于沙河鋪。〗盧姓人家後柳樹下。〖渡沙河，〗渡以把總之大馬，都司所差，領軍護送劉季勳也。〖歷長甸鋪，宿鞍山鋪館馹。〗

二十九日壬申，晴。〖渡湯兒八里河，過甘泉鋪，憩于土河鋪。〗鋪東路傍，傍鍾二家。〖入海州衛北門，出西門，〗在城驛〖宿焉。〗闞生彩家也。家南有河，夷爽可愛，共與出觀。旁有游女數人，使人斥之，昏浴于河中。初下于北廊東房，衛人來言李成梁之子，當宿于此。遂移寓南房美叔處，逆境難之言甚好。〖聞慕齋善政。〗

七月初一日癸酉，晴。〖貢馬驚散入城衛，參將〗王永祐。〖閉門獲送遼陽，伴送〗金國信、張國武、張缺。〖追至。〗遼東爲差三人，護送至京者也。〖自在城驛前北行。〗至廣寧路向北。〖憩于雙屯。〗姚家柳陰。〖歷小馬頭、乾溝等鋪。夕入牛莊驛，〗一名東昌鋪。〖宿于劉二家。〗

初二日甲戌，晴。〖歷新昌鋪天妃廟，〗設像祈禱，到處皆然。〖由築道〗廣寧總兵楊照之所築也，塹隍土以爲築道，掘隍使深，以備胡馬之來。且遇久雨之時，内路濘斷，則以小船由隍中，以達廣寧。〖上行，前到七八里許，路斷水深，乘船〗東昌守堡，豫令津人將四船以待之。船制狹小，上鞔以板，不能載馬，令由陸道牽。〖而下，憩于三岔[1]河舟中。〗河比臨津差大，南邊有馬圈子鋪，臨水作城，截河結船，用板鞔之，以濟行人。唐軍之渡遼者此河也。〖歷西寧、高墩等鋪。宿于沙嶺驛。〗景順家。是夕，失鞍甲油紙，以遼北多有賊們也。〖守堡林缺。以下程求藥。〗書云：吾夫人有某疾，願得某藥。無禮如此。〖備禦〗裴永勳。〖亦以下程求藥。〗又求方物甚多，不與。

【校勘】

［1］岔：底本作"坌"，《荷谷朝天記》七月初一日"泊于三叉河"，則此處當作"岔"。

初三日乙亥，陰。〖歷高橋鋪、平洋鋪。〗大抵盤山至于牛莊，地界四平，小有霖雨，更無注去處，深則尋丈，淺處泥濘。唐宗令軍負土平塗，而於馬上扶之者，此間也。舊有橋碑。〖憩于接官亭。〗中朝使臣之行，守土官員迎候供息之處也。軍官等網魚于濠。午不及飪，笞及三人。義奴一，其奴二也。〖歷新寧鋪，宿于高平鋪。〗賈家，號東阿。

○聞李季真買四美人畫以歸，可笑也。〖安廷蘭追及焉。〗尹秀寬落後，故留催其車，實因從我輩也。

初四日丙子，陰。〖大春先詣廣寧，〗爲豫催車兩，以車出地遠故也。〖出高平西門，行十里，由築道上行。〗北望胡山，宛如海中諸島縹緲於煙波之中。醫閭大山，横亘西北數百里之地。西南則秪有大野之無涯，而東距長墻不滿五十里。其間或種俗秫，而極目蘆葦。自牛莊至于廣寧也。〖歷腰站，午入盤山館駟宿焉。〗美叔令洪純彦責守驛官以馬蒭，貢馬始得一飽。夜與美叔同話，覺有自欺之病，而言脱口，改不得也。

初五日丁丑，陰。夕雨達夜。〖仍高平馬。〗盤山無馬故也。〖歷來遠、朝溝、平句等鋪，火燒橋，憩于制勝鋪之三結義廟。〗先主、關羽、張飛也。先主在中，關右張左，周倉等四人侍立。設塑飾丹，而因達變盡剝落。而到處有之，太祖所命也。鋪於丁巳達賊陷屠之餘，人民凋散，不能設鋪，只有煙臺而已。聞之甚慘。〖歷觀東嶽廟。〗泰山也，廟宇之制，窮極壯麗。丁巳賊焚之後，墻宇盡頽，只有土像十餘，而或全或圮。碑刻五嶽之像甚怪。有吏督役，將欲重創。憲意以爲岱宗，齊山也，當令近國旅之。而廣寧之府，止祀醫閭可也，爲境外之山勞民費財，甚不可也。〖宿于廣寧南門外。〗王政家也。政是向化人之子，而甚富，居好神。

初六日戊寅，晴，夜雷。〖爲車兩未來，留于政家。〗

○〖送禮單于府官都禦（按）禦，恐御之誤。張學顔，只受單紙。〗張書于府壁曰："四臨邊陲，動有清名，人不敢以賄賂來干。"〖備禦楊大烈不受元禮。〗楊送致下程之後，只受回禮，陳言之伯夷也。〖總兵官李成梁不受禮物。〗差夜不收姜得山，唐祿催督車馬于各驛，并令止宿驛舍。

○〖使爲余設爵，〗以生辰之虚過也。〖以硯一、扇廿，貿得《性理大全》、〗十九卷，闕一卷。〖《大學衍義補》。〗

初七日己卯，晴。〖觀北鎮廟。〗廟在城北五里許，廟甚宏敞，中設醫巫[1]閭山神之像，用人形爲大塑，又有後寢，並設二像，若其配匹同處而堅鎖焉。吁，山豈有配匹，而又如人形乎？廟庭有碑，無慮數十，都載金元以來至于皇明禱祭之文，嘉靖至於祈男云。東北隅有吕公巖云，洞賓所遊也，巖勢磅礴，上望千峰縹緲於東南，杳然有懷鄉之念也。使與書狀各飲一杯于其上。又觀鈇鉞石于廟西。有怪説云：令爭訟者登之而墜，則曲者必傷，直者不傷云。〖見鹿。〗

【校勘】

[1] 巫：底本作"無"，據許篈《荷谷朝天記》改，參該書二月初四日校勘。

初八日庚辰，陰。〖始觀橐駝，〗有人騎至，以要扇子。背上有肉如鞍，腹幹甚高大，膝有三節，頭小似馬，足如牛而肉蹄。人將騎之，則先令自伏，乘則乃起行。〖出外城西門，歷十里、大沙等鋪，憩于壯鎮堡人家。〗聞税銀之法:富者則一年一兩二錢,貧者則一年七八錢,貧富中者,年收一兩,故甚貧。問達賊來時爾何免。曰:"或走海邊而免於死虜,或上高山,有賊來者,聚石而下之,賊不敢近。"〖歷四塔鋪,宿于閭陽驛城。〗庚申年本國使臣吴祥入此時,有達賊來圍,不知幾萬。守堡官擬欲逃去,通事崔世協執致使前曰:"棄城之罪可斬,先以刀穿耳。"守堡惶恐惟命,遂閉城固守,賊中片箭而退。

初九日辛巳,陰。〖早發閭陽。歷新鋪、榆林、塔山、山後等鋪,憩于十三山鋪。〗守驛官楊鳳儀餽以雞菜,頗有禮意,報以扇子、笠帽。〖歷觀音寺大凌河、凌河千户所城、紫荆山鋪、王忠愍碑。〗王各治道,錦州衛人。庚午年,爲廣寧總兵,而與達賊戰于義州長城之外,軍敗而死,義錦參將浪德功謂:"主將死,而可獨生乎?"斬缺。級而死。〖宿于小凌河城館駟。〗

初十日壬午,晴。〖歷趙、缺。周缺。二碑,達松山千户所城,歷觀察山。〗舊有達賊,每邀人於此而殺之。山多積屍,故名以棺材。缺四字。改名觀察而立碑。[1]〖午至杏山驛城,同飲于館裏。〗至醉而罷,因卧不知日暮。昏來氣甚虛弱,酒之爲害大矣。大抵凌河以北諸小城,曾於丁巳之間,盡爲達賊所陷。閭里蕭條,人物甚少,或如新破之城。至此則城完人衆,庶可倚賴。然而南近于海,或十里或五里,北接胡地,只有線路,路邊雖似掘坑,以拒胡馬之來越。而囊土一投,便成平地,甚危急處也。前日越行百里,人馬甚困,不惟車上之人不得喫飯,而廚厮之養,亦或見食未嘗也。

十一日癸未,晴。〖歷弘(按)弘,恐紅之誤。螺山[1]、〗山南則明地,山北則達界。〖高橋鋪,憩于塔山千户所城南寧姓家。〗家傍有汝孝者,年十二,而將《易》來,令讀乾卦。能讀而未講,贈扇刀以奬之。〖歷東河,宿于連山。〗守驛官盛守廉,餽以菜果酒肉,以扇把致謝。初議不受,豈禮乎。〖寧遠人線參將〗世禄〖使人求藥。〗線豫寫病證,兼送酒肉菜果,以求醫藥,情禮甚備,報以扇、藥。令醫張彦龍寫方以遺之，張不能做，洪純彦代爲之。

【校勘】

［1］弘螺山：許篈《荷谷朝天記》"弘螺山"作"虹螺山"，在今遼寧葫蘆島市北。

十二日甲申，晴，夕雨。〖前夕，城人誤報邊警，朝發護送軍百名。歷雙樹鋪，憩于寧遠衛。〗城東有參將綫補衮之旌門，衛人世祿之子也，年三十一，爲寧前參將，率兵百餘，過石河西石橋傍，猝遇達賊百餘。謂其少而追擊，賊佯走而伏起者二千餘人，遂戰而死。朝廷爲之立門表之。〖東門外，〗綫參將喜其送藥致扇，又以菜果修單，令其表姪李守勳，具冠儒巾。服青圓領黑緣。來謝以拜，禮意甚厚，以醫人已過，難於進診，故不受其物。只受藤丁李有士樣。云是按（按）按，恐案之誤。首也。首舉於巡按也。〖由南門外，〗東有溫泉，南有教場。〖過女兒河，宿于曹莊館馹。〗

十三日乙酉，雨。〖杖養、理馬各八十。〗以剪馬尾現覺故也。[1]〖將往東關，因雨留宿。〗午，與使公話及吴子强之事。使曰："不仕之義，近世所無，而人多好做云。"（按）子强名健。〖使移寓外人家。〗以館馹墻垣，遇雨而頽，兩房俱漏，將恐所寓之或墜也，美叔與余出無所之，堅坐以待之。門前兩庭前後，水滿洋洋，若大池然。戲謂吾輩方在洞庭湖岳陽樓之上，終日看之，别無厭心也。鋪門扇于空廳，擇不漏處以移住，而寢亦甘焉。守城官給以濕薪，出馬草料，亦求人情，甚鄙陋者也，不得已以十扇，换得炊薪三束云。

十四日丙戌，朝甚雨，午後晴而陰。〖使將往沙河，以書狀言而止。〗城門高地，水深猶至没膝。使人出視，則路斷東行之人，而厭其所寓之阸。三令大春要書狀與行。書狀言其棄表先行，若遇甚雨，則將若之何，明日待晴而出，未爲晚也，遂止。〖夕出中門，周望人家。〗城甚不完，處處頽圮。中有十餘家，家上平鋪以土，海土則不漏云。垣堵日以剝落，時聞轟軋聲。館傍有僧舍，聞守驛官以朔望，焚香叩頭以邀福云。所謂官員者如此，蠢蠢愚民，尚何説哉。聞前歲陷城之時屠戮之狀，極可痛心也。聞盧玉泉之爲善人，李養中之爲忠臣。

十五日丁亥。晴。〖朝將見使，倒于污溝。〗令人負行，爲其負奴力微，將下而仆，污水滿袖與靴。〖歷大沙河〗所城鹽場，憩于沙河鋪西河邊，因氣不平先行。〖歷曲尺鋪。〗聞北邊又有黑壯口鋪云。〖到東關城。〗守堡官石大用送下程，城北有塔，諺傳唐太宗征遼時所造也。〖宿于都察衙門。〗初余獨來，令白元凱言于驛官，不肯開許。

○有人來問余官何品。余答曰："只是七品也。"其人乃云"不好"而去。可笑也。

○欲宿館馹，而惡其頹濕，下于人家，使至門啓乃還，同宿于美叔之所寓。〖昏，見押馬受杖而不能救。〗以其馬尾之剪，全不顧省云。又責他罪，各杖二十下。押馬都在車上，無有看馬之暇，怒極而刑之，且色不在余，莫敢開口也。二人之奴，俱懇以上典有病，請代受而不許，乃令通事買酒以慰之。他日使謂余曰："聞君與鄭押馬交密云，曩何不救乎？"余於平日素知其己言之難入故也。

十六日戊子，陰。〖自東關渡六州河。〗水深至胸，以夜不收馬，脱靴乃渡。憩于河邊，遼東大人蘇國賦追至，以秫藁筏渡河。先向前屯，遇白元凱。言其催車之意，使人謝之。〖歷中後所城，宿于沙河館馹。〗丙寅年十月，達賊陷城，被害者千人，被虜者千人，逃免者二千。守堡官棄走得免，後現止于充軍。于時城中小兒走死河邊者，幾至百餘。賊見小兒，多於城上倒抛于濠。賊退後，逃者還家，白髻撫心，尋夫哭兒之狀極慘云。余夜於月庭，問夜不收曰："這裏何樣人爲百户乎？"曰："得賊首一，即爲百户。余於達變之後，與一人同謀，追尋要得斬敵立功。野有一達，腹上置柴，止有一矢一弓，發而不中之後，以劍斬之。血上于面，眩暈而仆，既而得蘇，一人將欲懷其首以還。余謂之曰：'懷去之際，若有人見，定被奪去。不若納于袴下，而塗血于衣，俯吟于馬上，佯若中創然，則他不敢侵。'遂歸以獻主帥。以二人同斬一首，以銀四十兩分與之。”這裏人多欲要功，例斬中國人以謂達人而獲賞者。純彦曰：“乙卯南征之變，有一官員之子，憩于川邊，有一京軍斬作倭首而獻之元帥，與此無異也。”余嘆曰：“尚首功之弊，一至於反戕同類，嗚呼痛哉，嗚呼痛哉！”

十七日己丑，雨。〖歷狗兒河鋪，渡河，憩于前屯衛，〗城甚固。〖城南人家，城西有楊忠壯墓，歷觀之。〗墓周以墻，南有三門，墓前有五六碑，皆記皇上誥命及遣官致祭之文也，墻西又有神道碑。楊名照，嘉靖朝爲廣寧總兵，新築長墻，以成邊險，勇而有謀，賊甚畏之，不敢犯塞。癸亥八月二十八日，身先士卒而戰死於賊，賊人聞其死，以爲欺我也，親見首而猶不信也。但其爲人，深好美女，以八百兩金買妾，未幾而身敗。過驛者以詩題壁曰：

散盡千金買家母，青春行樂在誰邊？
英雄殺氣成風雨，半夜窗前啼杜鵑。

嗚呼，共甫有疾，而不能師諸葛也。〖渡石子河，宿于高嶺城南。〗畢姓人也，畢有〖[1]一孫，能讀書解對句，喜而獎之，畢亦感而謝之。昏來要捧房錢，詐謂從人之竊衣，竟夜怒罵。

【校勘】

[1] 底本有綱的起始標記，無終止標記。

十八日庚寅，朝陰午晴。〖孫鶴等又受小棍。〗以主人之肆虐，故諉諸做飯之晚而杖之。通事謂之曰：“彼以爾過受杖，主人始悔云。”〖置車先行，歷中前所城，轎渡老屯口河。〗水深至肩，以扇二十，購人荷之以過。〖歷鎮遠鋪、八里鋪。〗南有大巖，上有立石，諺傳“望夫石”也。憩于山海關城東〗[1]吴家。〖入晚關。〗關門晝不常開，只於朝夕開閉。兵部主事具冠帶坐于門内，然後啓之。海子深嶮，城堞甚高且堅，蓋蒙恬所築長城，自西而東，盡于高嶺之北。東爲土墻，以至遼地。本朝佐命大將徐達撤榆林城，築關于此。北接長城，南盡于海。

〇使先拜，主事答拜。書狀與余之拜，則只答揖而已。

〇主事姓名裴賜。〖出西門而宿。〗趙鶚家也。主事以敕[2]致下程。

【校勘】

[1] 底本有綱的終止標記，無起始標記。

[2] 敕：底本作"刺"。依文意改。

十九日辛卯，晴。〖至望海亭觀海。〗前夕，大春以要見勝地之意告于主事，主事即使廚人豫設酒饌以待之。翌午，令答應官何邦彦引以偕到，歷觀城樓，軍資器械，無不精完。二十步内，各置守城小家，令守卒率妻子以居之。雉堞俱書字號，字下以朱書其臨變列立之人。堞下多聚石塊，間立柜輝，多列烟墩，鞏備莫比。但雉堞既高没首，間無望敵處，謂要避敵矢而增高之云云。初有大霧横海，至亭之後，漸次開霽。極目東南，渺不知海天之分。而北望高城，逶迤嶙峋，接于雲霄，真一壯觀也。登、萊等州，在于西南。若值快晴，則玄然遠望云。蓋城子至海而盡，而亭在城之盡處。海不極鹹，冬則或涷，故缺二字。年，有賊不能踰城，將由海冰而入。冰忽自解，賊遂退。皇帝感之，遣人祭于海神，仍立廟以享之，立石以記之。邦彦引至亭上，揖讓就坐，俱南向。使在中，書狀在使左，余坐使右，邦彦與宣傳北向同卓。俄而廚人連設品饌，視遼東爲盛。杯至邦彦，親詣以奠，下椅揖之，余又奠邦彦之杯，揖而就飲。七杯既盡，書狀與余將欲使人辭止，使不平之，遂盡九爵而罷。此在前日所不爲之事，闕人咸以爲怪，蓋主事裴公謂我禮邦之人，而極示慰撫之意。爲客之禮，當於初命設爵之時，即使人辭謝，以致其設爵。則吾不敢進之意，而忽而不省，惜哉。〖歸歷教場，入自南門，還于城西。遣宋大春致謝于主事。後車咸至。〗邦彦納册于使，使受之。

二十日壬辰，陰。〖送禮單于主事，主事只受硯、米。〗謂曰："受之未安，不敢盡却，荷領厚情，米以奉母，硯備文友也。"〖餘皆還之，參將盡受之。〗

○〖午後渡石川，歷紅花店、半山鋪、海洋廢城、范家店、天妃廟，歷鄉約所。〗所有約正、副正、公直每以月朔與望相會，置二籍，記人善惡行，自前年云。

○去年秋，巡按令行吕氏鄉約，每以朔朝，詣所隸撫寧縣，共會讀法，違者有罰。〖宿于深河駟城裏。〗主人袁鐸雖晚學，有好質。

二十一日癸巳，午後暫雨。〖袁鐸餉以西瓜。〗前夕，使見袁家皆是平房，自寓于外門，美叔與余不得已寓内。朝來鐸來見余，余勸以勤勤讀書，以孝慈親，而且與之筆以獎之。鐸曰："大人所爲，皆禮義之風。而吾中國還有夷狄之風，何以報德？"即取西瓜以侑之。鐸字聖化。〖出深河北門，〗門窄。〖歷榆關。〗關即古來限華夷之雄關，而明初大將軍徐達移設于山海，并搬磚石，以故榆關一無城基。〖歷興山鋪周總兵村，到撫寧縣，宿于城南李遇賢家。〗應始在後，除午飯以待之，路濘車滯不至。

○李家園後寬敞，可以徐（按）徐，恐栖之誤。遲。余與書狀坐于樹陰。聞前來行次寓此時，有禹軍官者，弄其子婦。婦告舅姑以今來判事輩遺我甚厚，不可不厚報，多設食以慰之。

二十二日甲午，晴。〖自城西渡陽河，歷蘆峰口驛、背陰鋪，憩于雙望鋪城中。〗朱文尚者家也，朱是蠢貿人，而云爲鄉約副正，每以朔望相會，戒人惡行云。子能讀書。〖歷郭家鋪石槽、〗唐張果飼驢之器云。〖虎石。〗李廣爲右北平太守，醉歸見之，以爲虎而射之。朝看是石，而矢入半箭。〖宿永平府〗漢之右北平，城峻濠深。〖城門南朱大寶家。〗朱是士人也，有子景晦。本國使臣金啓所命之名也。聞金之死，爲之嘅嘆，其意甚厚。主家將設酒饌以饋之，使實靳費，令退行于明日，盡費其熟食于下人。

二十三日乙未，晴。〖爲路濘車滯留焉，朱邦教來見。〗大寶之親戚也，試之義，又見前做的義文，年方十九熟講《論語》《書傳》，可以進取者也。〖見戚總兵文帖。〗景晦以府總兵官戚繼光三文帖來示：出師時祭海岳隍纛等神文，及祭戰亡將士及曾爲麾下而立功之人之文，及記其師臨難善處之辭也。忠誠甚篤，文字兼美，真間世名將也。山東登州人、薊州人曰：戚公曾任南方邊帥，時適有倭寇。與戰之時，戚公以其子爲偏將而失律，仗義斬之。卒勝于敵，與岳公無異。今鎮北方，善謀善禦，有急必援，虜不敢近。

二十四日丙申，晴。〖朝見唐書，得陸宣公御史按吏之規。〗人有賣者，無錢不能買，止選此規。（按）見上十六條疏末端。〖揖別主人，舟渡三灤河。〗河有三枝，河邊立柱，懸兩人頭，曾爲强盜者也。中朝州縣人有死罪，則得自處斬，故然。〖過孤竹舊城〗有碑。北有夷齊廟，行忙不能見。〖石音鋪，憩于女河驛東。〗白楊樹下，樹行甚整。〖歷沙窩鋪。〗道見貢馬一匹，病死于路旁。其首向東，東馬性然也。嗚呼，爲人臣子而忘其君父者，其視斯馬，寧獨無愧乎？〖宿于七家嶺城中。〗劉九彝家，家甚宏富。雖是市人，而深宫固門，嚴隔内外，一如士夫家然。而兒得小痢，輒邀巫設紙錢，以祈于神，遼東西風俗，大概如此。

二十五日丁酉，晴。〖爲車兩在後，留午餘方到。使給鄭亨復藥。〗蓋恐受杖于病中而困甚也。〖買《儀禮經傳》〗以硯臺一。〖《春秋集傳》，〗以笠帽一，白扇十柄。〖始見《桂洲集》。〗嘉靖朝閣老夏言之集也。暫見表疏，仰審中朝禮接儒臣。凡郊廟有事，如例祀及薦新之類，例以酒胙，分于大臣，至於羹葅之餘，莫不頒之。言亦事事上表以謝，禮意兩至，而嘉靖卒不免聽嚴嵩之讒，以斬夏言。嗚呼，言既勇退，則再赴于尚書之命者，何歟？命也乎！

二十六日戊戌，晴。〖九彝求紙，不得與之。〗見其家有八十雙親，勸其養之以孝，則首肯者再。而勸其教子以學，以爲無窮之孝，則歸之命數，以爲非人人所能爲也。〖出馬票以行。〗押馬以笠帽一、扇十柄與守驛官，而猶以爲少。〖歷新店城中章家店、蟒牛橋，憩于榛子店。〗李家後園樹下。前此憩宿處，無不益求扇把，而李見扇二把，謝拜不已，家不在於路傍，故如是。李有姪子，才學《孟子》，不曉文意，而爲其師者,猶受月一錢銀云。〖又歷狠窩、鐵城、坎板橋等鋪,宿于豐潤城南義豐驛。〗作驛數年,猶不造炕,使行旅不得寄宿,而先立數碑,以美其作驛官員之功,中朝好名之弊極矣。宿處則驛傍顧敖之家。夕與美叔獨登門樓,爲狂棍所罵。

二十七日己亥,晴。〖將行,與美叔偶出戲言。〗君子無易由言耳,屬于垣之戒。憲非不曾復,而失恒在是,須識之。〖自城西舟渡還鄉河。〗唐太宗回兵時所命之名,云云。〖歷高麗、林城等鋪,憩于沙流河鋪[1]。〗鋪之館駟堂扁"且止"二字。分午餉于鄭應始,車幸撞着則日以爲常,慮其在車屢飢也。〖歷梁家閻家店陽雍伯碑。〗雍伯,本河南人,而建武初避亂于右北平。道過于此,見其官人有美女,欲與爲昏,其父曰:"必是種玉得生者,然後可娶吾女。"乃往藍田,求玉來種,遂娶其女。以此名地以玉田,官至太守。〖宿玉田縣城南陽樊驛。〗

【校勘】

[1] 沙流河鋪:許篈《荷谷朝天記》作"沙流河急遞鋪"。

二十八日庚子,晴。〖自陽樊循城而西,歷彩亭橋、枯樹鋪。〗橋傍有僧,煎茶以餽,報之以扇,不受。大抵此地寺刹,間於閭閻之中,亦在平地。〖憩于真武廟。〗廟在山勢,自東西盡之處。此日最暑,門外有槐樹數三。使先下于此,後方有悔。〖此日折日傘一脚。〗緣心放驟逸,故識之。〖歷樂山店、雲禪寺村,踰缺。嶺,北渡缺。三河。〗河中舟艦,若大若小,簇立無數,幾過十里。〖宿于薊州南門外漁陽驛。〗驛中有達子來寓,宿于驛前莫違忠之家。家甚宏侈,別室前有雜種花草。李季真誤認爲蘭草,買得二盆而去,載于車上,時或愛而坐車以行云。余仕定州,曾見其多用驛卒以擔,心竊哂之。轉至于家,則非真蘭也,蓋真蘭則折葉入水,即沈于底云。嗚呼,假使真蘭,豈可遠轉哉?

二十九日辛丑,晴。〖爲車兩落後留。〗

○〖使欲購舟遊河,書狀止之。午,與美叔讀書于別室。夕出門外,見達子之狀。〗自海西進貢而還者也,或編頭髮而左右垂之,或半剃其頭,編垂于後。〖問地方事于主人。〗問田頃産税幾何,答曰:“好收之年,一頃可出二百擔,擔當東方之小石云,收税幾至七六兩。又有丁徭、馬牛騾役、車徭、官司酒錢,民不能支,至於典兒賣女云。”問:“知府之來已久乎?”曰:“纔及一個月矣。”曰:“有善政乎?”曰:“他甚要錢,怎麽有善政乎?”曰:“其來未久,何以知其要不要乎?”曰:“這樣人一動手,便知其爲要錢的矣。”曰:“怎麽便知?”曰:“要錢的官,外施慈祥底聲色,而内有割剝底意思,雖欲巧藏,烏可得乎?”曰:“前有好官乎?”曰:“前知府亦是好喫酒人,故日事沉醉,如或吏有所白,民有所訴,則閉目摇首,曾不知爲何事。果爲巡按之所彈而罷歸焉,惟曩日遞往的同知,清勤愛民之實,孚于天聽。蒙擢還朝之時,民咸思慕,相聚而號哭于馬首,或有扶老攜病,而遠送于百里之外者,仍請留靴。初則讓而不許,攀追不已,不能前行,乃脱一隻以與之,歸懸于城門樓棟,共與瞻想云。他是承差人,若我國書吏然。而賢若是也。”曰:“前來亦有如此官員乎?”曰:“曾來知府王名桂[1],河南懷慶府人,而性甚勁直,不爲非義。汪洪,徽州人,而深曉民事,決斷如流。馬貌[2],大同府人,生近胡地,而性甚聰敏,勤於莅事,夜分不寐。三倅之去,皆如同知之蒙擢,而民不能忘也。”曰:“今通判是甚麽人?”曰:“是公子。”曰:“有善政乎?”曰:“公子那裏有善政乎?”曰:“何謂公子?”曰:“吾地人謂卿相之子,不曉民事者曰公子。”曰:“既是公子,自爲孩兒,慣見其父臨民處事之規。以長知識矣,何謂不曉民事?”曰:“貴家子弟,生長豪侈,不事問學,習成愚騃,幸以父兄之蔭,便得臨民之官,則唯知自奉之當厚,不念民窮之可哀,故民咸怨之,謂之公子。今玆通判之父,位至尚書,没有家法,不率以勤儉之業,而但事乎禽犢之養,所以其子一向頑懶,長無知識,乍到官守,便貽民笑者也。”嗚呼!世禄之家,不可無養,而愚無知者,則反貽民害如此,民牧之選,可不謹哉?

【校勘】

[1] 王名桂:許篈《荷谷朝天記》作“王明桂”。

[2] 馬貌:許篈《荷谷朝天記》作“馬豸”。

朝天日記中

八月初一日壬寅，晴。〖別薊州主人。〗莫違忠有子，年頗十餘，而頑戲不已。余謂違忠曰："爾有富家，如欲終保，何不勤教乃子，以望成立乎？"答曰："吾兄弟止有一子，愛不能教。"余曰："古人有言，愛而不教，謂之不慈。吾觀俗人，少而不教，長無恒心，放僻邪侈，終陷于罪戾，以敗其家，是謂能愛者乎？"將出，違忠以書特蒙賜教，謝感不已。謝之。〖自永濟橋，入薊城南門。〗門城三重，城中有旌孝田振門、三代尚書門，門極高壯；成諫院曾以天使來本國者。憲門，在獨樂寺以東。〖出西門。〗城之内外，人家甚密，市填雜貨，人肩互磨。〖歷十里、二十里等鋪，憩于白澗店民莊。〗莊外多有棗林，林中有莊，莊中有亭，樹蔭甚密，而寬敞無比。果園禾場，所未曾見者也，始嘗梨子。歷公樂店、東嶺鋪、石碑店、炬屯鋪，渡臨洵河。歷草橋店，宿于三河城東之驛，因驛人得聞張知縣缺。之專事愛民，不要橫錢云。縣多淫女，新到之日，招淫女之主謂之曰："此地豈可有這般不美的淫風乎？"其以某日，各驅淫女出外，勿更接置，否則你有重罰，自是淫風遂絶，伊人之政善矣。但其境内，豈無曠夫哉？籍其名而分配之，使其各安生理，以生壯漢，以禦强胡，宣淫不已者，加以大罪，則穢風自絶矣，惡此之有，而欲彼之往，何心哉？

初二日癸卯，晴。〖聞縣行鄉約之禮。〗館夫云："每月朔望，縣中長老，咸詣知縣前跪揖，知縣答揖後，共申鄉約之令。孝順父母，尊敬長上，和睦鄰里，不爲非義。"約正等齊揖于簷下，知縣缺。〖歷白浮圖鋪。〗因渴飲茶于夏店張家，路思吕榮公傳，頗有愧。〖路遇浙江仁和縣人葉本，〗本字子立。〖與話。〗他以看親事，春到三河，行往北京。余等與之話，覺非常流。遂遇路傍柳陰，下坐而話。葉即令買西瓜以餉之，因記姓字于一紙。分割之際，余以刀端授他，而他執刀端，以柄授余，甚合禮意，還有愧心。美叔問："王陽明何如人？而近有從祀之議云，是乎？"葉曰："陽明，紹興府餘姚縣人也，天賦挺秀，學識深純，闡明良知聖學，又有攘内安外之功，穆宗嘉其績，封其裔爲新建伯。今年，浙江巡按論其學，真足以得往古不傳之秘，宜從祀孔廟。聖旨諭禮部，尚未覆。此其大較也。若欲備知，有陽明文錄、年譜，可買查之。謹覆。"美叔曰："某竊見其書，多有禪底意思，而又自信太過，雖至聖賢之言，亦或不取，烏在其爲真儒乎？"葉曰："承教論陽明之學爲近於禪者，以其獨言良知，而不及于良能故也。良知即體，良能即用，豈不以體立而用自行乎？若禪則外身心事物，而流於空寂矣。陽明亦建有許多事功，可見要識陽明，須於其似禪而非禪者求之。若《中庸》所謂'誠則明矣'，此言何謂也？唯其高出於人一步，就以禪擬之耳。至若謂不合吾意者，雖以孔子之言不信，此亦自信以理之意而極言之，非自外於孔子也。若孟子所謂'聖人復起，必從吾言'。則孟子之心亦未始平矣，故以意逆志，不可以文害辭也。本亦淺陋，習於章句之末，聖學淵源毫末之有得也。敬以管見陳覆，幸老先生折衷以教之，幸幸。本不敢不虛心受教也。"約於通州再話，故止而不講，卒不遇焉，余問其不帶，曰土俗然也。〖憩于雁郊鋪。〗人家樹下，使先至，令人促行，以有回還達子也。適值其家主生日，里人群集，以一爵齊跪以飲主人後，主人自奠賓饌而退，客任自飲。〖渡白河。〗河中船艦，比薊河尤多。江南漕運，咸由是而達于金水河，歲留南京貢船三百艘于此，年終則遞去，蓋爲都城近胡，脱有緩急，則將欲乘之以走也云。

○白河之邊，得遇寧波府人，與之同渡，而不及問名。〖宿于通州城東潞河驛傍。〗孟守約家也。守約家將傾覆，懼，賣妻妾于行人，得錢以起其家云。〖昏陝西西安府長安人，乙卯舉人王之符。〗字國瑞。〖[1]寓于家内，出與話。〗

【校勘】

[1]"字國瑞"三字應爲目，底本與綱相混，前後脱綱的止、起標記，今依文意補。

初三日甲辰，雨。留于潞河。〖以車多在後也，朝，王之符送致禮遺。〗《杜律》二卷、皮金三張，具單紙以遺之，以扇帽筆墨爲謝。余令白元凱質正數語，王只解三物之名，書于末端曰"能解此名者，世不多有，必是方術之士也。若欲盡解無用之物，則在聖門爲玩物喪志，於吾儒爲博學小人”，以示戒。〖午後，與美叔就見于其寓。〗三揖之後，平安坐倚，客西主東，飲茶畢。美叔問王陽明以何事有從祀文廟之議乎，曰：“陽明是效象山之禪學而僞者也，當其在家教授生徒之時，其妻出外，口罵門徒曰：‘此是僞學，效他甚麽。’門徒即日散去，天下皆知其學之僞。而頃有南人爲其弟子者多中進士，得擅朝議，敢進邪説，請以從祀。公論即發，事未施行。”又問近世名賢中，孰有能傳聖學者乎，曰：“羅一峰倫、吕真儒柟，得與從祀，吕是咸寧人，而博極群書，卒以成德，門徒至萬云云。”

○問其年幾何，曰：“丁酉生也。”曰：“那年得選乎？”曰：“選于甲寅，而不得進士也，蓋中原得選人，皆出仕，而藏器不仕，不欲速成者也。”余問曰：“入于中土，久未見自朝廷出來者，迄未聞朝廷之奇。今皇上勤御經筵，君子充滿朝班，而百姓寧謐，四夷俱服，而天下有太平之象乎？”曰：“上年幼沖，勤於書字，又勤經筵矣。但不能親政，張閣老居正，雖欲秉公處事，而馮太監保專制弄權。科道官或有封章，皆未能遂其志，此爲可憂耳。百姓幸得粗安，四夷别無梗化者矣。”曰：“中原人好用文莊家禮乎？”曰：“參用文公、文莊家禮矣，余仍以禮之疑處質之。”約曰：“吾往密雲，尋訪同年之後，當以仲秋望後還京，當再尋于玉河館也。”余等喜之曰：“如此則豈偶然也。”將出，求遮雨油紙，許二丈付。

○問王云：“方今天下，退藏自修之士，有幾個人乎？”王曰：“陜西咸寧縣，有王用賓，曾爲南京吏部尚書，呈病不赴，在家講學，是亦間世行高人也。”

○又聞王國瑞云，陜西高寧縣人韓朝江，以兵部侍郎致仕，在家講學。〖[1]二使移寓中堂，設數爵。〗得《皇明通紀》，歸時期許一硯也。孟守約者，隱其客商之犯罪于官者，并見拿囚。余以爲方主其家，不可不問，使人致問于其妻。

【校勘】

[1] 底本綱的起始標記原在“二”下，今依文意移此。

初四日乙巳，晴。〖使三使人促行，書狀止之，聞車將至乃行。〗美叔甚言其棄表先行之爲不可，使甚怒，將欲速行而止。又欲購舟遊河，會有車人來報云。恐爲達子所奪，由水下而渡，夕可至于京，乃行。〖入自通州南門，〗門内外閭閻之盛無數也。〖經通流閘，〗有大河穿城而出，上設橋，下爲閘。〖出西門，歷大通橋，〗橋下通舟。〖憩于石假山主家。〗家極宏侈，家後有石假山，山腹有門，引入深奥，爲陰房者幾至十餘，由中作階，以上于山。山頂有閣，閣前列立怪石，山後又有大閣，園圃甚廣。家中有獮猴，真小人之情狀也。作家者是總兵官，而營構未幾，其子即賣于内宦，宦者又賣于成國公後孫朱希忠，希忠父子亦即同死云。吁，爲總兵而搆是家者，寧不要錢于任所，而剝民之膏血耶？宦者已矣。希忠父子，纔買而即死。所謂妖奢之物，必與禍隨者，真名言也。古之名相作第者，廳事之前，僅容旋馬。而今乃金飾其棟，朱煥其壁，而不知禁抑，何哉？〖西行，〗自通州至都門，閭閻連絡不絶，路邊多佛寺仙宫，宦者亦有墓門。斵石爲階，用磚爲階，周垣幾里，窮極侈壯。南有義塚。（按）一階字，恐誤。〖入朝陽門。〗門内有宦者坐監之。〖歷東角頭、長安街、玉河東堤、〗門南西有翰林院，東有詹事府，河邊以磚作階。〖玉河橋，入玉河館。〗下于東前所，使疑上房，將下于西中房，美叔與余不敢下于上房，將欲寓于押馬之房。使乃移上西上房，美叔下于東中房，余宿于西中房，蓋疑東上房曾有死的使臣，故懼而不入也。

初五日丙午，夜雨朝陰。〖朝，明皇上傳釋奠祭香祝。〗以鼓聲之來，聞而知之也。〖序班高雲程至而怒去。〗爲無休息處，言于通事曰：“以客奪主，使無着身處，誰謂禮義之邦乎？”使不得已移寓東上房，美叔移西上房，余移中東房。〖飲秋露白于中廊，夜聞墻外軍聲。〗軍聲連呼不絶，朝問之則曰：“都城元留廿五萬軍，分二番，參將遊擊各三千，備禦一千五百，掌印指揮五百，提調指揮三百名，一年内六月立番，夜則連坐于每街相望之地，或嘯或呼，以察盜賊，故城中盜賊不能行云。”〖聞順天府尹要錢之奇。〗問館夫曰：“這裏府尹要錢乎？”對曰：“今之爲官者，寧有不要錢者乎？”

初六日丁未，晴。〖館夫持衾褥來。〗衾則以綠文錦製之，褥一以紅文錦，用碧錦爲中以製，又有重褥。置綿毯錦枕，天朝之所以待我國者至矣。僭不敢居，捲而置之，止鋪毯也。〖昏，會話中庭。〗聞偰長壽之爲使也，遼東都司求覓土産，偰無他可贈，解其苧衣以贈之，都司曰："吾未見如偰使之廉也。"

初七日戊申，晴。〖欲呈報單，未果。〗以車未至也。〖午後車兩咸至。〗車中之人不食者累日，而笠子多爲達子所奪，使遺以白紙壹卷。〖昏，話于中廊。〗論及四館侵新來之事，美叔言李山甫、洪渾之爲四館也，始爲輪直之約，以均曹司檢閲偏直之若。洪渾至燒花案，而後入者猶遵其舊習，已與大中盡取其駭愕之事而去之。或云："這般好風，改之已盡。古來英雄豪傑，幾人經過乎？猶有存羊之意，而今盡去之。"近日風俗，大概如此云。

初八日己酉，陰。〖呈報單于禮部。〗序班張國臣與高雲程俱來，令習見朝之禮。〖珍羞寺送稍廩。〗白米一石八斗、酒九十瓶、葉茶五斤十兩、鹽醬各九斤、菜三十五斤、香油四斤八兩、花椒九兩，分與伴送、館夫等。〖崔使弘僩之處此最善。〗前此使行，例以下程之物，分散于館夫、伴送、序班等。崔之來也，下人告以絶糧，請分下程米，冀均蒙聖澤。崔曰："皇朝矜視遠人跋涉而來，多致稍廩，不可不散。"每令分食之，可謂善處者也。〖聞館夫窮鬼之言，可笑。〗押馬通事，其分有等，而館夫以押馬不持貨物而來，已無所利，故必擇弊衣冠以與之。金、鄭輩即令改納。答曰："窮鬼甚麽云。"宋大春輩例持貨物而來，故稱之曰老爹。中原呼官員之稱。冠帶，必擇新件以與之，其趨利如此。然其臨發之日，貨物漸朒，則有所叫呼，必以穢語嘲戲而走。其以利誘人者，不能久繫人心如此。古今天下，豈止此館夫而已哉，蓋館夫者，朝廷別差二十六人，使爲東人隨從，而反奪朝廷賜米，不肯服役也。

初九日庚戌，晴。〖皇上視朝。曉到長安門，入承天端門等。〗左夾門内,各有宦官爲家以守之,懸燈以坐監。〖五拜三叩頭于午門外御路。〗初立于路下東邊,鍾鼓既振,乃立于路上行禮。午門左右,各有三大象列立也。儀衛甚嚴,一揖之後,從右掖門而入。則皇帝已坐于黄屋之中,千官列立于庭下,東西相向。序班列立于橋北北向。是日適有他郡國人多來奏事,通政司官員進跪于階下御路曰:"某州知府某,某國差來人某某等見。"皇上皆答曰:"知道。"郡國吏從人等,或戴紗帽束帶,或止戴帽子者,咸叩頭于御路上而出。蓋凡郡國差來使人并從人俱見之,例也。有鳴贊立于左右,唱跪、磕頭、引去訖。〖序班引至御路排行。〗下人戴帽子,身着黑帖裏以從。〖跪定,禮侍郎與鴻臚官跪告曰:"朝鮮差來陪臣朴某等見。"〗俱三磕頭。〖皇帝曰:"與飯喫。"〗隆慶之視朝也,引領四顧,且發言甚微,使内官傳呼而已。今上年甫十二,而凝若老成,移時瞻望,曾不少動,且爲外人親降聖諭,玉質淵秀,金聲清暢,一聞沖音,感涕先零。太平萬歲之願,自此愈切。三磕頭,引去即回出。〖至闕左門内光禄寺,以酒飯餉于樹下。〗下至下人,皆設踞床,前設果肉甚盛,肉是生猪肉也。纔畢三爵,館夫等爭攫果肉,檠楪狼藉也。〖至禮部,見堂上、〗左侍郎汪鏜〖郎中。〗儀制司鄭汝璧郎中、主客司王庭詩郎中,俱再拜于月臺上。堂上坐受,郎中與使答拜,與余等答揖。〖見禮官白事之儀。〗堂上坐倚,郎中侍立,凡外官無尊卑皆跪,呈公事于月臺,都吏受之,以授郎中。外官起揖而出,郎中受之。東向一揖,持進于堂上案左,堂上受則揖而退立。〖見郎官相揖之儀。〗郎官揖于堂上訖,退而相向立,分揖而出。祠祭精膳司郎官退于北,儀制主客司郎官退于南。郎中南向立于夾室之下,員外主事俱北向,郎中一揖,員外主事又就于郎中之右。觀政進士俱東向立,又一揖。郎中進向門數步,員外進士又退立數步,又一揖。郎中入于夾室,員外進士各歸其局。〖見投文領文事。〗告狀者先呈于通政司,印分于各司,各司接以投文牌下後,以領文牌分給。

〇大春納表文于儀制司,郎中鄭汝璧見包裹精緻,器具精巧,取摩以手曰:"爾國尚遵箕子遺教,備閑禮義,故能盡敬奉天朝道理,誠可嘉尚。〖是日,十三道進賀方物表,都到禮部。〗樂工各以其服,奏樂以前,荷櫃者隨之,陳于堂上。

初十日辛亥,晴。〖呈方物于主客司。〗通事看郎中,見其封裹堅緻,且龍文甚華美,極有嘉色,惟豹皮有色綠處,蓋濟用官員,臨時方措,薰皮不熟之故,而亦不問云。〖昏,話于廊東,聞靜菴之就死從容,鄭相之守正不惑。〗趙靜菴之終命也,府卒將欲就而縊之,靜菴曰:"聖主終欲保全微臣之首領,汝何敢如此?"益飲毒酒,其結纓易簀之志也。嗚呼,若人而至於斯,而五臟消融,血出于七竅終日云。可勝痛哉!鄭相光弼之謫于臨海也,金安老使人言曰:"比觀事勢,懼公難免,不如自盡。"鄭曰:"徐待聖主之命,以表兩觀之誅,未爲晚也。"其守正如此,卒得免歸,果知元城之死,不由章、蔡也。具壽聃之畢命也,頗有怖懼之色,不能如平日之從容。其子英浚,痛其飲毒酒以死,平生不飲燒酒云。可哀也已。

十一日壬子,晴。〖以砒礵和燒酒,塗于斑疾。〗以故使坐話,而不克往參。〖應始來話。〗言其少也,有志於科業,不事飲博之類,庶有作文之望,而爲人所誤,入于講譯,以至逢辱。余謂之曰:"孟子有言,'人之有德慧術智者,恒存乎疢疾。'又曰:"'天將降大任於斯人也,必餓其體膚,空乏其身,行拂亂其所爲,然後動心忍性,增益其所不能。人恒過,然後能改,困於心橫於慮,而後作。'公若因此自奮,勉學不舍,終至成立。則安知此日之逢辱者,乃所以爲他日轉福之地也哉。"應始曰:"公言正是,吾當自此思勉云。"〖聞中原致錢之風。〗是日,錢提督主事拱辰以生日不來云。因聞這地之俗,每遇生日,則必以錢貫相賀。如有秀才得中初試者,一縣之人,無不以錢緡來賀。鄉人則官與之錢,以起門牌。或有至貧而卒富者,皇城中一無門牌,只有街牌。蓋以天威至近,故不敢立門牌也。

十二日癸丑,晴。〖見提督主事〗錢拱辰也。〖于主事廳。〗如見郎中之儀。〖主事不受禮物。〗

○〖使設酌于中堂。〗以遇生辰也。通事押馬之輩,亦令行酒,以其同苦也。始嘗龍顔荔支。〖見美叔韻:〗

塞外秋風起,疏榆落漢關。

旅遊悲上國，寒日照西山。
鬢染新霜白，衣鎖舊彩斑。
憐君不得意，衰草伴愁顏。

余和曰：

五月離金浦，窮秋走帝闕。
凄風腓百卉，歸路隔千山。
夢噩魂頻駭，愁深鬢欲斑。
白雲思莫極，何日慰親顏。

又：

薊路秋爲客，燕雲晝閉闕。
風高墻外樹，念切海東山。
聽雁愁天遠，倚閭懼鬢斑。
何當歸有日，儺佩動歡顏。

〖見主事下人來侵伴送等。〗爲討求人情也。〖聞尚書高義之善待遠人。〗見堂之日，即手定下上賞辭日子，吏不敢侵。

十三日甲寅，晴。〖曉過闕門，到朝天宫〗在城中西北隅，天神像以人形。〖演禮。〗聖節賀禮。〖千官〗文東武西，〖俱着吉服，〗梁冠，一品五梁，二品缺。笏亦有等。〖威儀可觀。〗但監生在列，亦非靜養之道。而道士僧徒與之並立，他能棄親而急君哉？達子來貢者，亦與往習于西庭。〖休于井閣。〗井上有閣，而空其中，以承天雨。〖過歷代帝王廟、〗自上古以及于元世祖，當下而不下。〖西成宫。〗嘉靖之所在也，宫城外多有巨寺，有二處廣張朱幡，幡上題云“某僧奉旨設齋”。寧有天子聖旨爲僧設齋而下者哉？風俗之謊如此。

十四日乙卯，晴。〖再演賀禮于朝天宫。〗使以病未參。曉歷長安市街，處處明燈，設食設椅。時有朝士具冠帶，投錢入食者，是曰達子。西蕃俱至習禮，有一儒生引十餘歲小童以見，頭戴儒冠於剃髮之上，身着小藍衫，可笑也。儒生數十，爭來圍立。欲與交話，以鼓振促班，而入于庭内行禮。西蕃僧(按)恐有落字。頭而不裳也。

十五日丙辰，晴。〖與鄭應始午話。〗應始言："每日除饌以送之，公何以喫飯乎？"余曰："朝廷令光禄寺計日計人，送糧與饌者，非爲吾等之豐饌適口而已也。必欲均使遠來之人，上下俱被皇恩，而君等事不知味，吾獨甘此滿盤之奉，獨不内愧于心乎？是故吾欲賴君以免饕餮之惡。"又曰："序班、館夫等討人情不已，伴送等曾在遼東既侵了許多通事，又於中路設食以要錢，又以輕價買毛帽而來，以分于通事們。使各出一兩銀，又以雞酒投于各房，使出三兩銀，其意如何？"余曰："吾聞之。"通事云："不惟伴送之侵通事，而遼東都事之侵責于伴送者爲尤甚，每於致辭之日，三大人俱以冠帶、圓領、褡䙤、靴子樣授之。"曰："你往北京，各求新好樣以來云，故侵之。"曰："你不與我，我那得備此物乎？不得已如是。"仍嘆曰："彼賊亦見車兩之多，故要討人情，此地馹路，俱有行三坐五。行去者惟點心而已，故許糧三升，宿者二時例許五升，二人并許雞一首之規。若討此糧而食，而越江之日，除了許多人糧數，止以豫備百囊載來，則車兩不多矣，彼安忍來侵乎？"曰："使、書狀能食此糧乎？"曰："使亦人口也，其味豈有不同者乎？若不得已，則止持使、書狀之糧饌，而以其馹路之糧，與伴送喫。軍官、通事，則各食其皇朝所定之糧。則於我國各官，既無轉糧之弊。而於中朝馹路，亦無賣兒雇車之患矣。"嘗聞前使之行，有一車家，難備車價，賣女以償其直。後行通事又催車于其家，則曰："曾由高麗之過，賣兒雇車，今將甚麽物以雇之哉？"〖皇上下致下程。〗羊七、鵝九、雞九、米八石，石十斗。酒九十七瓶，炭五十五包，子柴二百斤，茶食二斗、菜油、茶葉、鹽醬。

○大春以禮當冠帶拜受之意告之，使曰："孰開前無之例乎？"曰："李參判後白也。"使盛怒，俾議于書狀，書狀不敢違其意。使又罵曰："你何每舉新禮以動我乎？"竟卧而受之。即賤而散之。

十六日丁巳，晴。〖設筵宴于會同館，令禮部尚書萬士和待。初坐東廊，提督送茶。俄有光禄少卿來視設饌，提督迎揖于堂簷下，序班等祗迎送于月臺下。將出，郎中等相列立而揖送。至乘馬處，大門內庭中。又三揖以讓請入，郎中還至簷下，少卿乃乘馬，又舉鞭揖出。已而尚書至，余等以南爲首，祗迎于庭中，郎中迎于階上。尚書下轎于序班迎處，微揖于郎中揖處而入，又出于庭上，與余等西向一拜三磕頭。又一揖，尚書就坐于堂中之椅。余等入楹内，再拜就坐。使坐東，書、質在西，軍官從事坐階上，奴輩坐下。桌前已設肴饌，俎用生肉。器數甚多而侈，雜戲巧列于前。尚書前有光禄官四人分立，酒至則奉置于前而揖，尚書引手微揖，獻饌亦如之。鼓人進于尚書前。三鼓訖，尚書乃執爵。又三鼓，乃舉筯。迭奏之戲，不是小兒迷藏之態，則都是夷漢交兵之狀，全不是干羽之舞也。九爵畢獻，光禄等官齊揖而出。下人各以其器收饌，還于家訖。尚書與余等又下庭中，向闕一拜三叩頭，又再拜于尚書而退。尚書之出，祗送如迎議，但以北爲上，郎中共至乘轎處，尚書讓而乘，則郎中揖，尚書微揖。

十七日戊午，晴。〖皇上朝坐皇極殿，受聖節賀禮。〗早赴長安門，入通政門，坐於門内以待曙。有宦者數人，來欲交話。余答以不通話，又有儒生數四人來言曰："這是高麗人乎？"余曰："怎麽每道高麗？高麗是吾地前代之名，今則名喚朝鮮，這也是皇朝所定國名。"儒生曰："你國士人，亦治一經乎？"曰："治三經。"曰："亦有六經乎？"曰："有，《詩》《書》則人無不學，《易》《春秋》《禮記》《周禮》，則自心揀了一經讀之。"有一宦者怪余堅坐，紿之曰："你的紗帽怎無軟脚乎？"余未免爲其所欺，以手撫之，彼乃大笑而去。性巧於欺人，而不自知其欺己也。竊意趙高之習，長此不已，以至於指鹿爲馬，馭宦可不慎歟。質明，班序既定，雞鳴，官報時于文昭閣。唱曰："呵呵呵呵，日出卯；呵呵呵呵，光四表；呵呵呵呵，照萬邦。"皇帝乃坐于皇極殿，深遠不可望。鳴鞭三振，千官班肅四拜。齊跪，鳴贊唱賀表于殿上訖。又有一鳴贊臚傳于階上，千官皆跪四拜。又唱搢笏舞蹈跪，搢笏三呼訖。俯伏興，又四拜而出。閣老以下至于六部翰林官，則皆以次而出。眼不他及，行步整疾。雜官之流，不知其次，衮同而出。出右掖門，見五輅之出，皆駕於象而極其牢壯。雖飾金玉，而無垂旒雜彩也。到光祿酒房，饋酒飯，有狂者徹饌得罪。是日，參賀於西庭者，達子或剃頭，留上髮，"狗西蕃"剃頭不裳，涅磨國人僧形胡服也。

十八日己未，晴。〖同禮部尚書，謝恩于午門外。〗五拜三磕頭，爲謝皇上所致下程，所賜下馬宴也，西蕃亦謝于西庭。〖呈文于禮部。〗將欲再拜于庭上，尚書止之，止拜揖而出，在于南廊。尚書與侍郎再三傳看訖，叩洪純彦謂之曰："此事已經題過，不必再題，若待《會典》完了，必遂你等之願。"純彦叩頭而出，是日右侍郎初至，郎官别不祗迎。

十九日庚申，晴，風。〖純彦致詞于提督。〗告曰："呈文事，《會典》之中，恐或忘記，故要再題。"提督曰："前題已下者，若於一兩年之間，《會典》完了，則雖不再題，定與參錄矣。

二十日辛酉，晴。〖往國子監〗在皇城東北隅，北門之内，國初尚仍元舊。正統年間，李賢奏改構于此，有帝手製碑文在庭中。〖拜聖。〗四拜于庭中，升自東隅小階。入東偏小門，仰覩位版，無櫝而有臺刻五層也，長可尺有二寸，廣僅二寸强。大聖則朱漆，而書以金字，曰"至聖先師孔子之位"；顔子以下則朱漆而墨書，曰"先賢某子之位"；十哲冉雍爲上，直書曰"先賢冉雍之位"；東西從祀，公羊、穀梁以下則曰"先儒公羊高之位"云云。蘧伯玉、公伯寮、劉向、馬融、荀況、杜預、王弼、戴聖、王肅、吴澄等，皆不在列，蓋并出於嘉靖朝也。增入者，胡瑗、歐陽脩、陸九淵、薛瑄也。楊時在于張栻之下，吕祖謙列于真德秀之下。其次第具在别紙，位前各置一爐，每位各爲小閣以安之。覩訖，下大門，看周宣王時石鼓十枚，列于門内，古字有銘，而或缺難看也，又有小石以注之。使俾印來，有儒生楊守中，順天高純縣人，問王陽明事，則曰："偏主良知，決是僞學。"有一生問曰："你國有年號乎？"余曰："天無二日，民無二王，小邦如何有年號乎？"又有一儒問曰:"你國有顔子《中庸》乎?"曰:"這地有之乎? 若俾永年則定有其書矣。後學之幸,爲如何哉?"有一儒將换秉扇,旁有老儒,徑奪而换之,乃强題吾名字者也。門外有長廊,廊中立各年進士刻名碑石,入彝倫堂大門,門上扁"太學"二字。門内有東西號,房間置牀桌而無炕,儒亦不寓也。東缺。西缺。問諸生曰:"堂之四壁,怎麽没有先賢訓戒乎? 曰:"在後頭。"引入後門,門座後以大字書"君父師"三字,下書"三才之道,四德之用,五常之缺。[1]六經之文"。至敬一亭,則果有刻四勿箴、心箴,及各朝御製,熹微難見。嘉靖所製敬一箴之碑而已。惟置屏處,而不在師生觀瞻之地,將何教學,以警心目乎? 果知中朝之人不尚斯學也。入觀啓聖廟。啓聖公孔氏在北,先賢顔無繇、曾皙、孔鯉、孟孫氏,以次配列。東廡有程珦、蔡元定,西有朱松,俱書"先儒"也。又有明道堂,力不及往。大抵齋舍荒涼,間有頽落處,庭草芊綿,極可嘆傷也。出坐彝倫東夾,與監生十餘人同坐,問:"祭酒初到,諸生用何禮以見之乎?"曰:"分立于庭中,行四拜禮。"曰:"朔望用何禮乎?"曰:"朔望則一跪兩揖。"曰:"常時用何禮乎?"曰:"分立于月臺上,一揖而退。"曰:"幾日一坐乎?"曰:"日日來坐。"司業於祭酒初到時,當前四拜,祭酒答拜缺。止揖。助教以下拜于簷外,祭酒答揖。問以禮之疑處,曰:"非天子不議禮。"謙避愈至。而與以筆墨,則群聚而角之,如恐不及。所謂日日勸講,而所教者何事? 中有二三老生羞憫其爭奪,而不能禁止。彼既奪去之後,猶致謝揖也。歸歷大興縣門牌、城中有二縣。御馬監,監中有馬草如山者三。歷司獄寺。由皇城東墻下,還玉河館。見女人所乘竹兜,二人擔之。

【校勘】

[1] 缺:此處似脱"理"或"性"字。

二十一日壬戌,晴。〖以米三袋與從人。〗定千日食,余所除飯,留其口糧。將欲貿衣以禦寒,主糧者告給徵于通事之物。蓋通事典車來時,空車所失之物,而實非其耳目之所及也。懼其曖昧,曾欲買親羊裘,而價或有餘,則要買己裘。慮其非義,乃令不徵于通事,而減與己裘之價。衣輕裘之心，爽乎息焉。〖安從事有請，度非己力所爲，不諾。〗庭蘭朝來曰："昨以加服隻之意，懇于書狀云，議而爲之，望須共議之時，勸其加給一牌，以恤窮妻之望。"余問前行書狀何以爲之，安曰："柳佐郎成龍、尹修撰卓然之來也。慮其陪行通事之苦于催車與馬，例加其服數云。"蓋坐車者，不食于廚房，而陪行者俱食公廚。雖有催車之事，亦其職分之當爲，而非有大功于坐車者也。人皆狃於近狎，而寬其國禁，以一毫非義之事，説向他人，非余心所願也。乃答曰："書狀豈肯聽我言，而爲不義乎?"安乃去。嗚呼！庭蘭、純彦，讀書人而猶如此！

二十二日癸亥，晴。〖貿得羊裘。〗以米六袋，輕煖想合于病親，心有恔意。又以硯一、紙卷、油紙，貿得深衣布三段。〖大春來言其獨費己錢。〗一路之中，爲人所侵，而貸人以給者，幾至于硯二十臺、米二十袋，而自出銀扇，不知其數。〖昏，聞楊牧之善者。〗俞淵云：鄭應奎之爲牧也，和易而民愛，明察而吏戢。每於分給還上之時，抽石計數，徵其縮數于倉吏。倉吏例於積石之時，十分加慎，不敢踏摩。後則依數不減，民甚便之，而以牧場開墾之事見罷。楊民多有上京請留，而卒不得也。李憲國之爲牧也，賦政公平，不計權貴，宰相多有惡之者云，是亦公論所發也。〖聞北界軍苦。〗國家以衲衣賜兩界士兵之時，各鎮將帥，不自省視，一付之鎮撫等。富者先賂鎮撫，而詐着弊衣。現訴于將帥，則鎮撫告而授之。貧者不得賂遺鎮撫，則雖赤體者，不得沾恩。雖御史親下，若不親視，則弊同云。貧民多以木賊、菽殼、木麥藁、瞿麥殼，或爛烹之，或搗細之，和菽屑小許，而食以度日云。

二十三日甲子，晴。是日以布二匹，貿《金生群玉》，使坐中堂，出而話焉。〖與美叔昏話，得聞退溪接引之事。〗方先生之家居與在洛時，士人甚多求見者。不因門生而通刺，則不得見也。爲名往拜者，雖遠不留，而志學誠篤者，勤加獎誨。尹興宗初寓遠寺，日食糲飯蘿葍半根，而冒寒往來，揭涉前溪，至失《大學》。先生授以《大學》，而令寓近齋。金子盎睟亦如是，故得學《心經》。李拭之子咸亨恐其不容，豫將其父所寄書云"汝未蒙先生之所教,則更勿見我",以是呈之,先生嘉而教之。柳根諸人,往而即返。六有堂金謹恭不食五日,一家之人,將至凍餓而死,不以告諸人。人亦不知源城都正往見之,即解毛裘以衣之。還于家,即以米五斗送之,由是免死,其固窮如此。六有每於草堂,以師禮見之,草堂許以少友,每得祿斗,以周其急,彼於草堂之家窘乏,則未嘗不言也。

二十四日乙丑,晴。〖應始朝訪,〗欲買四書云,價未備,與之笠帽。以金沔意,求隱馬死之事于書狀,不聽。〖昏,話中廊。〗大春懇乞加卜,美叔不聽,或有怒者。庭蘭又引柳尹事以動之,安氏之餘風掃地矣,時則有今俗傲長之語而起。〖聞退陶謙德。〗先生與人話,雖彼不是,未嘗斥言其非。但曰:"吾意以爲這事恐或如此,試再思索之。〖聞申氏之善。〗申沃字弼叔,有孝行,且有志于學,退陶深見獎許云。其姪光弼聞人規戒,則籍以成書,雖其資弱,與善人同處,則可望其進者也。

二十五日丙寅,晴。〖是日觀天壇。〗步出正陽爲望闕。門,門外有曲城,城有三門。南閉不開,惟通東西而已。門外雜貨,幾列于五里,入于壇門。滕達,字李達。韓世能之鄉友,而不屑科業,以遊山做詩爲事者也。嘗從韓奉使,歷觀東方,故聞有我邦人則來見之。與其友同來欲話,而提督差吏隨去,俾察其交話,故不得見之。見缺。宮,宮三層,上覆玄瓦,而其端尖出于半空。中覆黄,下覆碧,宮中鋪以青磚,恍若碧琉璃,凝滑不可行。金以飾柱,玉以爲簾,下階三等。上層則有闌干而青飾之,窮奢極麗,非上帝之所宜降臨也。後有缺。宮,藏天神處也。聞嘉靖朝,夏言言其古者爲圜丘以祭天而已。今爲宮不可,乃改築圜丘于宮南一里許,止無宮而已,皆鋪青磚等事則一如宮制,丘前有二缺。木。若值祭時,懸燈于其上,則闕内望天而拜之。若皇上有事,未得親祭,則亦以其時出拜云。雖無禮文,出於敬天之誠也。如隆慶皇帝,則雖或親祭,纔畢則令洞開宮門,擇善走馬,一馳入宮,扈從諸臣,一無能及者,陶陶遂遂之意,安在哉。飲酒于柏陰,在丘南，栽樹正行。五六里之地，無一木有不方列者。閭巷之木，亦有如此者。初欲坐于交牀，使以欲效唐體之語譏之，乃笑而地坐，陋不可居也。還途又遇滕季達，初不爲禮。後乃作揖。

二十六日丁卯，晴。〖皇上視朝，命禮部尚書萬士和，待陪臣筵宴于會同館。〗東俗所謂上馬宴也。

〇他外國則止有下馬一宴，而我國使臣，則别設二宴以慰之，其見寵厚如此。是日，尚書自朝參直來，故早到會同，一行人纔得入門，而立于祗迎位。拜禮爵數，一如初筵之儀，但舞工之戲，比前日尤有怪黷者。上古待外賓之禮，想止於舞干，而今焉盛備之時，尚有不經之事。意者天下無道之後，爲天子者無德以服遠，設爲傀儡眩幻之術，鎗刀交刺之狀，以惑遠人。而爲遠人者，亦有好而瞪視之者，故以皇朝之聖制，亦因而不改，豈非闕典也哉？只知以此爲娱，而途道遠邇，跋涉河山，館接如何，離思如何之意，則曾無一言之所及，吁，可嘆也！〖暮，話大廳，聞退陶先生之教。〗美叔以書問："立程則傷於嚴，否則入於悠泛，如何斯可？"先生答曰："科程須嚴立，志意須寬着。嚴立非貪鶩也，精察力行而謹守之云耳；寬着非悠泛也，從容玩繹而無急促也。"先生平日講《太極圖説》，曰"無之極而爲太極"，反其晚年，李公浩養中以書請辨，先生乃悟其前説之錯，以書與奇高峰："洛中有李上舍養中者，公曾見之乎？渠以書辨無極之義，某乃因是而悟其前見之誤。"深幸深幸，後生中有如此人，甚不易得也。

二十七日戊辰，晴。〖聞臺吏侵責赴京人之弊。〗金彭壽愬于書狀曰："歸于本府，則府吏九十，各受靴精一、毛帽一，不得已買去。一隻之中，僅容五十四十，别無包去處，請給加隻。"書狀不許，因聞金貴榮之爲臺長也，問首吏曰："爾不能止如此作弊之事乎？"吏曰："若有官命，則安敢不止。"卒不能改，吁，相云乎哉！前來書狀如金仁伯、柳而見者，深知其弊，欲歸即革而未能也，不惟是也。貿藥通事之進藥材于政院也，必賂氊一、毛精、毛帽等物于監藥人，然後謂可用藥材云，官乃受之。〖聞梁應台之貪程而死。〗白元凱云："已爲上通陪還之時，當宿于高嶺，而貪程冒夜至于前屯。夙病陡作，悠然而逝。備禦郝重光以其家所儲之木作棺以送之，郝可謂賢矣。”梁之子弟云：“使酷愛小室，而薄於正室，將别之際，有變亂之端。到嘉之日，夫人病死云，途中每常噫嘘以想其小室。”

〖聞朝廷用銀之數。〗用銀三十六萬兩以養戍邊軍，用銀五十萬兩以養宗室輩，太祖子孫，多至十七萬，故然。

二十八日己巳，陰。〖以酒慰序班等。〗前日雲程有“爾愛其羊，我愛其禮”之語，故設酒以慰之，己以私忌未參。〖草定上提督文廟從祀質正之事，聞象毛貿易之弊。〗余等每於趨朝之日，目見陸象，都無毫毛。而國家例於使臣之行，令通事貿象毛以來，象本無毛，故此地北門之内，有染羊鬣以賣者，而亦不得買去。故漢京之人，有染馬尾假作象毛者。初受四十匹而賣之，後日必受六十匹，然後乃出，通事至有敗家資而貿納者云。嗚呼！象雖有毛，非是土産，而價重如是，則不必遠求，况本無一毛者哉。〖聞政院吏之弊。〗通事受藥價之日，院吏設酒食以飲之。付市扇三十，以求羊裘。迴還之日，若以平安藥材事，未能速行，則告于院官。因次知至於十人，通事奴豈有十哉。

二十九日庚午，晴。早同禮部尚書謝恩于午門外，爲再賜筵宴也。〖見朝士相揖儀。〗國風尚左，故相揖之際，必讓左于人，先就其人之右，并立而揖。摇手則立于左者，又就其右而揖。〖見讓門之儀。〗同行遇門，則必舉手讓其先入，然後乃入。若遇於道，則必舉鞭以揖，而不鞠身。出就玉河，以謝拜時不滿三十人之故，伴送叱之曰：“你的國王委送汝等者，只爲專做買賣乎？出錢以糊其口，可恥也。”〖聞操練聲。〗每朝聞放炮聲，蓋操練士卒于德勝門北。外射場，日日如是。無時或廢，欲其不忘戰也。我國訓鍊之小形名，月不一試，心不寒哉。〖聞丘文莊深忌莊昶、陳獻章，夏言與霍韜相譽事。〗

三十日辛未，晴。〖驗包。〗兵部郎中與提督主事，例坐于堂中，驗點一行行裝。通事以下,列包于庭以待之。郎中至門不入,止取其數而觀之,飲于提督廳而去。華人之信待我國人如此,而我國人多有欺負之處,嗚呼!可勝痛哉!聞會同驗包之際,他外國人之包,則無不悉解以見,而我國下人之包,亦不開見云。〖記文廟從祀可疑處,質于提督。〗令白元凱呈之,提督受去,昏以告使。使曰:"此事,朝廷令爾並質乎?"蓋深惡之辭也。〖聞平壤監司之事。〗

九月初一日壬申,晴。〖主事與主客司郎中飲于提督廳。〗

〖○聞具景時注外之奇。〗景時與丁二卿連族,故具爲諫官時,泄其將論之意于二卿之子胤禧,及爲承旨,朴臺長應男論泄語之事而劾罷之,後日又爲承旨。朴曰:"彼以同年之多故,乃至于是耶?明彥、子强亦在其榜,故時人言其得人之盛,此外又有子中、子精、景文之輩,方居顯秩,故朴云然。豈是疑奇、吴者哉。〖[1]聞先鋒旁搜之言有理。〗退而曰:"這地將帥,例遇伏兵而見敗云。若令先鋒爲兩翼,俾兩道旁搜而行,遇伏即擊,則彼不敢爲術矣。"俞軍官淵曰:"臨敵兵而射長箭,則彼即以其箭回射。若去其鏃上所纏之筋而射之,則矢中即破,不能回射矣。"二言雖似淺近,不爲無理。

【校勘】

[1] 底本無綱的起始標記,今依文意補。

初二日癸酉,晴。〖設酌于中廊,聞嘉靖追封之事,而退陶之論,甚合于情理。〗嘉靖朝追封興王爲皇帝之議作,持正論者咸謂不可追封私親。紛爭三歲,而後追封之議乃勝,遂封爲興獻皇帝。其謂不可者,咸叩乾清門而哭,門破而不從,皆被死徙。我國則止封大院君,而河原之後,至于四代,則將以忠義奉祀矣。嘉靖則過矣。宋朝英宗、孝宗俱封私親爲濮王、秀王,允合于禮。退陶有議曰:"爲人後者,雖不可顧私親,而子享千乘之奉于永世,俾本生之親,泛比宗室,纔及四代,遽同凡人,最所未安者。河原長孫則永封爲監,以終其代,最是當時議于大臣,而大臣不能深思情理,草草定議,而上亦從之。退溪雖有斯議，未及上達而没，可勝惜哉。或曰，當此之時，若生此議，則決不可，豈理也哉。”〖聞仁伯定卜之事。〗金仁伯之爲書狀也，到于平壤，一從國法，以定一行卜隻之數。尹使玉付子書曰：“老夫不死，爲人所制。”無識如此，貿玉帶以獻于明廟，多貿錦段以歸，貪鄙無比。〖聞雲程求賄之言。〗雲程謂通事曰：“爾餽我賂，則敕賜賞物，我當勉力擇出好品云。”其以無理之事侵索也如此。

初三日甲戌，晴。〖皇上御奉天門視事，一行受賞。〗晨赴闕左門，質明，入于左掖門。千官先入，東西庭相向而立。皇上自皇極門北，揭黄屋北簾而登。鳴鞭三次，乃坐于黄椅。千官俱北向立，一拜三叩頭而起，還入于東西相向之位。序班引一行人立于千官之内，千官一時謦欬，聲若迅雷。或有唾地者，甚似無禮。序班四人舉賞案置于御路，禮部堂上隨行。陪臣亦至御路跪，侍郎手執小笏記跪。告曰：“朝鮮進賀陪臣某等頒賞。”皇帝曰：“與他。”乃伏三磕頭而起，序班舉賞案出，陪臣亦出。禮部主事坐于左闕之下頒賞，陪臣入，與相揖而出。諸從人以次受賞畢，又入而相揖。錦衣三領、錦二段、紅綀二段、靴一、黑布一段。外郡官員以賀禮至者，皆來辭，俱喫酒飯于光禄。謝訖，入左掖門，受楮而出，待禮甚厚。皇上以甘肅苑馬寺少卿，因辭朝親奏時，語不分明，命下錦衣衛以問。衛官二人走出右掖，手脱少卿之幞頭具紅袍以跪，竟以白衣拿囚。又有孟子後爲五經博士者，疑彦璞。失禮于辭朝，已出。上亦命拿問，衛人四走而旁覔，國法之嚴，而少主之剛果如此。〖見宦者之服。〗品高之冠，竹結爲帽子，而以布裹之。後有簷，向上從兩耳後起，其服皆是帖裹，而其長及踝。卑品之冠，以布裹帽。帽長只一把弱。自前而後，垂其餘端長六寸弱。于後。其服或有前如帖裹，後如直領，旁有襞積，各一牌綬，以紅絲爲之，朝官無不佩牙牌者，而書其本職名于其牌。牌綬，以青絲爲之，而一綬最長，幞頭軟脚，則横插之，其端曲而向上。紅袍黑袍之襞積，則一如道袍襞積也。〖夕，論燕路多弊之事于簷下。〗余謂在途之時，不必要食珍饌，只食皇朝供給之糧，而少持東方路費之需，則可無此患矣。或曰：“你則生長糲飯矣。我輩之口習不同，不可以草具之養，而輕變其通行之規也。”言輕而招辱，果安在哉。

初四日乙亥，晴。〖謝恩于午門外，聞皇上視事講學之規。〗以三六九日坐朝，千官俱會一拜訖，科道官或有所奏之事，則出自懷中，面奏于前，凡官奏事亦如是。率是不已，則豈有壅蔽之禍哉？經筵之講，逐日不廢，許國以此無暇云。噫！進此不已，則聖德之修，豈不至於罔覺也哉！侍講之際，講官立講，講訖各悉所見，繩愆糾謬，武宗皇帝甚厭之，亦不能罷，其畏祖宗之法如此哉。我朝講筵之儀，祖宗朝特賜便坐，其敬大臣體群臣之意，可謂至矣。而一自貞熹王后垂簾之後，雖公卿大臣，莫不俯伏，不敢仰視。謇諤之風，日以消縮。交泰之道，難望于交孚，可勝惜哉。見武學生謝于西庭，儒巾黑衫也。〖使遺杜詩〗八卷。〖受純彦所餽砂糖數塊。〗爲親屈也。〖守寬受杖。〗以其坐車時，多失其空車之物，而不即備納也。其號泣之狀，慘不忍見也。元凱以乾糧屢見免冠，出則謂余無罪。吁！動引弊規，以誤使聽者，烏得無罪？

初五日丙子，晴。〖辭朝。〗五拜三磕頭于午門外御路上，喫酒飯于光禄。洪純彦喫盡三杯，曰：“皇恩難再也。”[1]一拜磕頭以謝之，序班亦拜，以其欽差送陪臣于遼東也。高雲程謂余曰：“昨見受賞之時，貴國下人行列不整，甚不美於朝廷之瞻視，豈可謂禮義邦人乎？”余曰：“偁知如此久矣，而何不屢教習禮，俾其無愆乎？”雲程曰：“宰相不好，吾不敢言，深有愧汗之心。”余以是言言于美叔，美叔曰：“在宋之時，鴻臚官之被譴者有三，士人、夷人、橐駝，最難整列故也。”人而比於橐駝，豈不痛心哉。〖辭堂于禮部。〗堂上未來之前，周覽堂後，堂後有私宴廳，出座廳，三堂上退歇所，制極宏侈。又有二碑閣，一刻嘉靖手書賜敕，一刻歷部先生姓名也。出至大門旁，見歷事監生數人，與語，蓋舉人之歷見部事一年，則出爲知縣推官者也。姓名在下。聞祭酒初到文廟四拜訖，親入上香，降又四拜而出，坐于彝倫堂。諸生四拜于月臺下，祭酒司業坐椅自如，如公侯伯新進士之拜于文廟者，亦四拜于簷下，而祭酒坐自如，爲尊師道也。監生等常時只一揖于月臺。問方今好學之人，從仕之中有幾乎，曰："固多有之矣，最優者，今祭酒王錫爵也。"皇朝極重祭酒之選，例以近侍之官充選，蓋重師儒也。〖見堂上坐起之儀。〗[2]郎中、員外、觀政進士，於堂上東西相向立，相與暫揖。又在南郎官，南顧進士微揖。進士在北者，北顧相揖，監生、堂吏以次東西分立于月臺上。堂上出坐，郎中以下俱向堂上立而揖，堂上於椅上微揖。郎中以下又分立而相揖，出立于兩夾室之下。三揖而各歸其局，郎中將出堂外。監生、儒巾藍衫。吏員冠如錄事之巾，衣則道袍，或有不帶。進向堂上，立于簷下，一揖而退。陪臣乃進于月臺上，先跪，又再拜，又跪，興，一揖而退。詣主客、儀制等司，辭于郎中，如前儀，受敕書及賞銀于主客司。以奏回被擄人口，故降敕褒諭也。〖聞天使〗王鶴、許國〖之清。〗王止持一圓領而行，火燒其袵，以面紗補之而着；許止持二裏衣，迭澣而衣之。

【校勘】

［1］洪純彦……難再也：此句底本中標爲小注，依文意改大字。

［2］底本綱的終止標記原在"儀"上，今依文意移此。

初六日丁丑，雨。〖治任東行，〗使分以靴、精毛帽，將杖大春而不果。〖提督送致答問條。〗詳在別幅。〖出崇文門，〗門在朝陽之東。〖歷金水河，〗城中玉河諸水會注于此，舟船之自通州而上者，皆泊于此。緣河種柳，至于通州。〖憩于缺。店。〗河緒之家。〖聞尹和靖置物有常。〗先生在虎丘寺三年，凡物置之有常處，終始不變。寺僧曰："平生不識周、孔爲甚麽人，今見斯人，正是其徒也。"〖宿于通州。〗[1]潞河旁孟守約家。〖滕季達送人于美叔。〗初俟于崇文門外不遇，乃封答鄭子中書及所寄七詩。子中、而見、美叔、伯亨、權大手、韓灝、梁大樸各以五言古風題之，追送于通州。（按）伯亨，尹章休字；大手，擘字。

【校勘】

［1］底本無綱的終止標記，今依文意補。

初七日戊寅，晴。〖修家書以付通事。〗金永雲、朴希男爲先來，故付之。作定州牧判書，懼其送妓也。又作許子新、崔大中書，爲求停望也。又作仲懷、澤仲等書。〖俞深〗字深之，許贊善國之親戚也，以歙縣人，從贊善在京，爲翰林院書寫，而賴錢以養。曾從許往東，得交洪純彦，故洪之赴京也。每送于遠地，有信人也。〖來見，因聞皇上講學之勤。〗三六九日，則無不視朝。其餘日則雖寒暑之極，不輟經筵。四書則方講《孟子》，《綱目》至于《唐紀》，日出坐殿，則講官立講。上前展書，講官背念以講云。講訖，各陳時務。又好書額字，書"敬畏"二字以賜閣老，以"責難陳善"四字賜經筵官，以"正己率屬"四字賜六部尚書。虚心好問，而聖學日進于高明。下懷盡達，而庶政無不修舉。至午乃罷，仍錫宴于講臣，寵禮優渥云。嗚呼，聖年纔至十二，而君德已著如此。若於後日長進不已，則四海萬姓之得受其福者，豈有遠邇之間哉！〖購舟遊于潞河。〗中流飲酒，引舟至于城北隅，而下俞淵，見河邊中船碓砧之狀，因言曰："曾於湖西得見作賊之舟，都是此模樣也，船中各奉小佛以行。"將還，見通州儒生之送御史于境上而還者，俱着儒巾藍衫也。王懋官、張世缺。吴松也，因聞前御史王大順之勸行鄉約云，以禮部咨文之不至，將送大春于京。道逢伴送而偕還。

初八日己卯，陰。〖聞王庭詩之善。〗禮部以印送咨文之事，萬尚書獨至，二侍郎未至。王以郎中，恐陪臣之苦待，終日在部以待，侍郎之至，不勤而能始是乎。

○順天車夫打破理馬之頭，使序班治之。〖渡潞河，過楊尚書墓。〗墓制不大，以塼疊其半，上有赤土，前有牀爐石，無他石物。周垣廣而方，垣南有門，平原也。〖歷雁郊鋪。〗憩于柳家屯缺。家。

○〖聞改嫁之俗、土民之俗。〗或用銀百餘兩，以備納幣，且行親迎之禮，而及其夫死，將嫁他人，則其婦備還百兩于舅家，然後乃嫁他人，猶有舊胡之習也。〖歷夏店前日飲茶家。〗主人出而欲話，忙不能叙。〖夕，到三河之驛，坐話于樹陰。〗聞金鎧之爲使也，多以小過發怒，從行下人，無不得罪者。時來書狀閔時中，亦是躁暴之人，而使猶以爲緩，不能治事云，性度戾常如此。閔之爲牧于清也，而見以覲事下鄉，謂監司之在州而不按士純之行，接于待倭之館。崔運判滉之入州，以受牧官公禮，逢人輒罵。其視朴祥、慎居寬，一何相遠哉？朴公爲邑宰，而祇迎堂下使臣，使臣不敢受，請入。朴曰："吾爲君命祇候，不敢入也。"使臣遂入。慎公爲驪州時，陳寔以使臣，亦請慎入，慎據禮抗之。閔是何人，敢非使命乎？李洪男爲驪州時，怒護送官朴思恭之吹角入州，令角夫終夜吹角于東軒窗外，視此豈遠哉！或曰："金公之事，某實不知當時因何事而駁之，至此乎？且安知其所見之爲是乎？"美叔曰："觀其所奏之辭，亂發無倫，要欲力排清議，彼雖吾族，決知其爲小人之尤者也。"

初九日庚辰，晴。使以車兩遲到，將記通事洪、宋之過。書狀分析言之，以爲非其罪而記其過，深恐未安。使曰："此是輕薄之言也。"美叔奮起入房，使頗示悔發之意。舟渡草橋河，余將以傘障日，美叔曰："君有硬底意思。"余猶遮過半里，竊思百里奚暑不張蓋之事，乃始去之。美叔顧謂曰："暑時張蓋，吾猶謂泰，豈可長此習于秋天哉？"〖憩于白澗鋪南村，見兵車數十。〗車上有樓，可容四人者二，有樓而懸鼓者二，一面板隔如防牌者數十。蓋將列于水口城絶之處，以防胡也。俱駕于驢或騾也，步卒數千，擔荷軍器以行。問之則曰："達子四十萬，彌漫于石門寨長城之外，故戚總兵、中軍將倪善將二萬衆以赴之。"軍不掠途人，驢不飼田禾，非中國政令之嚴，曷臻是哉！〖宿于薊州莫違忠家。〗聞知州日事酣飲，妄殺無事云。〖昏，飲重九杯于庭中。〗

初十日辛巳，晴。〖以白扇二，貿得紀學韓之《參同契》；以硯一，貿得紀生之《孤樹裒談》。〗生是成天使憲之族也，問知州是甚麼人？曰："進士。"曰："既是進士，則安有喫酒殺人之事乎？"紀曰："苟非其人，雖是進士，民被其殃。"聞孫鶴善偷且欺，好色與酒，私受菜價于館夫，而沽酒以飲。又竊魚尾，路干漢人之妻，泛濫之習，不以窮而自戢也。〖渡大河橋，〗以石輓之。〖憩于樂山店，宿于玉田縣之大覺寺。〗

寺僧以棗二器來餽，受而置之。一器則將進于書狀者也。細事不察，便成大過，吁可畏哉。

○序班亦宿于寺之後房，其供帳飲食甚侈，蓋以欽差之故，遇若大賓，縣官來見，而高亦往報，例也。〖聞㺚起有詩。〗曰：

四海均蒙聖主仁，鑿耕方樂太平春。
天乎速滅天驕子，莫使明民殀一人。

十一日壬午，朝陰，午後雨。〖歷城中節婦葉氏門，憩于沙流河之道南人家。〗有淫女三人，摻李寬以惑之，蕩之甚矣。

○聞南宋趙元煥之多才，帝嘗夜還，令出萬炬，趙令捲人家窗外垂簾以燃之，其數至萬。

○聞木蘭未嫁之時，父將遠戍，蘭憫其老，爲男容請代父行。到邊十二年而還，人不知爲女。〖到豐潤。〗兵備御史巡到于此，薊州官員以遠迎而來，永平官員以遠送而來。城中官府，無着足處。〖又宿于弘法寺。〗因夜話聞金資憲舜皋能知古今軍數，又聞崔遠爲捉虎大將。金嘆曰："以此躁妄之人，遽授大任，則事不敗乎？"果如其言。已乘駿馬，前馳急進，而重荷器械之軍，罪其遲行，人多顛仆而死。果知老將之不無缺。也。

○或曰：今之言責者，深好擊駁。聞人一毁，則不辨是非，而一切論劾，俾不能容，竟受虛罪。又有同庚者，以甲爲少，以乙爲年衰云，此風不可長也。如此之言，雖出恨忿，而吾黨之士，不可不審也。

十二日癸未，晴。〖朝出城東門，憩于榛子店城中侯遇家。〗家有侯外祖考王鹽場畫像，及見罷還鄉之日，南人餞别之畫。

○中原之制，除重坐爲民者外，殿罷而已者，皆許冠帶閑住，故王雖罷歸，而戴紗帽立于船頭，冒鑾缺。所送詩文。王是漆州人。〖出城門。〗門有逐拒淫女、不接棍徒等榜。缺。

○路有達子聲息，退而曰："設使倉卒圍城，何以得免？"余曰："彼雖衆來，吾謀豫定，則可以制彼矣。"曰："何以制之？"曰："彼將圍城之時，先出數人于城外。"約曰：汝分往各村，令人人各爲芻人十餘。又作數炬，俾列立于山頭原野彼人可望之處，一炬之下，各設芻人數四。又取鼓于山寺，無鼓則用銅器。令五里置一，而分人守之。待夜來城中放炮一聲，則一時燃炬擊鼓。又於城中，飾女爲男，間立于城頭。選其鋭卒之餘者爲遊兵，先令四百人持短兵分出，豫伏于一進可刺之地。待城中放虚炮一聲，然後混聲直進而刺其不意，則彼原蔑視漢人，素不爲備，而猝遇快手，又望遠火，疑若有援兵大至，其心必懼，而其陣必動矣，若彼陣動，令其大呼陣動。而又自城中分出五百人以繼之，先出之人，則待其力疲，還食于城中。城頭守卒，各令大呼而擊鼓震角，以壯軍聲，則彼定自散矣。然此事必於平日撫訓有素，使將識士心，士嚴將威。然後卒遇急變，申明軍令，使知用命有賞，違命必誅。人知畏將，而不畏虜兵，則善用千兵，可敵億萬矣。〖昏，宿于七家嶺劉九彝家。〗

十三日甲申，雨。〖歷拜于清聖祠。〗自七家嶺，行七八里許，東入小路。至孤竹舊城，城背灤河，古堞依然。西南有門，上題“孤竹城”。下曰“仁賢舊里”。又有牌門外書“清聖祠”，内書“敕賜清節祠”。左右有小門，門上左題“天地綱常”。右題“古今師範”。大門之額“伯夷叔齊”，其上曰“上古逸民”，其上又有“廉頑立懦門”。上有碑閣，第二門題“百世之師”。門有三碑，中則孔子之言，左則曾子曰：“伯夷、叔齊，生乎河濟之間，非有土地之厚、缺。粟之豐，而言爲文章，行爲標準乎天下。”[1]右則孟子之言也。外庭左右有碑閣，内庭左右有四碑，皆記皇朝設祠之意。而一則金所建也，堂門扁以明朝封祀，左題“廉頑”，右題“立懦”。内有二子像，再拜。戴黼哻，服玄衣，爲殷人也。前有位版，左題“昭義清惠公”，右題“崇讓仁惠公”。左右各有廊廡七間，乃祀時監造祭物之所也。堂後有揖遜堂，堂門外題“仁賢肇迹”，内題“平灤上境”，左角門曰“盥薦”，右曰“齊明”。堂後築磚爲臺，額曰“清風臺”。臺上有亭，前題“采[2]薇亭”，後額“清風高節”，中扁“北海之濱”。臺之亭西有層階，階各有二門，左曰“百代山斗，高蹈風塵”，右曰“萬古雲霄，大觀寰宇”，内外疊書。臺後俯臨灤河，又築層階，接于河湄。河中有島，上有祠堂，望若仙宫，俗傳孤竹君之祠也。

永平府官及鄰縣之官,每以春秋來祭于清聖祠,則乘船而飲福于是。生斯世而遊于灑落之境,誠爲幸也。島西有石,正露河中,立石其上,而刻之曰"中流砥柱"。幽靜閑敞,固宜聖哲之攸居,而褒崇尊尚,稱其清德。可見皇朝之億萬斯世也。詩曰:

【校勘】

[1] 此句見《大戴禮記·曾子制言中》:"伯夷、叔齊……居河濟之間,非有土地之厚、貨粟之富也,言爲文章,行爲表綴於天下。"

[2] 采:底本作"採",今據《詩經》改。

胸中都是絶毫私,高節長扶萬古彝。
願得清風薰一仰,醒然起我懦頑資。

又曰:

拜瞻孤竹二賢人,深慕當年兩得仁。
弊屣任看尊富位,芳薇扶起古今倫。
清風激處頑夫耻,舊惡忘時薄俗淳。
東海小生欽仰久,臨墟猶覺爽心神。

〖飲數爵于門内。〗時則有今時史官不古之議,如癸酉匿名之書,亦不書之于史乎。蓋是其議也。聞鄭道傳實於皇朝之表,誤下觸犯之字,而及于帝怒,命致撰表之人,則代送鄭總,遠謫雲南,身不能歸,豈不惜哉。美叔曰:"總崑壽遠祖。亦以前朝之士,忘君賣國,烏得無罪乎?"〖夕,渡二灤河。〗河水清澄,雲月交映,感而吟詩曰:

聖德遍覃遠國臣,灤河千古作通津。
何緣挹此清流水,永洗陰山胡虜塵。

〖宿于永平。〗

十四日乙酉,晴而風。〖留于永平城南朱大寶家。〗始見《帝鑑圖》,張閣老居正、吕閣老調陽之所撰也。許海嶽國,曾送于李季真而進上云。

○元凱入城聞聲息，達虜、哈剌等欲於月望間起營，將入于義院、喜峰等口。聞戚總兵在三屯營，如有虛報，則輒殺夜不收，故大賊臨城，而絶無虛僞之言，邊徼寂然。美叔見戚公文稿而言曰："如許好將，那裏得來？以此而刊頒于東國則甚善云。"余勤退而買之。〖兵備宋守約不接序班，雲程怒而先行。〗

○〖使以車到之遲，付坐車人過。〗

朝天日記下

中朝通報[①]附

○(按)本草以通報錄於逐日之首，而混雜，不便於覽閱，故折之作別編。

萬曆二年甲戌六月初一日甲辰，皇朝江西巡按賀一桂之所糾，勘過平順知縣劉必誠爲民。

○應天巡撫張佳胤奏：蘇州知府吴善言等三十三守令，皆廉能公謹，所當薦揚，乞令擢用。而清浦知縣石繼芳建縣規模甚賢，士民惟恐其去，乞令久任。奉聖旨下吏部。

初二日乙巳，刑部檢校屠本畯以親老無倚，懇乞歸養，許之。

○漢陽知府程金一病劇不能赴任，乞恩休致。許之。

初四日丁未，户部左侍郎郭朝賓乞免重任，上曰："卿性行端謹，才猷練達，宜盡心供職。"

○兵部奏：秋防屆期，乞敕當事臣工。上敕總督鎮巡等官，加謹邊防，務修實政，不許虛文塞責，致有疏虞。

---

① 《中朝通報》内容不同于前兩章的私人日記，是趙憲在中國境内，對各種政治制度、官員任免、法律措施、地方風俗及所見到的各種聖旨律令等的記錄摘抄，是他搜集中國境内情報的彙總。返回朝鮮後，他以此爲基礎寫成《東封還事》，作爲向國王覆命的報告。稿本中寫于每日之首，整理者在收錄《重峰集》時將其單獨列爲一章，作爲《朝天日記》的一部分。

○禮部奏：查遵祖制，酌議歲貢考期，以重試典。上曰："依議行。"

初五日戊申，户科給事中張孫繩劾奏：寧夏巡撫羅鳳祥凌肆貪暴，大理右寺丞謝廷傑貪私暴戾，疏略懶媢之狀，請罷下吏部。吏部覆奏："邊方巡撫，非有大過，不宜數易。鳳祥姑着策勵，廷傑以原職降一級調外任。"上曰："是。"

○禮科給事中李邦佐奏，仰裨久任良法，以隆聖治事，條陳執公道以服人心等七事。下吏部依議行。

初六日己酉，四川巡按孫代劾奏，參議張子仁，下吏部降用。

初七日庚戌，應天巡撫張佳胤劾武職官朱永盛、朱正色，革職閑住。

○主事任仕進士李學詩歸養病。

初八日辛亥，巡按張憲翔劾蘇州通判張鳴鳳故違明例，挾勢開閘放縱。直隸巡按陳文燧劾原任總兵胡鎮貪暴缺。負罪深重之狀。詔法司提問，鳴鳳納贖還職，革鎮任，亦令巡按提問。

初九日壬子，以兵部進士郭如暄爲漢中府教授，如暄乞就教職，以圖報補故也。

選凡官用二望，而落點必於首薦。

初十日癸丑，直隸巡按陳文燧奏請覈功實，更賞格，以塞邊軍弊源。詔從之。

十一日甲寅，禮部請查遵祖制，酌議歲貢。府四人，州三人，郡二人，縣一人，考期各道提學官。於每年四月，聚選生員。次年三月十五日以前，郡驛敦遣缺。四月廷試，試畢送于吏部，外方又於此月，考定次年貢生，以重試典。奉聖旨依擬行。科第外，復開歲貢一途，以拔黌舍之淹滯。翰林出題，監察御史監試，錦衣官缺。

十二日乙卯，直隸失火，延燒官草，以巡按王湘奏，張拱立罰俸三月，宋守約二月。宋豸離任，姑免究。

〇户給事張孫繩奏請酌群情效末議等事。詔各衙門都照這例行。

十三日丙辰，左中允范應期奏左贊善沈鯉養病事。上以沈鯉係日講，特與馳馹去，仍賜路費銀二十兩、紵絲二表裏。

十五日戊午，直隸巡按陳堂奏：蘇松督糧舒化，浙江副使程學博、湖廣副使王叔果、良藩并美，乞敕擢用或久任；知州吴善言、施觀民、林應雷、拙其驕、王貽德、龍宗武、余有年、諳大倫、劉守大、徐一櫝、唐邦佐、尹良任、周邦傑、陳用賓、周一經、茹宗舜、石繼芳、李淶、張燭等廉勤公謹，乞敕久任升擢；岳惟華，去之則才力可惜，留之則議論已彰，乞量行降調。俱下吏部，惟華革任。又奏：直隸副總兵官黄應申久任把總，張應選、祁民、表童、養浩、魯邦可備參遊之選，乞隨才升擢；張忠所當革任回籍。下兵部。

十六日己未，工部請遣中書梁欽往江西，監造南京禮部尚書之墳。奉聖旨：着本地方官與伊造葬辦祭，不必差官。

〇兵科給事中肖崇業條陳勵群工等事。

十七日庚申，刑科給事中秦燿請令各衙門堂上，督率胥吏，切禁其交通各王府走差棍徒，朋比作姦之弊，隨犯即拿究治。詔從之。

十八日辛酉，南京吏科給事中史朝鉉奏，京内守備申信背違敕旨、貪肆貽害事。聖旨：申信照舊策勵供職。該部知道。

十九日壬戌，浙江湖州府烏程縣人生員王思宗奏獻樂歌，謂曾見蔡氏《律吕新書》，作《孔廟樂章》。試于本部，又作《九調》，以頌堯舜禹湯中高宗文武宣王之德，各爲八句，用韻叶之。唐堯任賢圖治，諫鼓謗木；虞舜孝德彰聞，夏禹揭器求賢，下車泣罪，戒罪（按）此罪字，疑酒字之誤。防微；商湯解網施仁，桑林禱雨；中宗德滅祥桑；高宗夢賚良弼；文王澤及枯骨；武王丹書受誡；宣王感諫勤政。

○〖堯帝：〗大哉帝堯，垂裳聽治。濟濟哲英，股肱庶事。慮過弗聞，建鼓設木。讜言日臻，四海允穀。〖舜帝：〗君哉帝舜，於維盡倫。夔夔祇見，底豫厥親。孝德丕彰，釐降二女。謳歌來歸，受終文祖。〖禹王：〗神佑凝命，敷求善言。四方有奏，擊鼓以宣。見罪則泣，旨酒則戒。屹然治功，歸于有夏。〖湯王：〗天命玄鳥，降而生商。商湯解網，仁德以彰。身禱桑林，一雨千里。至誠格天，旱魃伊弭。〖中宗：〗太戊紹績，商道斯重。曷爲祥桑，朝生暮拱。迺省迺責，祇敬是圖。惟德勝妖，祥桑以枯。〖高宗：〗穆穆高宗，恭默思道。夢賚良弼，形求惟肖。位隆元宰，啓沃以導。有商中興，鴻業載造。〖文王：〗文王發政，至仁旁敷。野有暴骼，恫瘝乃膚。曰余惟主，瘞之丘隅，湛恩滲漉，光啓丕圖。〖武王：〗武王御極，諮諏尚父。曰惟丹書，於治有補。敬勝義勝，請事斯語。恭受且銘，永保國祚。〖宣王：〗夙興視朝，君人大禮。有賢宣王，亦嘗晏起。姜后奚罪，迺脱簪珥。感諫勤政，先烈媲夷。（按）夷，疑美之誤。

二十日癸亥，山西巡按張道一薦布政侯東萊董世彦、劉漢儒、孫應元等二十二人，薦知府董元道、胡來貢、祝尚義、鄒廷望等三十三人，皆廉勤公謹。下吏部。

二十一日甲子，廢景州知州白元爲民，聖旨曰：元所犯既在革前，姑照貪例爲民，追賍完日，發回原籍當差。

二十二日乙丑，太學士顧鼎臣懇缺。賜補廕，以其孫謙豫補廕，送監讀書。

○南京兵部尚書劉體乾以衰病,許回籍調理。

○西華門有軍人縊死,命罰參守衛指揮錢壽一個月俸。

○貴州巡撫蔡文奏討母嚴氏祭葬。命準照例與祭葬。

二十三日丙寅,發銀二十六萬兩。運送薊鎮支用銀五萬兩,運送大同支用。

○河南御史吴從憲又劾申信。

二十四日丁卯,以范應期充經筵講官。

○令巡按張守約、工部進士董廷策歸鄉養病,序班曹琚終養年老孀母,爲其奏乞也。

○命工部查看昭陵。隆慶皇帝陵也。爲其興建未久,便有損陷,顯是當時造作不堅,苟且完事故也。查覆訖,周宣、郭全革恩一等;易可久、石漢降俸一級;王宣法司提了問;熊汝達既已致仕,故並原;在部及管工程科道等官,都不究。

二十五日戊辰,遣南京禮部尚書林燫修理孝陵行禮。

二十六日己巳,雲南武定軍民知府方渠中途患病親老,不能赴任。詔渠着冠帶閑住。

○浙江巡撫方弘静奏:沿海官兵,邀擊倭于外洋。賞弘静銀二十兩、紵絲二表裏。

○又奏防礦官兵,截殄大夥流賊。詔這賊犯着,便決了梟示。

二十七日庚午,旌表湖廣孝子蔡玉、節婦牛氏等。

○吏科給事中劉不息奏請申明選規,以杜幸進。覈食俸,以勵臣節。詔下吏部。

○發銀二萬一千兩,送延綏支用。

○以直隸巡按王湘所奏,廢阜城知縣鞏邦固爲民。

二十八日辛未,黄河大漲。

〇令授五科不第舉人職,從河南巡按褚鐵之奏。

〇罷絳縣知縣張芹爲民,從山西巡按賀一桂之劾也。

〇罰鴻臚寺鳴贊劉甲一月俸,以四川御史侯堯封糾劾其不穿公服於六月二十六日早朝也。

二十九日壬申,令南京吏侍郎李棠在任調理,爲其患病,乞容休致也。

七月初一日癸酉,户部山西司郎中紀五常薦楊州同知陳可大效勞,直隸巡按張憲翔舉山東按察潘允瑞,以催儹效勞,國計無誤,歸德參將韓榮等以防護效勞,國計有裨也。

〇浙江巡按肖廩奏請以新建伯王守仁缺。舉盛典,以明正學。

初三日乙亥,黄河又漲四尺二寸。

〇英國公張溶等纂修穆宗莊皇帝《實錄》以進。

〇張憲翔請錄運糧把總楊東之功。

初四日丙子,吏科給事中郝維喬奏:酌議久任事宜,以一法守,以隆聖治。聖旨曰:久任之法,未及一行,而言者紛紛。朝廷之上,議論繁多,法守不一,何以圖治?郝維喬這本只爲科道官,不得升轉。今後着吏部查照近例,量其才力資俸,或内或外,一體升轉,但不必拘定一年兩次及多寡之數,不許再來煩擾。

初五日丁丑,工科左給事中李熙奏:乞以南京祭酒蔡清從祀,以之表章真儒。下吏部。

〇慶王薨,令主事唐鶴徵致祭。

初六日戊寅,吏工部奏:歲貢劉邦靖老疾,遥授冠帶,以全作養。巡撫蔡文母嚴氏病故,給墳價銀三百兩。

○吏郎河源乞致仕。下吏部。吏部覆奏曰:源年力壯盛,才器老成,頃贊臣等大計。外吏秉持公正,謝絶私交,其品格才力,堪任任用,不可休致,從之。

初七日己卯,發銀四百兩,與兵部尚書戴才妻穆氏造墳。

○直隸巡按王琢玉奏:廢安東知縣秦應治爲民,以其侵商民冒鹽政也。

初八日庚辰,遣徐文璧致祠行禮于穆宗莊皇帝,以《實録》之成也。

○令錦衣衛相視良醞廚役楊忠小厮吴海之自縊緣由來説。

初九日辛巳,直隸巡按張憲翔奏:督糧參政潘允端、歸德參將韓榮等力催漕運,防護漕轉。下吏、兵部紀録擢用。

○南京刑部尚書謝登之乞辭改任,以安愚分。以卿才望素著,總督倉場,特兹簡任,已有成命,不准辭。

初十日壬午,南京吏部尚書王本固懇奏衰病願乞休致。詔回籍調理。又令郎中王體復、進士王繼明養病。

十二日甲申,以《穆宗實録》之成,鴻臚奏以十三日慶賀,禮部奏以十六日筵宴。着定國公徐文璧、尚書王崇古、張瀚初、王國光、萬士和、譚綸、王之誥、郭朝賓、葛守禮侍宴。

十三日乙酉,南贛巡撫劉思問奏:於韶州添設練兵同知一員。

○遣尚寶司少卿徐暎監造慶王之墳,以恤喪禮。

○慈寧宫成。

十四日丙戌,以《實録》之成,賞監修等官,各銀十兩、紵絲一表裏;監生生員等,銀各十兩、紵絲一表裏。

〇雲南巡撫鄒應龍奏,霑益知州莫惟學,通土酋賄越省繼子。着革任。

〇吏部奏申明選規,以杜倖進等事。覆吏科都給事中劉不息條陳核食俸,以勵臣節等五事。合依議。

〇發銀八千兩送薊州,買撫夷馬。

〇山西巡按許乾薦左布政使董世彦,潞安知府胡來貢。

十五日丁亥,加監修官張溶少保,仍兼太子太保,總裁輔臣張居正兼支尚書,俸廕一子做中書舍人,吕調陽加少保兼管照舊,喜《實録》之成也。

十六日戊子,以南京工吏部尚書劉光濟爲都御史,趙錦奉改廢濮州知州何汝健爲民,從直隸巡按暴孟奇之劾也。

〇以兩省竊匿劇盜,既已捕獲,贖嚴大紀、周于德罪管事,王國任革職爲民。鄰境有功官員,錄用示勸。

〇賊犯聶朝明等,即便處決梟示,以江西巡按凌雲翼、燕儒宦之奏本也。又奏:九江府主事楊柟貪縱不檢,與九江府通判郭希泰抗暴無度。燕又奏:南贛巡撫范欽養寇貽害。

十七日己丑,太學士張居正、吕調陽辭免恩命。答張曰:皇考功德,紀述詳悉。卿總裁首臣,勤勞爲最。加恩已有成命,宜即勉承,不必固辭。答吕曰:皇考功德,紀述詳悉。卿總裁輔臣,勤勞茂著,書成加恩,累朝彝典,已有成命,不允辭。

〇禮部奏:以蔡清特建鄉祠,春秋致祀。表章真儒,一體崇祀。詔曰:祀禮所係甚重,非死事定國,禦災捍患,有功於民者,不在祀典。今各處既有鄉賢祠,以崇祠一鄉各士。此外又行特建,殊非事體。這所奏,姑依議行。今後有請乞的,務要斟酌古今典制,慎重詳覈,毋得徇情,一暨題覆。其各處鄉賢各宦,着巡按官一體查勘釐正,有不應入祀者,即行革斥,毋使清濁混淆,致褻明典。(按)暨,疑槩之誤。

十八日庚寅，以《穆宗實録》成，升總裁申時行詹事府少詹事兼翰林院侍講學，（按）恐落士字。照舊管事。升王錫爵院侍講學士，王希烈各升俸一級。纂修官羅萬化升侍讀，趙志皋等修撰，林偕春等俱編修，范應期等各升俸一級。催纂等官生，各令升授。

十九日辛卯，大學士張居正再辭恩命。諭曰：卿每事有功不居，屢辭恩命。兹又惓惓以君臣分義爲言，具見忠貞大節，特准辭廕，以成卿美。兼俸可勉承之，稍存舊典史云。

○以薊遼總督劉應節爲南京工部尚書。河南巡按褚鐵奏，廢懷慶通判揚允中，封丘知縣李呈明爲民。

二十一日癸巳，發銀七千兩送薊鎮，議處撫夷買馬。

○穎州兵備僉事劉得寬衰年久病，乞休致。恩賜四品服色。

二十二日甲午，吏給事劉不息奏：内外官員，歷俸三十六個月，方准考滿。奉旨下吏。

○山西巡按許乾奏劾寧夏都司戴椿、楊世勳革任。

○楊兆爲薊遼總督。

二十三日乙未，江西巡按凌雲翼奏廢貪縱通判郭希大。湖廣巡按李拭奏廢宜章知縣陳憲爲民。直隸巡按王湘薦易州兵備副使高文荐等。

○叙録纂修人員吴自成、徐繼申、馬繼文、黎民表、章子誼、劉大武、沈洧、張德化、劉叔龍、喬承華、吕道爔、鄭瑶、王贊襄、成楫、何初、高民怡等三十人，俱升一級，監生七皆升，譯字七爲序班。

二十四日丙申，革漕運官員周以敬爲民，以擅離職守也。

○以御馬監太監商敬、周海提督四衛營勇士操練。

宦者也，乘轎而行，呵從甚盛。

○革遊擊左祺任并劉秉忠，令巡按提問以奏，爲妄報夷情也。

○復大理評事錢志學姓董。

○留知縣葉春任，以崇安惠安縣旗軍小民等奏乞保留，以安戎鎮生靈也。

二十五日丁酉。賜監生李明善、儒士楊世清等冠帶，爲納銀以裨國計也。

○河南巡按褚鈇奏復廢閑人才鉤州知州陳吉職。山東巡按俞一貫奏廢單縣知縣劉伯醇爲民。直隸巡按王湘薦兵備官員，易州兵備高文荐、垻州錢文藻、永平宋守約、薊州王之弼等，皆極一時之選，乞備擢用。又薦有司官員，保定知府劉泮、河間同知洪濟遠、保定同知李琮、推官劉登庸、通州知州張智望、密雲知縣邢玠、任丘郭汝崇、清苑郭四維、吴橋龔勉、文固安李宜春、河間段補、遵化宋仕、獻縣高荐、滿縣由九峰、大城忽鳴、蠡縣謝良琦、昌黎孟秋、撫寧張彝訓、寶城王家相等，皆廉勤公謹，乞敕擢用。又訪得長蘆運判王德音、鹽山知縣楊資坤等，履任僅踰期年，貪墨難掩衆議，當罷斥以警官邪者也。昌平知州葛承嗣，操守雖未有壞，才諝實難稱職，所當改調簡僻，以示懲創者也。完縣知縣越民瞻，據其才守，難以牧民，但其年資尚可造士，所當改教，以全器使者也，伏乞敕下吏部。查果臣言不謬，將劉泮等擢用，王德音等罷斥，葛承嗣調簡，越民瞻改教。庶甄當而賢否不淆，守令勸而治化益隆矣。吏覆奏：王德音等革職，冠帶閑住；葛承嗣等依擬改調。

○雲南巡撫鄒應龍、鎮守總兵黔公沐昌祚奏地方盜息民安。鄒又奏革弊端，以平政體事。

二十六日戊戌，升王一鶚都察院右僉都御史，整飭薊鎮等處兵備，兼順天等府巡撫。

○以《實錄》之成，欽賞英公、張、吕等，每銀八十兩、紵絲四表裏、羅衣一襲、鞍馬一匹；副總裁左侍郎王希烈，文人云云。止於羅衣以上；其餘纂修官，范應期以下，各賜銀兩、衣服有差。

○吏給事中劉不息劾甘肅巡撫廖逢節滿不及期、妄肆欺瀆之罪。

奉旨調南京別衙門。

○禮奏，八月二十八日秋分，祭夕月壇，請聖駕親詣致祭。令暫遣官代。

二十七日己亥，直隸巡按王湘薦境内人才，前兵部尚書郭乾。又薦教職，新城縣教諭常正記等。又舉武職，訪得協守西路副總張臣石、塘嶺付陳勛、門寨張拱立三人，堪備大將之選者也；三屯營右參將羅端、燕河營參將聶大經、横嶺參李時、紫荆王撫民四人，可備副將之選者也；振武營遊擊賈斌、遵化陶世臣、遵右營吴惟忠、昌平李世臣、松棚峪谷承功、大寧都司都司（按）下都司二字，恐衍。李迎恩、密雲守備張玠、黄花劉確、永平李惟學、冷口葛紹、一片石提調李尚盾等，可備參遊守備之選。太平寨參王禄、喜峰守王之宇，均當罷斥。内之宇，當提問者也。居庸參劉戡、河間遊劉國賓、天壽山守朱承勳等，據其操守，皆爲有疵，但其才力或可承勵，當降調以示懲創者也。乞敕兵部將張臣等循資擢用，王禄罷斥，王之宇提問，劉戡等降調等因奉云。兵覆奏：王禄等革任，王之宇提問，劉戡等依擬。

二十八日庚子，工部右侍郎陳一松等奏：陵土損陷，乞行查究，以警臣工。詔曰：古人送終之禮，必誠必信，勿令有悔。昭陵玄宫，係先朝造就，後止增建寶城、殿宇等處，費以五六十萬，亦不爲少。各官乃不用心，苟且完事，以致一二年間，即便損壞至此。及有旨差官查看，又只朦朧回護，不行實奏。這厮每蔑視陵寢，貽朕痛悔，罪不可宥。着都察院會同工部，通查前後經管人員，參來處置，一應修造等事宜，工部看議來説。都院覆奏：太監周宣、郭全降三級，革去管任；工部右侍熊汝達已致仕了，冠帶閑住，主事易可久、石漢降三調外，王宣法司從重問擬，朱衡着以尚書致仕，餘官革了。

八月初五日丙午，都院覆直隸廣東巡按王琢玉、張守約之劾。廢安東、惠來知縣秦鳴治、倪良材爲民。河南巡按褚鈇奏劾懷慶通判蘇應缺。貪庸。旌修武生員薛復亨妻王氏貞節。

十一日壬子，以國子監祭酒林士章爲禮部右侍郎，王錫爵爲國子監祭酒。

聞王祭酒當代之名賢云，聞之禮部監生。

○廢武平知縣黄確爲民，從福建巡按劉良弼之劾也。廣西巡按唐鍊劾南寧府同知劉漢之貪縱。

十二日癸丑，建州屬夷聚謀挑釁。命遼東巡按郭思極、廣寧總兵李成梁相繼[1]處置。

○命表平谷縣生員劉廷梅等母[2]郝氏貞節，奉聖母慈諭宫中。工部於會極門接出聖諭。

○再發銀一萬五千兩，修整河泓橋；一萬五千兩，修理胡良河。

○山西巡按賀一桂奏廢開州知州宋訓爲民。着以原職降一級；以獨山知州林如桂，降補軍民府通判；延慶知州王鋭，降補慶陽府通判。

【校勘】

［1］繼：底本作"幾"，依文意改。

［2］母：底本作"毋"，依文意改。

十三日甲寅，兵科都給事中蔡汝賢奏：江防蕪湖縣，太平府。儀真縣南門外。久廢，夥盜劫倉庫，燒人口。公行，乞敕當時重臣悉心經理，以杜後虞，安地方。答曰：南畿重地，武備不修，江洋盜賊公行，該巡按官所幹何事？科道衙門，公論所出，如今人臣爲國家任事有功的，便苛責搜求無已，因循疏怠、玩時失事的，却一言不及，公論何在？着吏兵部看了來説。

○湖廣巡按李頤奏：屯糧積欠甚多，今後宜令降級革任官，完納其欠數。委用屯官，年終查其完欠數目，以定次年去留，不必拘泥，五年期限下户。

○欽賞内閣張居正膳九品、酒五瓶，吕調陽膳七品、酒三瓶，果品俱全。

○詔遼東巡按郭思極，提了清河守備姚大節以問，王惟屏免究。

十四日乙卯，聖節欽賞大學士張居正金八寶三十兩、膳九品、長春酒五瓶，吕調陽金八寶二十兩、膳七品、長春酒三瓶，講官丁士美萬壽字簪一對、銀十五兩，正字官一根、金八寶二個，講官范應期萬壽字簪一對、銀十兩、金簪一根、銀八寶四個。

○江西巡按御(按)疑脱史字。凌雲翼奏：南昌、新建、進賢、豐城濱臨大江，界接鄱湖，地勢低窪，春雨彌月，洪流決堤，渰田灌廬，晚禾亦不得種。五月晦日，豐城草蛟競出，山摧谷裂，平地成港，民居傾倒百數。又新淦、新喻、萬載、永新、永寧、廣昌、安仁、臨川春夏連雨、牟麥無收。五月晦間，驟雨傾盆四日，遍處蛟出。近江田土，沖決成河。撫州地民舍漂流，人畜溺死，不可勝計。南康府，六月晦日，驟遇狂風，大雨如注，湖水洶涌丈餘。近河民屋，沖倒百十餘家。紫陽舊築堤防，依舊不塌，亦被沖決。城樓墻垣俱塌，城内文廟衙舍俱各傾倒，樹木拔去百十餘根。田禾沖渰，不計其數。九江德化縣，七月初一，蛟龍并起，平地水涌數尺，山田摧塞，溺死人畜無算，紛紛呈告，所不忍聞。即今雷雨間作，將來之患，恐不止此，皆臣等奉職無狀所致，除通行修省及行司道，逐一查勘計處外，臣竊以江省土瘠民貧，雖豐稔之年，民猶艱食，今值災傷，將來俯仰無資，税糧必艱輸辦，臣會同巡按燕儒臣，將被災縣分覆勘的確，多方計議，凡可以加惠窮民，俾不至失所者。悉心便宜處分，亦不敢一一瀆奏。惟慮災傷重大，民生困苦，臣力傾竭，有難弘濟。另將蠲恤事宜，從長奏請定奪。臣伏念水旱災傷，所不能無，而修德應天，明君所不敢懈。頃者皇上俯念畿内亢旱，築壇宫中，竭誠露禱，通行諸司，一體省戒。中外人心，無不仰頌，猶願皇上雖處九重之遠，不忘四海之憂，務正學，親賢臣，以憂念畿輔之心推之以及天下，則災異可弭，和氣可回，太平可致矣。臣不勝懇乞祈望之至。下禮部。

十五日丙辰。虜蔡汝賢奏本曰：近來各巡撫兵備官，將詰戎弭盜，視爲末務，謾不經心，地方何賴？董堯封降級調外，宋儀望既到任未久，姑着戴罪，嚴督各官，立限捕賊。各巡按巡江御史，候差滿之日，都察院從公考察，丁應璧照罷軟例革任，冠帶閑住。承應奎等錢立等住了俸，李亞春革了職，都着戴罪緝捕，候拿獲真賊，具奏定奪，命行之。

○欽賞張閣老膳九品、酒五瓶，吕閣老膳七品、酒三瓶，果品俱全。

十六日丁巳，兵部奏：虜釁已成，秋防勢急，乞暫停堡工，以節軍力。備戰守事，看得山東巡按郭思極具題前因，大率謂議遼陽迤東、孤山、險山、江沿臺、寧東、新安、大佃子等處，見奉欽依舉事。其地東鄰吴堂，北鄰王杲，乃諸夷必爭之地。當時地方無儆，屬夷效順。吴堂既不能爭，王杲又不能爭，移之誠爲得策。今王台賄結土蠻，土蠻連合諸酋，窺犯該鎮，其謀日彰。王杲等反側犯順，方在議處。若貢市不通，在彼友爲搶掠，險山兵少力疲，防禦且猶不足，豈能復事版築？酌量時勢，要將前項功力暫行停止。操鍊待敵，名一節爲照，孤山等六處，先該閱視。侍郎汪道昆據該鎮總兵官揭議，及親詣彼中詢訪，酌見地利肥衍，形勢險阻，可以戍掖，是以具題。本部題：奉欽依行，令撫鎮等官修築去後，今郭思極因見近日東虜收服各夷，意在窺犯。屬夷反側，將與連合。且六堡與王杲、吴堂，地方相鄰，原非各夷所欲。近報王台選兵，要與吴堂仇殺，恐假此擾害我邊，必須用兵防範。又險山兵多力疲，緩急難用，欲其暫停堡工，以免目前近夷之擾。養冦蓄鋭，以防不時土酋之侵，良爲有見。蓋在平時，則拓地阨險，是爲要圖；遇有事則聚兵待敵，尤爲急務。順時勢之相，爲緩急之計。要難執一，相應依擬，合候命下本部，移文遼東撫鎮官，查照所議，將前項險山等六堡，移建長嶺等處，見修工程，酌量議處。如果時勢未便，暫且停止。候聲息寧謐，方行修築，仍申飭大小將領。當此秋防，虜已聚謀。屬夷反側之際，務要整兵秣馬，比常萬分加慎。毋得視爲泛常，致誤事機，自干國典。奉聖旨是。

○河道都御史傅希摯奏黄水漲入茶城、河道淤淺事。命速開濬。

○户部奏：國計甚詘，邊費孔殷，發銀九千六百兩，送永平支用。

十七日戊午，薊遼總督劉應節奏：逋民負固日久，仰布天恩，盡數歸順。海島悉平，永拔兩鎮禍本事，臣等看得島民盤據三十餘處，負固三十餘年，時久難羈縻，勢重難驅逐。惟設官兩處，協同緝捕，使居者不增，來者漸止。如侍郎汪道昆所議，庶爲得策。但海水無涯，島嶼千里，不能用防，深慮養釁。與總兵官李成梁、巡按郭思極計議，因選乖覺丁夜數人，同都司蘇承勛，執票駕舟，赴島宣諭，誘以“爾犯罪惡，奉詔應免。爾祖宗田墓在遼者，安忍久棄？爾等已往糧差，亦不追賠，以後幫軍幫馬，通不許攀扯，此正爾生還故土，保全身（按）恐有落字。之時，失此不從”。今造樓船百隻，會發軍兵，蕩平巢穴，島民皆感泣，稱願回衛。其間桀黠者，恐其誘回擒拿治罪，令島首羅景相等八名，出見巡按及張巡撫。俱許以復業免罪，量賞木布，感悦而去。以至二月，未見回崖消息。郭御史因帶蘇承勛出巡金州，差人往諭。張輔等八十二名，上岸見御史，安慰給賞。張巡撫分别壯丁老幼，酌給銀兩，用是懽呼，傳布半年，四千四百餘名，盡數回還。前此每糾衆駕船，行劫于登萊，彼中奸民，乘機爲盜，一害也。兩鎮軍民亡命者，趨爲淵藪，二害也。搶奪沿海居民，沈人奪船，莫敢赴訴，三害也。朝鮮相去甚近，每劫其財物馬匹，公然赴州縣，亦久賣，不敢緝捕，四害也。逃軍半渡，沈於中流，而盡歸其行資，在遼以逃，伍行清勾，不知生死，五害也。先有夾勦之議，耗費甚多，且傷朝廷好生之德。張巡撫獨持招撫之議，郭巡按又勤巡諭，不加一兵，不戮一人，消平憂患。凡其屋室井竈及碾磨居食所需之物，俱蕩平無存。其協謀宣力之人，所當論功行賞者也。撫按官，功當首論，總兵管李成梁、從厚升廕。其餘涉海人員如蘇承勛，志行忠誠，才猷老練，前任金州守備，恩義素孚。今復不避艱危，往來三月，卒全衆命。宜加參將職，照舊管事，超升世職，以酬其苦。其餘乞敕兵部升賞，以勸有功。再照善後之計：

其一，專責登州都司金州守備，悉管諸島，每當三六九月，帶兵搜捕。如有一人在島，照謀叛例擬重罪，兼坐二州官員。

其二，嚴加防守，金復兩衛，地皆濱海，如石城、廣鹿、長山諸島，遠者二十里，近不下十里。三島各建公館所，移本衛官一員，專住如守堡例，徧島内舊軍爲保首，以新來者附之。鈐束節制，以絶再逃之望。

其三，加存恤。島民初歸，扶老攜幼，家口衆多，貧難相仍，極可矜憫。如各衛幫軍買馬養馬之費，俱照丁出銀之例，限十年勿差。已往罪犯，不分輕重，悉與宥免，然後可慰各丁生還之願矣。

其四，編船隻。國初，山東俱以本色餉遼，故通舟楫，今山東本色不可卒復，則海運之法，必不可行。若不禁兩處私船，是仍開遞送之途也。合無將海岸民船規制，不過盈百，日以三隻，令其搬運米薪，捕採魚鰕，編立字號，聽島官點見。如有私造者，治罪入官。其餘歸併渡口，申嚴譏察，設立保甲。禁革科斂，撥給荒田，修復墩堠及未盡事宜。臣等見今應行者施行，應革者禁止，不敢縷縷以瀆上聽。至于建都司衙門于登州事，但令島民歸附，似應停止，以省勞費。乞敕兵部酌議施行。賞銀有差，裴應章升吏左給，中湯聘尹升户左給，歐陽柏吏右給，梁式禮右給，象用和刑都給。

十八日己未，直隸巡按王湘奏：畿輔重地，水患異常，災傷重大，懇乞天恩。軫念民命，俯賜蠲豁糧差，以安地方事。據順天府霸州申據、本州長春等里老李世守等連名告稱，本地當九河下梢，勢極卑窪，每遇夏秋，即遭渰没。今七月以來，大雨不止，諸河漫溢，禾稼一概渰没，人畜墊溺，廬舍飄沖，秋收無望，民不聊生。乞委官踏勘蠲豁，一應糧差，并乞賑濟等情。到州隨該本州知州郝汝松，親詣踏勘。得水患委實重大，係于民瘼，豈容坐視。理合申乞題請等因，又節據涿州、永清、東安、同安、武清等州縣、各將水患災傷緣由，大略相同，陸續申報到。臣會同巡撫右都御史楊兆、巡按直隸孫成名，議照前項州縣，係圻内根本重地，連年水患，爲百姓困苦已極，疾病者未甦，流離者未復，乃今又遭霪雨，千里之外，禾稼既已淹没，物産又多墊溺，人心洶洶，殆不知有生之樂。復益之以程科之擾，是重其困苦流離，而驅之爲盜耳。密邇輦轂，萬分可重，是皆臣等奉職無狀，上于天和所致。除臣等痛加修省，及通行所屬查議救荒事宜，另行外所據蠲免賑恤等項。相應題請，伏乞敕下該部查議，合無仍行，臣等轉行各兵備道，將各所屬州縣衛所關營，通行踏勘。但被災水患災傷去處，將萬曆二年分夏税秋糧馬草等項，分别破格蠲免。其各宫莊馬房子粒等項錢糧，被災分數，亦照民田則例，遞爲減免。中間被災獨重，不能自存者，查動倉庫錢糧，量爲賑恤。庶民生困苦少穌，而地方可保寧謐矣。下户。

〇以何寬爲操江都御史，龐尚鵬備望。

十九日庚申，直隸巡按王湘奏荐楊貞節，以厲風化事，據密雲兵備右參政王一鶚呈，據平谷縣申據間學生員李桐等呈稱：縣生員劉廷梅之母郝氏，致仕知縣瑄之女，年十七，配本縣人劉伋爲妻。將及三年夫逝，家貧守節，耕田以聊生，修婦功而教子。五十餘載，始終如一，持身金石，莫逾鄉曲，士民莫不欽服。至八旬以壽終，理合表節等情，猶恐不的。覆行本社查勘去後，隨據老人杜甫祿鄰佑楊春結稱，本婦自幼喪夫守節，迄今五十餘載，不變初心，如虛甘罪結，到縣覆查相同，備申本道。看得故民伋妻郝氏，于歸三載，即失所天，守節終身，不渝其志，已于人情所難。授經教子，克昌厥後，歷風霜者六十年，茹荼蘗者千萬狀，貧自甘於恤緯，事已定於蓋棺。既經該縣覆行結勘，取具師生里老鄰人等甘結前來，似應俯賜題請，以厲風教等因。又據阜城縣申準儒學牒呈，據生員鄭緒繼妻白氏，伊夫在日，委的順以事夫主①，孝以事翁姑。撫育先妻董氏所遺五歲子鄭扛，無異己出。遂有賢名，稱於鄉里。伊夫病故，白氏年二十歲，鄉右求爲繼室，夫伯奪志改嫁。本婦晝夜號痛，稱病不食，情辭酸愴，堅志不從，恪守貞現。(按)現，疑誤。教子鄭扛，學已成名，補庠廩生，扛亦病故，哀慟不已。强與子婦高氏同居寡室，年飢家貧，撫養遺孫鄭本、鄭立，間日一餐，夙夜艱難。教孫積學，悉充庠生。孀居至今，年七十六歲，委的貞節，例應表揚等情。牒縣云云到道道，伏乞敕下禮部查議，將節婦郝氏等，照例題請，建立坊牌，表樹其門，庶旌勸加而人心知奮，節義重而風化益隆矣。下禮部。

二十日辛酉，工部奏，遣侍郎陳一松、郎中賀幼殊、主事胡緒，修理昭陵。

---

① 夫主：丈夫的敬稱。“主”爲朝鮮語表敬人稱助詞“님”的音譯。

○以大學士李春芳之子茂年，改廕尚寶司司丞。

○賜納銀儒士李從立等冠帶。

二十一日壬戌，屬夷聚謀挑釁，敕張學顔、李成梁十分戒備，并議相機擒勦，以振兵威，以肅國體事。兵部奏曰：中國所以制馭夷狄，惟威與信，故無事則慎固封守，謹嚴出入，而勿輕以啓釁。有罪則先之文告，維（按）維，恐繼之誤。之征討，而必得其罪人，此昭德蓄威之義，所以服外安内，殆無易于此矣。建州爲我屬夷，邇來貢摠（按）摠，疑誤。無聞，邊境藉以稍寧，即有一二撲捉，又可起釁。自可諭以大義，責其必還，而又以降人歸之。則信義不失，夷情自服。乃裴承祖，始則自反不直，致起釁端，末復輕入虜營，以致殞歿。大損國威，良可深恨，即承祖，死不足惜。而夷酋來力紅等，世受國恩，爲我屬裔，輒敢戕殺將官，罪實難赦。亟宜興師問罪，以一懲創。顧其事情之實，猶未詳知，而承祖遇害來力紅之寨，則力紅者，實爲罪首，但查力紅爲王杲黨。來力紅、王杲宜加誅以明冠屨，各夷自知罪惡深重，若遽爾加兵。恐其畏罪遠遁，罪人未必可得。見監夷人三十九名乃送還，被虜之人，非下手行兇之衆，舍其首惡，而以此輩抵罪，既不足以正法，且非所以示戒。爲今之計，謂宜先將王杲等貢物劫回，且絶與貢市。責諭王台將造逆，首從諸夷。查勘的確，將來力紅等逐名執獻抵罪，務與狀殺之罪相當，方可寬解。若執迷不知悔禍，乃宜加兵，一切處置機宜，務爲詳慎，毋得急遽倉皇，致有失策。其楊騰等不行約束救援，未即論其前罪，且當責其後效，及丁倣等堪備備禦員缺，一應事情，既該劉應節等具題前來，相應通行議擬，合候命下。將丁倣量加遊擊職銜，管理撫順備禦事務；楊騰、曹簠、馮顗，但令其戴罪管事。候秋防畢，聽巡撫官酌量功罪。具奏議處，本部因咨巡撫張學顔，會同總兵李成梁，先將王杲絶其貢市，仍曉諭王台。以朝廷恩威，必難違犯；王杲等罪犯，必難貸縱。將謀作歹夷人及來力紅等正身，一一綁獻闕下，與殺死軍數，務要相當，乃許贖罪。仍爲更置頭目，復其貢市。若執迷不悛，會同選調精强人馬，多被火器，或以正兵擣其巢穴，或以出奇擒其首惡，期使罪人斯得。國威得伸，一舉成功。萬全無失，乃爲得策。其監夷人宣諭，候執獻罪人，既足相當，另行遣回。一面移咨都察院，行巡按遼東，將前項失事，從公查勘的實。要見有無隱匿重情，境外身亡官軍，實該恤錄。逐查明白，限十二月以裏回奏。其遣下坐營中軍員缺，另行推補，故有是命云。

○升何寬南察院右副都御史，提督操江兼管巡江。敕曰：不時巡歷該管地方，着實整飭武備，弭盜安民，不許怠玩廢事。

○四川巡撫曾省吾奏，革河泊衙門，以省冗費。

○升員外張堯年爲職方協司郎中。

二十二日癸亥，禮部奏屬國感激天恩，再送被擄人口事。覆遼東巡撫張學顔本：奉聖旨，李諱屢次送還人口，具見忠順，賞銀一百兩、綿四段、紵絲十二表裏，寫敕奬勵，其餘都依擬。觀察尹毅中、李文馨、節度張弼武、押解通事官全希獻以下，俱各效勞，賞各十兩，紵絲一表裏等。

○福建巡撫劉堯誨奏海邦平復，乞留有司官員。詔曰：福建地方多事，各府州縣俱緊要，官員何乃缺至一二年，不行銓補，恐各邊遠繁難地方，大率類此。民生何賴，着吏部一一查補，或就近升用，毋得隔遠調升，以致遷延誤事。其已經銓補，久不赴任的該科，查憑限已遠，即便參來究治。

○尤溪知縣趙佑卿乞歸終養，許之。

二十三日甲子，山東巡撫傅希摯薦舉方面官員，訪得左布政曹科，左參政劉庠分守海石、東兖道。右參政劉有誠、左參議蔡應揚、按察司清軍副使葛大紀、原任參議升提學副使余立、武定兵備道僉事劉世賞、分守濟南道僉事郭良，以上諸臣，切爲藩臬之良，所當薦揚者也。内余立，任雖未幾，係本省升擢，例得併薦，如蒙敕下吏部，再加查訪。如果臣言不謬，將曹科等以次擢用，庶臣工知勸，而治道有裨矣。又舉劾有司官員，以昭勸懲事。訪得兖州知府游季勳、推官宋大儒、登州知府李應選、推官韓杲、青州府知州（按）州，恐府之誤。[1]唐維城、推官沈應，又萊州推官樊克宅、東昌府推官謝師啓、曹州知州劉蔡、膠州王琰、沂州沈應科、滋陽知縣王蔚、章丘沈涵、諸城趙楫、臨朐苗勃然、恩縣韓屏、陽信知縣白棟、樂安知縣姜璧、德平程沂、館陶李沖、萊陽王一鳳、濰縣崔應麒，以上皆廉勤公謹，所當薦揚，以備擢用行取者也。又訪得寧海知州李應斗、魚臺知縣張守約，此二臣者，振奮無繇，任未及期，贓私未甚狼藉，所當容令致仕者也，改教以示曲全者也。新城知縣馬雲鳳，地方非其所宜，莅甫及六月，所當量調簡僻，以全器使者也，如蒙云云、將游等，循資擢用行取。李致仕，張改教，馬調簡庶。勸懲不爽，而吏治可清，守令得人，而民生有賴矣。俱奉聖旨，吏部知道。

〇遣尚書郭朝賓，告修理天壇與工事。

【校勘】

［1］州，恐府之誤："知州"此處不誤，宋初鑒於五代藩鎮之亂，留居諸鎮節度于京師，而以朝臣出守列郡，稱"權知某軍州事"，意爲暫行主管某軍州兵政、民政事務。其後文武官參爲知州軍事，總理郡政，省稱曰知州。明清因之，并定知州爲官名。

二十四日乙丑，漕運總督王宗沐奏異常風雨，海嘯河溢，地方重大災傷事。據徐州兵備副使舒應龍呈：蕭縣七月七日河至，九日南門西城垣沖倒，又七處倒壞，共三十六丈五尺。四門俱水，哭聲震野，没二百餘間，死人未的數。徐州六月晦，前河漲。七月三日以後，愈大至九尺餘，沖去數十餘間，田廬俱在巨浸，糧食漂流，豆秫盡腐。碭山六月十九日淫雨，廿七日，河由陳孟口出，浸淹民田。七月暴漲，又從關家莊横流，平地約深五六尺，環城爲海。淮安府七月望，惡風大雨，拔木撇屋，聲吼如雷，忽致海嘯。黄河與淮，并發匯歸，而所屬郡邑，遂爲江洋。秋禾一空，清河、山陽、安東、鹽城等民居漂蕩，約計一萬六千五百餘間，淹死人一千六百餘名。鹽城城塌百十餘丈，邳宿運河堤岸，決壞漫頂。而睢寧、桃源、沐陽、海贛各州縣被災俱同。又據揚州屬如皋、泰興，一春無雨，二麥少收，三時亢陽，秋禾盡枯，改種豆菽雜穀，正當長茂。七月望，狂風驟雨，海嘯潮漲，民居沖倒無存，淹溺死者無數。海山縣,七月望惡風猛雨,江海泛溢,城壞二百餘丈,傾倒民居千二百餘間,淹死人三十五名,哭聲振野。其餘州縣衛所并各鹽場,被災相同。特以道遠,差報未齊。淮徐歲患,今歲尤甚。備員三載,無一善狀,三經告災,臨奏屏營,措躬無地,乞敕該部議處賑恤,着户部看説。

二十五日丙寅,户部(按)部,恐科之誤。都給事中賈三近等奏:亟拯徐淮赤子,以固中原,以消隱憂事。臣等接得王宗沐奏内,稱本年六七月以來,淮、徐、揚州諸處,淫雨連亘,大風非常;黄河瀰漫,淮海齊發;簸揚震蕩,天地晦冥;城郭頽損,田廬蕩平;陷溺人民,號哭震野。似此大變,亟宜蠲賑等因,臣等見之,不勝驚惻。夫自綦隆極治,豈能盡保斯世斯民,無逢災害哉。放勳之世,浩浩襄陵。天乙之時。焦金流石,國無捐瘠,民無流亡,以其勤恤儲備者周也。是故事有輕重,情有緩急,人值手足之患,姑按方而徐理之。至於腹心之疾,則秦越人之所驚也。非察血脉調元氣,未可收效朝夕間矣。方今孰不謂嶺表連兵,遼左告警,餉不繼請内帑,其事誠重,而其情誠急也。然以此較彼,嶺表遼左,猶手足之患也。淮、揚、徐、沛,則腹心之疾也。蓋國家建都與關中洛陽異,東西北面,阻山爲守,惟南面而朝諸侯。天下貢賦,北面而輸之,泝流而上之,□直一縷耳。故神京其堂奥也,山東其衢途也,淮揚其門户也,運道其咽喉也。以此言之,其事更重,而其情更急也。目今淮徐之民,疲殘極矣。沃壤之區,滙爲洪波。禾黍之場,廢爲茂草。歲苦昏墊,民不得耕。垂二十年,流離輾轉,蓋强半焉,猶有二三遺黎未就溝壑。日呻吟於淒風苦雨之下,敝衣不掩膝,藜藿不充口,尚以逋脱征輸。纍械箠楚,相追迫焉,如此愁苦,可聽其重罹此災變,而不一爲之所哉。且地非他人,即芒碭、塗山之墟也,東連滄海,西接兩河,南抵大江,北羅齊魯,周旋數千里。井里蕭條,廬煙稀闊,其人趫捷獷悍,易動而難制。其間鹽場礦穴,皆盜窟也,瀕河愚氓,更惑於福田利益之説。益信白蓮無爲諸教,百十爲群,男女雜處,説法誦經,夜聚曉散,無亂之形,有亂之萌,臣等竊爲寒心焉。夫以趫捷獷悍之民,備凋殘缺。苦之狀,更罹此漂没陷溺之災。人情嗷嗷,欲其不爲奸邪寇盜,不可得也,況水爲兵象,尤當豫防。及今若不大破拘攣,速爲曲處,恤飢賑窮,省徭蠲賦,惠此一方元元。但恐國家之憂,不在邊疆,而在中原矣。臣等疏愚,待罪民省,目擊耳聞。竊抱古人積薪待焚之懼,用是不避忌諱,披瀝上陳。伏乞皇上軫念此方蒸庶重遭阽危,敕下該部,速議破格蠲賑。仍申飭州郡有司,無事虛文,務求實惠。其一切救荒弭(按)恐有落字。事宜,聽彼處撫按諸臣悉心講求,不在震懾威靈,而在撫安經略;不在攻擊奸邪,而在調護元氣。庶使淮徐蘇息,而千百運艘,可保無虞。中原奠(按)恐有落字。而一二邊徼,不足慮矣。下户部。

二十六日丁卯,大學士張居正奏:誥敕房缺官,推修撰沈懋孝、編修高啓愚管理。上曰:"是。"

○許尤溪知縣趙佑卿終養,許編修張位送母還鄉。

二十七日戊辰,兵科都給事中蔡汝賢奏:懲既往勵將來,乞敕申明舊例,以重責成。靖地方事,臣等竊惟法之行也,必由内以及外。而後人知識守之嚴,必自上以及下,而後無推諉之弊。況腹裏郡縣,又法紀所自出,即便奸宄潛弭,上下相保,亦社稷之役,非臣子所得言功也。顧可使畿甸之内,盜賊公行紛紛,曾莫之忌,尚得爲任事之臣而不處之哉。臣等自待罪以來,每見四方奏報,傷人劫庫之盜,無歲無之,亦無省(按)省疑眚。尤之及。考其所以罰治者,止于有司,推而兵巡則末減矣,又推而撫按,則置之不問矣。以故法日弛而盜日熾,寇盜不已,則爲明火之盜,明火不已,則爲劫庫之盜,轉而奪獄攻流之毒,地方横溢而不可制,稽之往牒,可鑑也。如近者蕪湖縣失事,盜至二百餘,劫去銀五六千兩。尚爾轉换支吾,漫不經意。伏蒙皇上軫念地方,嚴加責己,將失事人員各行重處。一時當事諸臣,莫不震疊,而暮戎可無恤矣。然臣等猶有説者,蓋法弛則人慢,慢則玩愒之心生。嚴則人懼,懼則規避之心起。若不通行申飭,所(按)所疑無。以振法紀而勵人心也,除問刑條例,并隆慶二三等年,及今蕪湖失事,罰治撫按巡司道等例條甚嚴,已經奉欽依無容别議外,訪得有司之中,又有明被盜劫暗官,而隱匿不報者,此其罪屬欺罔,法無赦矣。又有劫盜數,多減之作少,希免重罰者。不知盜數不多,即能劫庫,非曰防備之極疏,兵力之至弱,何以致此?此其爲罪,較之盜多者,尚浮也。又有視盜縱横,飽其所欲。而陰幸倉庫無失者,不知盜已入内,無能擒獲。即使官帑無傷,而掠去民財,已不資（按）資疑貲。矣。此其爲罪,比之劫庫者由等也。夫此三者,失事雖殊,而規避則一,均之所當論者。若撫按兵巡,不行覺察,互相容隱,惡得爲（按）爲疑無。罪哉。伏望皇上敕下兵部,再加酌議,定爲條格。亟咨各該撫按衙門各司道等官,一體遵照施行,庶人心知警,而地方可安矣。

臣等再照,城池所以禦暴,兵壯所以守城,而兵備一官。又職掌戎務者也,近多諉云。無城可守,即有單薄,又皆不堪防禦,而一應額編水陸民壯快手等兵,盡爲上官所堪。即使所司有志整飭,不爲法制所撓,則爲參隨所苦,以致所在單弱。而布置不周,住札無方,而策應不及,此盜賊所以乘機,地方所以屢失有自也。及今不爲議處,雖盡人而罰之,庸愈哉?再乞天語叮嚀,撫按等官不時巡歷該管地方,閲視城池,其不堪守者,應何修補;原未有設,作何建置?亟爲保障之圖,其額設民壯快手等兵,委當照舊增復,無事則輪班守城,有事則聽調禦捕,共成掎角之勢。於兵備等官,當以職守課其功最,并不得迎送責之,參謁防之,差委誤之,則有擅離信地,非禮迎將者,許指名參論,以爲人臣不職之戒。夫有城則險隘足憑,有兵則緩急可恃,有官則調度得人。雖有大奸賊,不敢睥睨其間也,矧草竊之寇乎。臣等職掌所關,不避瑣瀆,伏惟聖斷允行,不勝懇祈之至。下兵。

○順天巡撫楊兆薦舉永平兵備宋守約、原任遼東巡撫毛納等。山西巡按燕儒宦查參督撫重臣冒濫邊儲等事,查勘過南贛巡撫周滿贓私。下户。

二十八日己巳,祭夕月壇,張溶行禮,萬士和分獻。

○順天巡撫楊兆舉永平府通判徐希益等,劾灤縣知縣邵致誥。罷斥下吏。

○寧夏巡撫羅鳳祥,一本庸劣,不堪重任,懇乞聖明俯賜罷斥,以謝人言事：臣於本年七月，接得邸報，該户科給事中張孫繩論臣不職，亟宜罷斥，旨下吏部，隨該本部覆議。奉聖旨云云，在六月初五日。欽此。臣聞命自天，感激流涕，即望闕陳案，叩謝天恩訖。臣思念寒陋孤末，何誤蒙恩假若此。臣雖至愚，安敢自惜犬馬，仰負洪慈。但臣才品庸下，忝竊踰涯，謬任籌邊，負乘切懼匪才，非惟無補於疆埸，抑且妨于賢路，即今奉身而退，猶以爲晚。若復遵命苟延，將來不無誤事，臣百死安贖，爲罪益重大矣。以此甘心溝壑，懇乞於君父之前者也，至於張孫繩論臣數言，果於臣有干無干，不待臣辨，自有公論。巡撫會推，自有資叙。寧夏將士，離心與否，自有青天在上可知。其所謂受賄劉簿，膝行哀求，標下杖斃衆多，闔鎮重足而立者，臣不惟奉例不敢辨，則亦不必辨也。但臣自揣踰越，義當求退，以讓賢能。又今年及至五旬，尚無一丁以立門户，其言至此，心神俱灰，展布無能，恐妨邊計。伏乞皇上，俯念重地，憐察赤心，早爲罷臣，別選才望優隆足勝邊地者，以充是任。使臣潛身畎畝，沐沾唐虞之化，歌誦覆載之仁，即榮幸莫大焉，臣不任懇切祝願之至。着遵旨供職。

二十九日庚午，直隸巡按王湘奏更議專責官員，以安地方事：臣奉命巡按順天等府，躬歷天津地方。看得天津三衛，係畿輔咽喉，當河衢衝要，軍民雜居，商賈湊集，惟兵備道住札本處，隔離有司頗遠，一應夫役錢糧詞訟等項，不得已俱委之衛官，弊端叢出，甚者假公濟私，殃民壞法，殊屬不便。凡經過此方者，靡不稱其煩累，以爲當加酌處也。卷查先該屯田御史秦加楫條陳内一款，添設府佐，以充任使。吏部覆行。撫按官今勘得天津止是軍衛，別有司議，欲添設府佐一員，專理兵備道公務。稽查三衛去後，錢糧問理，軍民詞訟，委于事體，相應查得。河間府管馬通判改置天津等，因題奉欽依遵行外，切惟天津地居河間之北，相離所屬州縣太遠，邇來詢聞本官住札此方，其不便者有三：既管馬政，所屬十八州縣馬匹，俱赴點驗，馬户趨候，未免往返勞費，一也；赴部掣批，動經兩三月方回，道公務詞訟，仍批之衛官，職務仍而曠廢，二也；三衛官軍，不係統轄，師生不遵，提調雖設，住彼聽理，即於人情，殊有窒礙，三也。若另設一員，反滋冗費。

今查本府清軍同知,較之管馬通判,事務頗簡,且原轄原衛,堪以置代管,不妨原務。仍將管馬通判掣回本府,但未否稱便隨行。天津兵備道勘議去後,今據該道兵備副使安加善呈,稱照得天津三衛軍餘散駟廠并設,錢糧時費,稽查師生,宜用提調。諸凡公務,原設通判承理。但本官專管馬政,州縣多而相離隔遠,一時點驗馬匹不便,赴部掣批兩三月方回。三衛不係通判統攝,委當酌議,查得本府清軍同知,堪以更易。其楊青馹遞夫廠錢糧批單,悉改管理,仍將通判掣回等因備呈到,臣批此爲照。事有經久無弊者,何必復爲更張。政可通行宜民者,亦當酌爲區處。今據管馬通判職任原煩,即今盡理天津諸務,事勢固有難兼。其在清軍同知,職任原簡,矧與軍衛相關。若果更易玆方,不妨原管職務,清理似爲順安,而永久可行也。既經該道查議前來,合無將清軍同知,改置天津,兼理一方夫役錢糧,提調師生并巡捕等項。管馬遍判掣回本府,專管馬政,則一轉移之間,而公私庶爲便益矣。伏乞敕下吏部,再加酌議。上請施行,臣遵奉施行。奉聖旨,吏部知道。

〇户部奏:異常風雨,海嘯河溢等事,覆漕運總督王宗沐本。奉聖旨,這淮徐等處地方,災傷重大,小民困苦。朕深切憫念,着王宗沐等查奏,爾所開積貯銀糧,先行賑給,一面作速勘處奏奪。

〇吏部左侍郎楊巍請送母還鄉給暇,又奏驗封司郎中缺,以胡嘉謨調補。

三十日辛未,吏部奏酌議增修經制,以裨嶺海善後事宜事。該兩廣提督殷正茂題前事,奉旨該部看了,議處停當來説,欽此。看得某官某具題前因,大率謂廣東事體,防海難於防山,而惠潮急於他郡。總督軍門自肇慶梧州赴潮,動以旬月,難於調度。況海與廣閩相半,欲要查照先年浙閩事例,添設巡視廣東兼管漳泉海防都御史一員。駐札潮州府城,巡視歷惠潮漳泉,遥制廣肇雷廉瓊諸郡,職掌則專主防海,而惠潮則兼防山。一應軍務機宜,悉屬專主。其立水陸兵食及各兵將廪糧船隻,自有見存額數。節制所轄地方官員,俱照贛州鄖陽事例,仍議每年廣東布政司發軍餉銀三千兩,福建一千兩。通貯潮州府庫，以備支用。及議移神威道副使，駐劄惠州府城，移嶺東分守道原駐惠城者駐長樂。其江防一帶，東西海賊來往必經之路，内地恩春一帶，尤山賊出没之區。欲要添設提調水陸兵防同知一員，令其全駐陽江縣城，以備海防山寇。又欲以廣西之博，自廳海北分巡道兼制，以廣東之開建。聽蒼梧兵巡兼制，其海防同知員缺，於本省通判推官，知州知縣内選補。有捕盜通判員缺，不必計其出身，但擇其勇智首領佐貳等官選補。各一節爲照，廣東地方頻年山寇之賊，遺害靡極。蓋山賊每每乘海而入，故所重在海諸郡，獨倚潮郡爲門户，故所急在潮。惟是漳潮一帶，海道所經，故禦潮急，則賊退遁漳之南澳。禦漳急，則賊横逸潮之境上，往者廣東巡撫之設。專住廣城，兼防山賊。迨賊患稍寧，旋議裁革大城參將之設。原爲聯東漳潮水寨，以備不虞，卒以兩省議論互異，尋亦奏罷。今福建劉巡撫欲設將領於南澳，與舊設大城所參將之言同。兩廣殷軍門，欲設重臣於漳潮，與舊設廣東巡撫之意同，但查漳潮二府，先聽節制於贛州軍門。自統攝不相兼制，玆欲復設廣東巡撫駐札潮城，專管海防，兼防山賊，所議固是。若更兼制閩之漳泉，是提督兩廣軍門之外，又添一提督也。在新設巡撫，事權均重。而兩廣軍門總制，容有未妥。在福建巡撫，事權日輕，而本省地方割減，亦有未安。據擬廣東復設巡撫一員，住札潮城，其應否兼管漳泉海防。但事在彼中，難以遥度，相應會議。合候命下本部，移咨都察院，轉行廣東、福建兩省撫按官會同，悉心計議，備將奏内事理，要見：廣東應否復設巡撫駐札潮城？所轄地方，應於何處起止？應否準贛州郧陽事例，專住防海？得無略于防山，兼管漳泉海防？有無便于福建巡撫兩廣軍門？有無便于提督？如果復設廣東巡撫潮州，是否止該節制南澳將領？神威道副使移駐惠州府城，嶺東分守道移住長樂城，有无良便肇慶府？應否添設海防同知住札陽江、廣西、博[1]白？應否聽海北分巡道兼制廣東閩建？應否聽蒼梧兵巡道兼致？一應錢糧作何支給？將兵船隻作何調撥？兩廣福建事體有無牽制？務要酌議僉同，至當畫一，經久可行，無爲目前之計。通限萬曆二年閏十二月内，會疏具奏前來，以憑議擬請旨，定奪聖旨。殷正茂原奏：并未言添設廣東巡撫，止是巡視海防，這事理若有不便，你每當明言停寢,何必又推會議。

【校勘】

[1] 博:底本原作"愽",今依文意改。

〇户部覆兩廣提督殷正茂本:奉聖旨,這本説的是國家積貯錢糧,豈專爲兩廣支用?但該省地方多事,提督官所奏,乃善後久遠之慮。姑着南京户部發銀十萬兩,解去廣東七萬兩、廣西三萬兩,以濟急用。着殷正茂通前後奏留請發,及本地方各商税銀兩,撙節用度,務幹實事,如有侵欺冒費,并勢要人等恃頑不納錢糧及專擅山海税利,不佐公家之急的,從實參來處治,亦不許再來奏討。

〇遣公徐文璧行禮,侯顧寰、蔣佑,尚書王崇古、張瀚分獻。是日祭歷代帝王廟也。

附　記

孔子六十二代孫聞道,懇乞天恩,褒崇儒道,請給祀缺。查例優免,下禮部。

八月初三日,受賞于皇極門前,時衍聖公孔缺。立于尚書之上,容貌華澤,望之軒軒。蓋爲聖人之後也。

八月初六日,曾子六十一代孫翰林博士質粹親孫繼祖,奸謀朦朧,越冒襲替,懇乞查勘。吏給劉不息奏:遵明旨重始爵,以斥奸邪,以正大賢後裔事。參博士曾衮,削奪曾繼祖襲爵。八月初三日,禮覆劉不息奏:行江西撫按將曾衮革罷曾氏子孫;行山東撫按,查勘具奏奉云云。曾子,山東嘉祥人,而其孫曾據,因漢末兵亂攜家過江,寓於江西之豫章廬陵郡,而山東之嗣遂絶。世廟憫念斯文,崇重祀典,以參與顔、孟同,而廟祀與顔、孟異。嘉靖十二年。禮部遍移文于天下,訪求子孫,欲使徙居奉祀。有曾衮、曾嵩者,答徐提學之面鞫,陳巡按之駁查,俱曰生長南方,不樂北移。其於君命祖塋,視若秦越,而倫理泯絶矣。獨曾質粹承檄奉命,破産北遷,間關赴部。隨奉聖旨,既勘得質粹爲曾子之後,準照顔、孟二氏例,授翰林院五經博士,仍與世襲。大哉皇言，永絶爭弊。曾衮後乃生計，恃錢神之賄囑，肆賣鬼之幻術，朦朧冒襲，欺君背旨，其罪大矣。夫衮，嵩弟也，嵩尚不可襲，况衮乎！背祖而不樂北徙，非孝也。背命而爭奪職官，非忠也。而濫列儒官奉承曾廟，如曾子之守正誠確者，肯享其祀乎？萬曆元年八月，科臣李盛春勘覆之際，舍是從非，致使質粹嫡孫曾繼祖抱膝冤恨，籲天悲號。凡有人心不忍見聞，請將繼祖之子承襲之。五博將曾衮革職提問，治其違命冒襲之罪。則庶恩命出自朝廷，而奸僞或有所懲矣。禮部覆：曾繼祖雙目胎盲，其子承業，年方十二，而愚騃孱劣，殊未成器，其爲真假，俱不可知。先賢血食，關係甚重，着山東撫按憑查申部，候其習學襲爵。

賀盛時曰："程氏後子孫亦多，賢者亦寡矣。"王之符云："程氏子孫方有遊于縣學者矣，濂溪二程、朱子子孫俱爲五經博士云云，但未知其能繼祖業者也。"

八月二十五日。五經博士孟彦璞一本遵明詔，乞恩賜給誥命。以隆聖化事。奉聖旨，吏部知道。

禮部歷事監生姓名鄉里

劉應聘嗣溪，山西平陽府翼城人。

陳一中少鶴，四川重慶府涪州人。

楊光溥奎垣，萬全都司人。

楊亢紹川，順天府通州人。

李棐槐川，直隸大名府濬縣人。

崔鶴徵晉山，山西太原府代州人。

質正録

撚物：以手磨研凡物也。

鱔子[1]：破岸魚也。

笸子：以柳爲籠，盛雜器之具也。

枸尾草：苦葽，皆[2]今之遠志，藥名也。

銚鐺:湯酒的旋子器也,與茶鑵一般也。

越越:方言,添加之意也。

鹿葱:今之萱草也,南人好食之。

黄花菜:《詩》云"焉得諼草",所忘憂之草也。

楩棗:今之獮猴桃也,仲秋月方食之。

蔞:今之薄荷草,藥名也,廣東多有之。

砑蠃:海中之螺鈿也,今人或謂海肥。

杷鐵:農人之橈杷也。

瘢疤:凡人破傷之痕也。

披廈:即中國京外衙門及私室夾房也,今之火房,正謂此也。

石油:陝西、四川兩界之中,連陰谷三百里。中有一石山,巔上有穴,穴中有石汁出,取汁點燈,則不滅也。

馬蹄鹽:鹽名,形如馬蹄,陝西多有之。

枋櫯:今之染紅,櫯木也。

蛢虫:馬蛭也。

腜脛:人之曲膝也。

譫語:凡人得病,氣虚妄言也。

鯔子:今之梭魚也。

杜孝:以下缺。

【校勘】

[1] 鱔子:此下至"杷鐵"之上内容,《燕行錄全集》第5卷漏印,據《韓國漢文燕行文獻選編》第2册補。

[2] 皆:疑爲"即"字之誤。

跋

上之十年甲寅夏,臨筵下教曰:"予見故相臣李廷龜所撰序《抗義新編》,趙憲節行卓然矣。此何人也?"筵臣對曰:"此乃世稱重峰先生者也。"仍略陳其本末大致。上嗟歎良久,曰:"其遣近臣祭于其憧之所,以及於同死諸人,以致予相感之意。"筵臣又曰:"憲爲質正官時,有《朝天日記》，士林方謀剞劂矣。"上取覽之，亟命湖西道臣刊行焉。嗚呼！是書中間散佚，雖家人子孫不省其有無者百餘年。曾孫匡漢偶得於舊篋之中，經營入梓而未果。今何幸聖上之有是命，自此可以家藏而人誦之，其顯晦無乃有數歟？抑先生東周之義，備見於《東還封事》中。若是書，則不過是征邁之間，信手劄記，事或瑣細，字多舛誤，在先生未足爲成書，似若不必刊行者。而顧先生手澤，勿論大小閑緊，後學當如拱璧，不可使埋没。况其道涂倉卒之際，苟聞人小善一行，輒皆謹書而備録，拳拳稱賞不已，於此益見先生好善之盛德，而豈非後學所當師法處耶？然則是書之刊行，又烏可已也？

是歲秋杪，奉朝賀臣閔鎮遠拜手謹跋。

異體字表

此次整理,將筆畫微殊及中土文獻習見的異體寫入此表中。

正體	異體	正體	異體	正體	異體
哀	哀	碑	碑 碑	鈸	鈸
埃	埃	北	北	駁	駮
黯	黯	被	被	哺	哺
拔	㧞	備	備	捕	捕
跋	跋 跋	輩	輩	補	補
拜	拜	鞴	鞴	不	不
搬	搬	俾	俾	步	步
頒	頒	筆	筆	纔	纔
邦	邦	鄙	鄙	參	叅
綁	綁	閉	閇	慘	慘 慘
榜	榜	碧	碧	璨	璨
膀	膀	避	避	藏	蔵
傍	傍	蹕	蹕	曹	曺
謗	謗	臂	臂	漕	漕
堡	堡	編	編	槽	槽
寶	寳	邊	邉	策	筞
報	報	冰	氷	曾	曽
暴	暴	秉	秉	層	層
卑	卑	播	播	插	挿

（續表）

正體	異體	正體	異體	正體	異體
差	差 差	處	處 處 處	等	等
禪	禪 禅	黜	黜	低	低
纏	緾	船	船	迪	迪
場	塲	搥	搥	抵	抵
嘗	甞	祠	祠	底	底
廠	厰	辭	辞	砥	砥
超	超 超	蔥	葱	詆	詆
晨	晨	聰	聡	遞	逓
趁	趂 趂	驄	騘	典	典
稱	穪	叢	叢	點	點
成	成	竄	竄	殿	殿
承	承 承	翠	翠	調	調
乘	乗	達	達	定	定
程	程	帶	带	都	都
持	持	耽	耽	杜	杜
遲	遅	單	单	肚	肚
充	充	但	但	段	段
春	春	憚	憚	斷	断
崇	崇	彈	弾	對	對 對 對 對
蟲	虫	澹	澹	頓	頓
寵	寵	導	導	堊	垩
醜	醜	蹈	蹈	惡	悪
初	初	得	得	鶚	鶚 鶚
楚	楚	德	徳	而	丙 丙

（續表）

正體	異體	正體	異體	正體	異體
爾	爾	葛	葛	桂	桂
邇	邇	功	㓛	裹	褁
貳	貮	恭	恭	還	還
發	發 發 發 發	溝	溝	醯	醯
廢	廢	遘	遘	亥	亥
髮	髮	構	構	害	害
番	畨	孤	孤	駭	駭
翻	翻	鼓	皷	含	含
燔	燔	轂	轂	涵	涵
範	範	瞽	瞽	漢	漢
飛	飛	顧	顧	號	號
費	費	瓜	瓜	核	核
分	分	寡	寡	壑	壑
紛	紛	怪	恠	衡	衡 衡
奮	奮	噲	噲	侯	侯
伏	伏	關	闗	喉	喉
黼	黼	觀	觀 観	厚	厚
赴	赴 赴	館	舘	後	後
富	冨	規	規	候	候
複	複	龜	龜	狐	狐
覆	覆	歸	歸	壺	壺
該	該	瓌	瓌	虎	虎 虎
概	槩	軌	軌	畫	畫
割	割	鬼	鬼	槐	槐 槐

（續表）

正體	異體	正體	異體	正體	異體
歡	歓	傔	傔	勁	勁
寰	寰	揀	揀	晉	晋
環	環	儉	儉	搢	搢
換	換 換	檢	撿 撿	盡	盡
喚	喚	鰜	鰜	覲	覲
煥	煥	建	建	京	京
荒	荒 荒	踐	踐	旌	旌 旍
灰	灰	劍	劒 劎	經	経
迴	迴	將	将	頸	頸
毀	毀 毀	講	講	逕	逕
晦	晦	降	降	徑	徑
誨	誨	醬	醤	競	競
穢	穢	膠	膠	救	救
貨	貨	澆	澆	就	就 就 就
禍	禍	揭	揭	僦	僦 僦
稽	稽	節	節	舊	舊 舊
機	機	碣	碣	巨	巨
躋	躋	潔	潔	俱	俱
幾	幾	解	解	距	距 距
跡	跡	暨	暨	惧	惧
繼	繼	矜	矜	聚	聚
佳	佳	襟	襟	據	據
戛	戛	瑾	瑾	鵑	鵑
兼	兼	謹	謹	卷	卷

正體	異體	正體	異體	正體	異體
狷	㺒	醪	醪	陵	陵
絹	綃	鼇	鼇	綾	綾
厥	厥	離	離	齡	齡
蹶	蹶	裏	裡	靈	靈
均	均	禮	禮	嶺	嶺
峻	峻	戾	戾	流	流 流
堪	堪	厲	厲	琉	琉
看	着 着	隸	隸	隆	隆
渴	渇	勵	勵	嶐	嶐
刻	刻	歷	歷	龍	龍
肯	肎	曆	曆	窿	窿
恐	恐	麗	麗 麗 麗	漏	漏
哭	哭	廉	廉	盧	盧
跨	跨 跨	斂	歛 歛	爐	爐
塊	塊	練	練	艫	艫
寬	寛 寛	涼	凉	虜	虜
欵	款	兩	两 両	魯	魯
筐	筐	輛	輛	路	路
奎	奎	僚	僚	潞	潞
魁	魁	遼	遼 遼	露	露
愧	愧 愧	潦	潦	巒	巒
餽	餽	獵	獵	灤	灤
稇	稇	臨	臨	鑾	鑾
闊	濶	凌	凌	鸞	鸞

（續表）

正體	異體	正體	異體	正體	異體
掠	掠	溟	溟	虐	虐
論	諭	謬	謬	諾	諾
裸	祼	歿	殁	偶	偶
驢	驢	默	黙	牌	牌牌
旅	旅	牟	牟	派	派
瞞	瞒	晦	晦	潘	潘
蠻	蠻	慕	慕	蟠	蟠
滿	滿滿	穆	穆	判	判
貌	貌	赧	赧	佩	佩
沒	没	囊	囊	珮	珮
美	美	曩	曩	配	配
袂	袂	能	能	脾	脾
蒙	蒙	泥	泥	圮	圯
矇	矇	怩	怩	甓	甓
彌	彌	倪	倪	闢	闢
瀰	瀰	你	伱	偏	偏
覓	覔	擬	擬	篇	篇
密	宻	輦	輦	聘	聘
蜜	蜜	念	念	瓶	瓶
免	免	嚙	嚙	憑	憑
勉	勉	寧	寕	潑	潑
冕	冕	獰	獰	魄	魄
廟	廟	濘	濘	鋪	鋪
民	民	弄	弄	僕	僕

（續表）

正體	異體	正體	異體	正體	異體
濮	濮	切	切	闕	闕
浦	浦	且	且	逡	逡
瀑	瀑	竊	竊	裙	裙
戚	戚 [illegible]	秦	秦	然	然
漆	漆	勤	勤	壤	壤
奇	竒	溱	溱	攘	攘
畦	畦	擒	擒	讓	讓
騎	騎	輕	輕	擾	擾
蘄	蘄	慶	慶	肉	肉
起	起 起	親	親	辱	辱
綺	綺	穹	穹	褥	褥
器	噐	窮	窮	若	若
憩	憩	瓊	瓊	散	散
愆	愆	虯	虯	喪	喪
僉	僉	毬	毬	殺	殺
謙	謙	趨	趨	善	善
虔	虔	驅	驅	燒	燒
潛	潛	蘧	蘧	舍	舍
歉	歉	取	取 取	捨	捨
強	強	娶	娶	社	社
敲	敲	趣	趣	涉	涉
磽	磽	權	權	設	設
樵	樵	勸	勸	神	神
譙	譙	缺	缺	沈	沉 沉

（續表）

正體	異體	正體	異體	正體	異體
審	審	術	術	臺	臺 臺
甚	甚	數	數 數	態	態
滲	渗	澍	澍	貪	貪
升	升	樹	樹	坦	坦
昇	昇	帥	帥	堂	堂
陞	陞	爽	爽	韜	韜
繩	繩	稅	稅 稅	滕	滕
詩	詩	睡	睡	蹄	蹄
石	石	朔	朔	題	題
時	時	絲	絲	替	替
使	使	俟	俟	添	添
視	視	涘	涘	腆	腆
勢	勢 勢	竢	竢	聽	聽
飾	飾	蘇	蘇	廳	廳
收	収	塑	塑	庭	庭 庭
受	受	遡	遡	霆	霆
獸	獸	肅	肅	艇	艇
書	書	算	筭 筭	統	統
舒	舒	雖	雖 雖 雖	投	投
疏	疏	歲	歲	頭	頭
踈	踈	邃	邃	徒	徒
蔬	蔬	飧	飧	途	途
黍	黍	損	損	塗	塗
屬	屬	踏	蹹	土	土

（續表）

正體	異體	正體	異體	正體	異體
吐	吐	窩	窩	曉	暁
兔	兎	我	我	歇	歇
托	扥	吳	呉	攜	擕
脫	脱	物	物	鞋	鞋 鞋
瓦	瓦	誤	誤	械	械
灣	灣	溪	溪	廨	廨
挽	挽	熙	熈	懈	懈
萬	萬	蜥	蜥	燮	燮
罔	罔	習	習	新	新
往	徃	襲	襲 襲	醒	醒
網	網	隙	隙	幸	幸 幸 幸
望	望 望	戲	戱 戯	胸	胸 胷
微	微 微	嫌	嫌	熊	熊
薇	薇 薇	險	險 險 險	脩	脩 脩
巍	巍	陷	陥	宿	宿
唯	唯	霞	霞	岫	峀
爲	為 為	獻	獻	袖	袖
唯	唯	鄉	鄉 鄉	虛	虚
違	違	襄	襄	須	湏
僞	偽 偽	祥	祥	墟	墟
蔚	蔚	象	象	徐	徐
衛	衛 衛 衛	像	像 像	敘	叙
魏	魏	嚮	嚮	懸	懸
瓮	瓮	驍	驍	選	選 選

（續表）

正體	異體	正體	異體	正體	異體
巡	廵	矣	矣	於	扵
崖	崖	倚	倚	余	余
涯	涯	役	役	禺	禺
咽	咽	異	異	雩	雩
烟	烟	逸	逸	魚	魚
焉	焉	詣	詣	隅	隅
延	延	義	義 義	虞	虞
沿	沿 㳂	毅	毅	餘	餘
閻	閻	翼	翼	踰	踰
顔	顔	因	囙	齬	齬
厭	厭 厭	姻	姻	獄	獄
鴈	鴈	陰	隂	冤	寃
驗	騐 驗	淫	滛	淵	淵
㨾	㨾	胤	胤	袁	袁
腰	腰	塋	塋	員	貟
堯	尭	蠅	蝿	緣	緣
曳	曳	穎	頴	遠	遠
謁	謁	勇	勇	悅	悦
歆	歆	憂	憂	越	越
漪	漪	優	優	閱	閲
宜	冝	尤	尤	樂	樂
疑	疑 疑	遊	遊	躍	躍
儀	儀 儀	幼	㓜	允	允
彝	彝	祐	祐	殞	殞

（續表）

正體	異體	正體	異體	正體	異體
雜	雜	昭	昭	築	築
哉	哉	照	照	專	専
再	再	珍	珎	撰	撰 撰
鑽	鑽	真	真 眞	篆	篆
劉	劉	榛	榛	饌	饌
暫	暫 蹔 蹔	禛	禛	莊	庄
贊	賛 賛	枕	枕	壯	壮 壮
瓚	瓚	振	振	狀	状
贓	贓	震	震	追	追
臟	臟	整	整	墜	墜
遭	遭	直	直 直	斫	斫
鑿	鑿	值	値	擢	擢
翟	翟	植	植	摠	揔
詹	詹	旨	旨	總	緫
瞻	瞻	指	指	奏	奏
戰	戦	紙	紙	足	足
章	章	徵	徵	族	族
丈	丈	致	致 致	最	冣 最
仗	仗	衷	衷	蕞	蕞
杖	杖	塚	塚	座	座
障	障	踵	踵		
招	招	紵	紵		